OS PRINCÍPIOS PECULIARES DE KIT WEBB

CAT SEBASTIAN

OS PRINCÍPIOS PECULIARES DE KIT WEBB

Tradução
Guilherme Miranda

HARLEQUIN
Rio de Janeiro, 2024

Título original: THE QUEER PRINCIPLES OF KIT WEBB
Copyright © 2021 by Cat Sebastian

Todos os personagens neste livro são fictícios. Qualquer semelhança com pessoas vivas ou mortas é mera coincidência.

Direitos de edição da obra em língua portuguesa no Brasil adquiridos pela Editora HR LTDA. Todos os direitos reservados. Nenhuma parte desta obra pode ser apropriada e estocada em sistema de banco de dados ou processo similar, em qualquer forma ou meio, seja eletrônico, de fotocópia, gravação etc., sem a permissão do detentor do copyright.

Direitos exclusivos de publicação em língua portuguesa cedidos pela Harlequin Enterprises II B.V./ S.À.R.L para Editora HR Ltda.

A Harlequin é um selo da HarperCollins Brasil.

Contatos: Rua da Quitanda, 86, sala 601A — Centro — 20091-005
Rio de Janeiro — RJ
Tel.: (21) 3175-1030
www.harlequin.com.br

Edição: *Julia Barreto e Cristhiane Ruiz*
Copidesque: *Angelica Andrade*
Revisão: *Pedro Staite e Thais Entriel*
Design de capa: *Marcus Pallas*
Diagramação: *Abreu's System*

Publisher: *Samuel Coto*
Editora-executiva: *Alice Mello*

CIP-Brasil. Catalogação na Publicação
Sindicato Nacional dos Editores de Livros, RJ

S449p

Sebastian, Cat
    Os princípios peculiares de Kit Webb / Cat Sebastian ; tradução Guilherme Miranda. – 1. ed. – Rio de Janeiro : Harlequin, 2024.
    336 p. ; 21 cm.

    Tradução de: The queer principles of Kit Webb
    ISBN 978-65-5970-384-5

    1. Romance americano. I. Miranda, Guilherme. II. Título.

24-88532

CDD: 813
CDU: 82-31(73)

Meri Gleice Rodrigues de Souza – Bibliotecária – CRB-7/6439

Uma vez que as leis foram feitas para todos os graus,
Para conter o vício em outros, bem como em mim,
Eu me pergunto se não teríamos tido melhor companhia
Na árvore de Tyburn;
Mas o ouro da lei pode extrair a dor,
E, se homens ricos como nós fossem balançar,
Isso esvaziaria a terra, de tantos a pendurar,
Na árvore de Tyburn.

— John Gay, *Ópera do mendigo*, 1728

Capítulo 1

Novembro de 1751

Kit Webb tinha princípios. Ele tinha certeza disso. Mesmo em seu pior estado, que quase sempre se encontrava no fundo de uma garrafa, ele não fazia mal a ninguém, pelo menos não muito. Pelo menos não de propósito. Talvez fosse melhor dizer que ele nunca dera o primeiro soco. Quanto a adagas e pistolas, aprendeu que empunhá-las era tão eficaz que nem precisava recorrer a elas de fato. Melhor não questionar se isso se devia mais à sorte do que a alguma habilidade ou refinamento moral de sua parte.

Sim, ele esvaziara bolsas na juventude, mas nenhuma que já não fosse bastante pesada. Não passaria a noite acordado pensando no que essa ou aquela dama faria com um diadema de rubi a menos. Além disso, o objeto em questão tinha sido difícil de vender, a ponto de quase tirá-lo do ramo de roubo de joias. Betty ficou semanas sem falar com ele. Kit preferia muito mais as moedas, então tudo bem.

Ele de fato se sentia mal em relação aos cocheiros, guardas e outros tolos arrastados para brigas que eram, na verdade, entre Kit e os membros da elite. Mas chegara à conclusão de que qualquer pobre-diabo idiota o bastante para ficar entre um salteador e um coche viajante incrustrado de ouro tinha feito por merecer. Porém, não chegava a ser nada mais do que alguns socos bem dados.

Mas, enfim, tudo isso era coisa do passado. Ele tinha virado a página, começado do zero — ou o mais próximo do zero que um homem poderia estar quando se aproximava dos 30 anos. Todos os seus conhecidos eram criminosos e o quarto dos fundos de seu local de trabalho era apenas um pouco melhor do que um bordel. O mais próximo de começar do zero que um homem poderia estar quando, três vezes por dia, algum desgraçado passava pelo café cantando aquela maldita canção sobre o dia em que ele tinha escapado da prisão — sim, a fuga tinha sido ousada, mas estava longe de ser uma de suas façanhas mais impressionantes, e era um pecado e uma vergonha que a palavra prisão rimasse com tanta outras. Além disso, seu ombro ainda doía depois de ele ter se espremido pelas grades da janela, e, quanto menos falassem sobre o ferimento de bala que tinham deixado inflamar durante a semana em que ficara encarcerado, melhor. Além disso, aquela fuga malfadada tinha acontecido logo depois da morte de Rob, algo que Kit não queria ser obrigado a lembrar por uma rima qualquer.

Não. Infelizmente, era provável que ele não tivesse princípio algum. Mas podia fingir que tinha. Na verdade, precisava fingir, considerando que, com a perna naquele estado, seria bem difícil continuar a praticar seus roubos bem-sucedidos por toda a Inglaterra. Kit agora era o modelo do que aquele pregador do Hyde Park gostava de chamar de Uma Vida Virtuosa, e o tédio dessa vida tinha grandes chances de matá-lo.

Fazia doze meses que Kit levava a vida como um comerciante honesto e respeitável. Sua atenção estava toda voltada para o café que havia comprado alguns anos antes num impulso alcoólico e, então, gerenciado basicamente como um espaço para aprontar das suas, um verdadeiro covil de ladrões. Nos últimos tempos, entretanto, quando chegavam fregueses com a bolsa cheia de ouro e a cabeça cheia de vento, eles saíam com a cabeça e a bolsa intactas.

E, se o último ano tentando viver uma vida decente resultara em um Kit ainda mais mal-humorado a cada dia, a culpa decerto era dele por ser tão ruim em ser bom. Tinha que se esforçar mais, só isso. Mesmo assim, às vezes, no fim do expediente, depois de levar Betty para casa, Kit desejava em segredo que salteadores viessem atrás dele. Aproveitaria qualquer oportunidade para revidar.

Talvez fosse por isso que, quando um sujeito com cara de encrenqueiro entrou no café, Kit se sentiu como um cão de caça que finalmente tinha encontrado o rastro de sua presa.

Capítulo 2

Até o fim da vida, Percy associaria o cheiro de tinta a óleo a conspirações criminosas. Para ele, fazia sentido que essas reuniões em que tramava com Marian fossem lembradas para sempre, exibidas na galeria de retratos do castelo Cheveril.

Mas é óbvio que isso não aconteceria. Esse retrato jamais seria pendurado na galeria do castelo Cheveril porque eles não eram, afinal, a duquesa de Clare e o futuro décimo duque de Clare. Eram apenas Marian Hayes e Edward Percy Talbot — quer dizer, Edward Percy, apenas, que era o sobrenome de solteira de sua mãe. O único sobrenome. Deus teve clemência da mãe dele e não permitiu que ela sobrevivesse para ver aquilo. Ela teria sido capaz de assassinar o duque na própria cama, sem nenhum remorso, por mais vulgar que fosse o fato de ser enforcada como uma assassina comum.

— Acho que você escolheu o homem errado — disse Percy a Marian.

Ambos estavam sentados no ateliê temporário que o retratista montara na Casa Clare.

— Ele é o homem certo. Meu informante tem certeza disso.

Percy se deu conta de que essas pessoas a quem ela se referia como informantes eram mais um item à pilha crescente de coisas que, menos de um mês antes, não teriam feito o menor sentido.

— Ele não é um… — Percy baixou a voz para que o retratista, situado a poucos metros, atrás do cavalete, não escutasse

— um salteador. É um comerciante. E praticamente o homem mais entediante em quem que já coloquei os olhos.

Até onde Percy sabia, Webb raramente saía de seu café. Morava no andar de cima e trabalhava no de baixo. Só se aventurava além dos limites da Russell Street quando levava a garçonete para casa depois do anoitecer, às vezes com uma parada no caminho de volta para jantar. Não frequentava igrejas, tabernas nem nada remotamente interessante. Percy tinha até ficado intrigado quando percebeu que ele ia às casas de banho com frequência, mas depois entendeu que o homem parecia passar o tempo tomando banho de fato, então logo voltou a perder o interesse.

Se Webb tinha amigos, eles iam até ele, nunca o contrário. Ele trocava gentilezas — se é que aqueles grunhidos podiam ser considerados gentilezas — com alguns dos fregueses regulares, mas deixava a conversa fiada para a menina negra de pele clara e com uma lacuna entre os dentes que trabalhava para ele. Percy não conhecia outra pessoa que se assemelhasse menos a um salteador impetuoso. Ele havia nutrido a esperança de que se associar às classes criminosas fosse ao menos interessante, mas a realidade era bem deprimente.

— É ele. O café é apenas uma fachada — afirmou Marian.

Uma *fachada*? Percy teria adorado saber quando e onde a duquesa de Clare teve a oportunidade de aprender o jargão criminoso, mas, antes que pudesse abrir a boca para perguntar, notou que a criada de Marian tinha erguido os olhos da costura.

O duque, talvez pressentindo que Percy e Marian tinham se unido contra ele, ou talvez simplesmente porque se empenhava em distribuir dissabor aonde quer que fosse, decidira manter os olhos atentos na jovem esposa. Ela estava sempre na companhia dele ou então da criada que ele havia contratado, o que tornava quase impossível para Percy encontrar Marian a sós por mais do que alguns segundos.

— Seu cabelo está torto de novo. Vive caindo para o lado — comentou Percy.

Era evidente que Marian decidira que posar para um retrato exigia cerca de um quilo de pó de peruca, sem mencionar uma profusão de penas; o penteado dificilmente conseguiria se manter em pé sem a ajuda de arcobotantes, mas Marian poderia ter ao menos se esforçado.

Percy tinha, a muito custo e inconveniência pessoais, importado esse artista de Veneza como um presente de casamento para Marian e, supostamente, para o pai. O duque, com um movimento na partida de xadrez que ele e Percy jogavam fazia anos, declarou naquela manhã que estava ocupado demais para se sentar para um retrato. Percy decidiu então que posaria ao lado de Marian. O duque seria pintado depois, provavelmente usando algo que destoaria dos outros dois, estragando o retrato inteiro.

Talvez Percy conseguisse roubar a tela antes de o pai ser adicionado. Era impressionante o quão rápido alguém poderia passar de cidadão cumpridor da lei, descendente de uma família nobre, a uma pessoa associada a um salteador que considera roubar o próprio retrato. Percy pensou que havia uma lição a ser aprendida nessa história, mas preferia ignorar qual era.

Em vez disso, permitiu-se um instante para se parabenizar por ter insistido no cetim azul-celeste. A cor destacava a pele de Marian ao mesmo tempo que complementava o azul um pouco mais escuro do casaco dele. O efeito era agradável e harmônico, e não fazia Percy parecer um cachorrinho com uma fita amarrada para combinar com o traje de sua tutora.

— É a última moda de Paris — disse Mariam, mesmo assim erguendo a mão para ajeitar o cabelo.

— É coisa nenhuma. Não vou ser imortalizado em tela como Cavalheiro Desconhecido e Dama com Peruca Torta.

— Meu caro, se você acha que vamos ser lembrados pela posteridade por nossos penteados, você realmente não andou prestando atenção. Seria uma sorte.

— *Seu* penteado — corrigiu Percy, embora ela estivesse certíssima. — Fale por você. Minha peruca não tem nada de excepcional.

Percy se manteve de olho na criada de Marian até que ela pareceu entediada pela conversa e voltou a atenção à bainha que remendava.

— Seu salteador é manco. Usa bengala — sussurrou ele.

— Humm. Não mencionam isso em nenhum dos folhetos e das canções.

— Talvez porque seja algo novo, o que também explicaria a aposentadoria. É improvável que ele seja hábil com uma coxeadura como aquela. Precisamos de outra pessoa.

— Não temos outra pessoa. Já foi difícil encontrar o nome e o endereço de um salteador. Pelo amor de Deus, Percy. Não temos tanto tempo assim. Volte e consiga outro nome com *ele*.

Marian estava certa, como sempre. A primeira carta havia chegado um mês antes, relatando a bigamia do pai de Percy e exigindo quinhentas libras até o fim de janeiro. Ele tinha apenas dois meses para elaborar um plano.

— Você consegue se livrar de todos para conversamos em particular? Mesmo que apenas por um momento? — sussurrou ele.

Marian deu um aceno imperceptível, depois se ajeitou na poltrona, movendo de um lado para o outro a boneca que marcava a posição de sua filha.

— Vossa Graça — começou o retratista, a voz com forte sotaque em um tom educado. — Se puder ficar parada, por favor. A luz se move. E, lorde Holland, se puder fazer a gentileza de manter a atenção em sua irmã…

— Infelizmente, não consigo — respondeu Percy, representando seu papel. — Em primeiro lugar, esta boneca é…

Ele se interrompeu ao sentir um calafrio. Marian tinha achado aquela coisa maldita no sótão. O que ela estaria fazendo no sótão era algo que Percy preferia não imaginar.

— Acho que repulsiva não é uma palavra forte o suficiente — completou ele.

A cabeça da boneca era esculpida em madeira e pintada com bochechas rosadas, olhos azuis e uma boca em botão de rosa. Colados em sua cabeça estavam fios bordados de seda amarela que faziam Percy pensar que aquela coisa horripilante tinha sido feita para parecer um Talbot, a fim de entreter alguma tia morta havia tempos. Mas, entre os esforços combinados da umidade, do tempo e, muito possivelmente, de ratos, ela era mais adequada a um ritual de feitiçaria do que a um quarto de bebê civilizado.

— A pobrezinha ou tem lepra ou um caso avançado de varíola — concluiu Percy.

— Não dê ouvidos a ele — disse Marian, com doçura, cobrindo as orelhas apodrecidas da boneca e dando um beijo sonoro em sua testa deteriorada.

Percy sentiu ânsia de vômito.

— Em segundo lugar, se eu fixar o olhar na boneca, vai parecer que estou olhando para o busto da duquesa — disse ele.

O vestido de Marian revelava uma extensão do decote que tinha mais ou menos as dimensões de um campo de críquete.

— E, embora eu me atreva a dizer que é um busto de aparência agradável, creio que preferiria não ser acusado de lançar olhares lascivos para minha madrasta.

— Você me deu uma ideia estupenda — comentou Marian em um tom de voz que Percy sabia por longa experiência que só poderia significar encrenca. Resoluta, ela puxou o corpete do vestido para baixo e encostou a cabeça da boneca no seio exposto.

— Ora! — Percy levou a mão aos olhos. — Cubra-se!

— Tenho certeza de que é isso que o duque ia querer — anunciou Marian.

— Ninguém quer isso! — protestou ele.

— Assim como a Santa Mãe — disse Marian, solene. — Estou até usando azul. Quem você gostaria de ser, Percy? Santa Isabel seria a escolha tradicional, mas imagino que o jovem João Batista seria uma alternativa ousada.

— Você tem razão. Já vi pinturas da Madona com o filho em que Nosso Senhor está ainda mais feio do que esta boneca.

— O nome dela é lady Eliza — corrigiu Marian, erguendo a boneca infeliz como se fosse apresentá-la a Percy.

— Tenho certeza de que isso é blasfemo. O pobre *signore* Bramante não esperava ter seus princípios comprometidos nesta tarde — disse ele, apontando para o artista.

— Peço perdão. — Marian se voltou para o pintor, que, como Percy observou, tinha baixado o pincel e olhava para o teto com uma expressão de constrangimento, evitando a todo custo olhar para o seio de Marian. — Talvez seja melhor fazer uma pausa para descansar e retornar daqui a uma hora. Jane, pode buscar alguns grampos para eu dar um jeito no meu cabelo? Pode ir, vou sobreviver sozinha por alguns minutos. Rápido, senão as tintas do *signore* Bramante vão secar. *Signore*, se desejar, temos bolos na cozinha.

— Muito bem pensado — disse Percy, quando ficaram a sós.

Marian tinha se acostumado muito bem à vida de mentira e intriga que eles pareciam estar levando. Sem dúvida lidava melhor com isso do que Percy, que ainda esperava acordar e encontrar tudo do jeito que costumava ser.

— Obrigada — respondeu Marian, com elegância, ajeitando o corpete e jogando a boneca no chão. — Temos no máximo cinco minutos até Jane voltar.

— Precisamos decidir se vamos pagar o chantagista.

— Já falei o que penso. Pagar o chantagista é deixar seu pai sair impune. Quero fazer com que ele sofra — acrescentou Marian, com uma expressão de prazer que Percy achou compreensível. — Mas vou aceitar pagar o chantagista se for o que você preferir.

O que Percy preferia era não ter que fazer essa escolha. Eles passaram o último mês investigando a alegação do chantagista. Percy tinha ido a Boulogne e visto o registro paroquial com os próprios olhos: o nome do pai, a assinatura inconfundível e uma data doze meses antes do casamento do duque com a mãe de Percy. O irmão de Marian localizou antigos companheiros do duque e os encheu de conhaque até admitirem saber sobre o que pensavam ser um casamento falso. A única esperança de Percy era que a meretriz francesa tivesse conseguido morrer antes de o duque se casar com a mãe de Percy. O chantagista insistiu que a mulher estava viva e bem, e disse que estava preparado para provar isso e tornar o assunto público em 1º de janeiro. O irmão de Marian estava em busca da mulher ou da família dela, mas Percy não tinha tanta esperança de que ele encontraria sua sepultura ou uma testemunha da morte dela.

Esse era o xis da questão: um boato sobre a legitimidade do casamento arruinaria o legado dos Clare para sempre. Seria passado para os filhos dele, e depois para os filhos deles, e permaneceria como um miasma em torno do castelo Cheveril por toda a eternidade. Quanto mais Percy os rechaçasse, mais os boatos se espalhariam.

— Isso seria apenas adiar o inevitável — concluiu ele. — A menos que queiramos incendiar aquela igreja em Boulogne e assassinar o chantagista e metade dos velhos amigos de meu pai, não podemos alimentar esperanças de manter isso em segredo para sempre.

Marian permaneceu em silêncio por mais tempo do que Percy achava que deveria levar para concordar que assassinato e incêndio criminoso não eram as melhores ideias, por mais pavorosa que fosse a crise atual.

— Não parece muito prático — admitiu ela.

— Mas, se conseguirmos o livro do duque, podemos usá-lo para obrigá-lo a nos pagar o suficiente para viver de modo confortável. Por causa de Eliza, imagino que ele não vai botar você para fora sem um centavo, mas receio que sinta um imenso prazer em me colocar no olho da rua. Precisamos daquele livro como moeda de troca.

— E então deixamos o chantagista contar ao mundo a verdade sobre o homem desprezível que seu pai é.

Percy engoliu em seco.

— Seria melhor se nós contássemos. Assim ficaríamos no controle.

A ideia de causar a própria ruína era aterrorizante, porém muito melhor do que viver com medo de ver a verdade exposta.

— Parece agradável? — perguntou Percy, como se estivesse propondo um passeio em vez de um adeus a tudo que eles já conheceram.

Marian estreitou os olhos.

— Pretendo arrancar cada centavo que conseguirmos do patrimônio. E, Percy, vou garantir que seu pai seja rebaixado ao patamar mais baixo possível. Quando ele se casou comigo, fez um acordo. Cumpri com minha parte, mas ele não cumpriu com a dele. Eu me recuso a ser traída.

Ele pegou uma das mãos de Marian. Nenhum deles era afetuoso por natureza, mas ela devolveu o aperto com as duas mãos. Essa era a primeira vez desde seu retorno à Inglaterra que ele via um vestígio de sua amiga de infância. Quando Percy partiu para o continente, Marian ainda mal havia saído das salopetes, mas agora estava penteada e empoada e era mãe da irmã de 3 meses dele, e tinha se tornado fria e astuta como todas as duquesas de Clare que a precederam.

Às vezes, ele se perguntava como seu pai convencera Marian a se casar com ele. Quando Percy soube da união, já era fato consumado. A informação chegara a seu alojamento em Florença pouco depois da notícia da morte da mãe dele. Era evidente que não era uma união por amor. Marian permanecia em silêncio sobre o assunto, e Percy e o pai não mantinham uma relação próxima o suficiente para uma conversa como essa.

— Quer falar sobre isso? — perguntou ele, modulando a voz com toda a delicadeza possível.

Marian fez que não e, antes que ele pudesse dizer mais alguma coisa, a criada retornou, e eles soltaram as mãos.

Capítulo 3

Todo tipo de gente ia ao Café do Kit. Era o objetivo do lugar, a finalidade dos cafés em geral. Escritores da Grub Street, sujos de nanquim, podiam sair de seus quartos minúsculos, lojistas podiam fingir ser intelectuais e cavalheiros bem calçados podiam sujar as mãos — mas não muito.

O que Kit vendia era a ficção da democracia, acompanhada de aroma de café e tabaco, além de uma bela garçonete. Uma tarde em um café era a chance de todos fingirem que as regras eram menos importantes do que a conversa. Era a Noite de Reis, era o Carnaval, mas acontecia em plena luz do dia, com todos os envolvidos sóbrios e acordados, com jornais e bebidas quentes para dar um leve lustro de respeitabilidade.

Mesmo assim, o café não recebia muitos cavalheiros como o que Kit notou em um canto. Ele estava empoado e de peruca, e tinha acima do lábio uma marca de nascença escura demais para ser de verdade. Mesmo do outro lado do salão, dava para ver que o casaco do homem — lã de um violeta tão escuro que quase chegava a ser azul, adornado por fios e botões de ouro — devia ter custado uma pequena fortuna. Os botões por si sós valeriam ser roubados, assim como a extensão de renda que se derramava sobre os punhos. Ele estava com uma perna cruzada sobre a outra, revelando, sob a barra da calça na altura dos joelhos, meias finas de um lavanda claríssimo, decoradas com uma estampa de flores brancas que subia pela lateral da panturrilha. Nos pés, sapatos pretos brilhantes com fivelas prateadas e um salto pequeno mas óbvio. No quadril, uma daquelas espadas brilhantes e ornamentais com as quais os cavalheiros insistiam em desfilar.

O homem não tinha nenhum jornal aberto diante de si, nem um livro, nem mesmo um folheto. Fora a xícara de café — intocada, como Kit notou —, a mesa estava vazia. Em vez de se sentar à mesa comprida no centro do salão, onde a maioria dos fregueses desacompanhados preferia ficar, aquele homem escolheu uma das mesas menores encostadas ao longo das paredes. Era na lateral, mas não nas sombras. Era quase como se quisesse ser visto. Fazia sentido, Kit pensou — ninguém usava casacos roxos ou sapatos de salto se quisesse se manter invisível.

Mais estranho ainda, o homem não estava falando, lendo nem usando rapé. Nem o café ele estava tomando. Concentrava-se em apenas uma coisa, e de modo incessante: observar Kit.

— Não olhe agora — murmurou ele para Betty, quando ela saiu da cozinha —, mas o homem na mesa quatro está tramando alguma coisa.

Ela pegou a bandeja e deu uma volta pelo salão, tirando xícaras vazias e trocando comentários com alguns dos fregueses regulares.

— Eu poderia furtar o relógio, o lenço e a bolsa de moedas antes que ele chegasse à porta — disse ela, quando voltou. — Não que eu vá fazer isso. Não se preocupe, conheço bem as regras — acrescentou depressa e com um pesar evidente. — O que quero dizer é que o coitadinho está prestes a ter um mau dia. Assim que colocar um daqueles pezinhos lindos para fora, alguém vai esvaziar os bolsos dele. Talvez até antes, se conheço bem Johnny Fowler.

Os dois lançaram um olhar de viés para Fowler, que de fato observava o cavalheiro de modo quase tão atento — embora mais discreto — quanto o cavalheiro observava Kit. Fowler estava com água na boca. Kit duvidava que conseguiria esperar até o cavalheiro sair pela porta.

Esse era outro propósito dos cafés: um ladrão observador poderia espreitar os fregueses em busca de um possível alvo, segui-lo para a rua e exercer seu ofício. No início, foi por isso que Kit decidira comprar um café — depois de gastar centenas de horas e inúmeras libras em estabelecimentos como aquele, pensou que poderia ao menos tentar a vida do outro lado do caixa. E a verdade era que, agora, cuidar do café era um dos poucos tipos de trabalho — honesto ou não — nos quais ele se encaixava.

— Mas o que ele está fazendo? O cavalheiro, não Fowler. Por que ele está aqui? Em geral os cavalheiros vêm em grupos de dois ou três, não sozinhos.

— Talvez esteja pensando em roubar outra pessoa — respondeu Betty.

— Talvez — refletiu Kit. Aquele homem não seria o primeiro ladrão que se disfarçava de cavalheiro. Nem mesmo o primeiro a realmente *ser* um cavalheiro. — Mas ele está olhando apenas para mim, não para o salão.

— Tem certeza de que não o conhece?

Kit ergueu as sobrancelhas para ela.

— Acho que eu me lembraria de alguém como ele.

Ele arriscou outro olhar para o homem. Kit tinha boa memória para rostos — precisava ter, tanto na profissão atual como na anterior. E sabia que nunca vira aquele homem. Sob o pó, o rosto dele não tinha nada de especial — nariz reto, um maxilar que não era nem fraco nem forte, olhos de alguma cor que não era nem escura nem clara. As sobrancelhas tinham uma cor de trigo pálida, o que significava que o cabelo sob a peruca talvez fosse ainda mais claro. Era difícil saber, com todas as coisas que ele tinha na cara, mas não devia ter a aparência desagradável. Talvez fosse até atraente, com uma beleza meio insossa.

Contudo, com o pó, o sinal e o ruge, sem mencionar aquela peruca ridícula e uma quantidade antiética de seda roxa, ele era divino. Infelizmente, não havia outra palavra que lhe fizesse jus. Kit achou difícil desviar os olhos. Havia se passado menos de uma hora desde a chegada daquele homem, mas Kit já poderia descrever o número exato das flores nas meias do infeliz.

Sempre havia a possibilidade de que ele soubesse quem Kit era, mas Kit tinha encoberto muito bem seus rastros. Eram poucas as pessoas que conheciam suas duas identidades, e quase todas eram antigos cúmplices que não tinham interesse em desmascará-lo. Mesmo assim, sempre suspeitou que a vingança o encontraria algum dia, mas não imaginava que chegaria em um casaco roxo e com laços cor de lavanda na peruca.

Porém, aquele homem não o olhava com maldade. Na verdade, parecia... curioso. Talvez até admirado. Kit estava apenas se deixando levar pela imaginação.

Portanto, ignorou o homem, ou ao menos tentou. Encheu as chaleiras penduradas sobre a lareira. O sol começou a se pôr atrás dos prédios de pedra cinza do outro lado da rua. Os fregueses da mesa comprida do cento do salão foram saindo e sendo substituídos por outros. Kit preparou um bule de café após o outro e, sempre que olhava pelo canto do olho, via o veludo escuro, um sapato reluzente e um par de olhos atentos.

Chegou à conclusão de que o tédio tinha levado sua mente ao limite e, agora, ela buscava intriga onde, na realidade, havia apenas um homem razoavelmente atraente que prestava atenção demais nele.

Por fim, Kit deixou Betty cuidar do café e foi até o segundo andar a fim de se castigar cuidando da contabilidade.

A porta do escritório sempre ficava aberta. Do lado oposto, a porta do quarto estava fechada por um trinco pesado, mas ele queria que Betty pudesse chamar a atenção dele — e de sua adaga, sua pistola e do modesto arsenal que ele mantinha consigo — com um único grito, caso precisasse. Também queria poder ouvir o burburinho de vozes lá embaixo: o som das xícaras, das cadeiras arrastando no piso de madeira, quase alto demais para abafar os sons da rua vindos da janela. Qualquer coisa era melhor do que o silêncio.

Foi por essa porta destrancada que entrou o cavalheiro empoado e enlaçado.

Kit ficou em silêncio, nem mesmo se levantou. Seria não apenas inútil, mas uma admissão de que não tinha a vantagem, caso perguntasse o que aquele homem pensava que estava fazendo. Com toda a calma, colocou a adaga na mesa diante dele, com a mão relaxada sobre o cabo. Por algum motivo, a visão fez o estranho abrir um sorriso lento e largo, revelando uma fileira de dentes brancos que transformava o que poderia ter sido um rosto agradável em algo feroz.

— Ah, maravilha. Muito bem, mesmo. O senhor é Kit Webb, não? Apelido de Christopher, nome do meio Richard, também conhecido como Jack Mão Leve?

O estranho puxou uma cadeira da parede e a posicionou de modo que ficasse de frente para a mesa de Kit, depois se sentou, com uma perna cruzada com delicadeza sobre a outra, como tinha feito no andar de baixo. O gesto surpreendeu Kit, ainda mais do que o fato de que aquele homem sabia quem ele era. O homem se colocava vulnerável, aberto a qualquer ataque que Kit pudesse escolher fazer e, sem dúvida, sabia que Kit tinha toda a razão em atacá-lo.

— Meu nome é Edward Percy.

Os dedos de Kit se fecharam involuntariamente ao redor do cabo da adaga. Não porque o reconhecesse, mas porque não o reconhecia. Nunca havia tratado com ninguém com aquele nome, e, se o estranho fosse conhecido de algum amigo de Kit, teria começado com essa informação. Em vez disso, sabia quem Kit era e o que fazia antigamente. Por um instante, Kit considerou dizer a esse tal de Percy que tinha abordado o homem errado. Mas aquele estranho *sabia*. Kit conseguia ver nos olhos dele. De algum modo — e Kit adoraria saber quem fornecera tantas informações —, Percy havia descoberto, e negar a verdade apenas deixaria o esforço para se livrar dele mais tedioso.

Percy voltou o olhar para a mão de Kit, ainda em torno do cabo da arma, e, então, de volta ao rosto dele. Nada em sua postura mudou, nada que indicasse uma consciência do perigo, nem mesmo o mais leve vestígio de medo ou sequer vigilância. Pela experiência de Kit, isso só poderia significar duas coisas: ou ele era de uma estupidez sem tamanho e de uma confiança absurda, características comuns entre os de pó e peruca, ou acreditava que o conhecimento da identidade de Kit bastaria para mantê-lo em segurança — e se este fosse o caso, ele era mesmo muito estúpido.

— A que devo a honra, sr. Percy? — perguntou Kit, tentando incutir nas palavras todo o tédio possível, mal se dando ao trabalho de erguer a entonação no fim.

— Tenho uma proposta para o senhor — disse Percy, cruzando as pernas na direção oposta.

A fivela prateada de seu sapato refletiu um raio de luz da vela de Kit, chamando sua atenção para o tornozelo de Percy. Era fino, quase delicado, e as pinhas em suas meias quase pareciam se contorcer. Por um momento de loucura, ele se perguntou se poderia gostar da proposta que Percy tinha a oferecer, por mais ofensiva que fosse.

— Meus olhos estão aqui em cima, sr. Webb — murmurou Percy, e Kit sentiu as bochechas corarem por ter sido flagrado, mas também pela falta de censura na voz do homem. Havia momentos em que a falta de censura era quase um convite, sem dúvida uma concessão, e Kit não sabia o que fazer ao se encontrar numa dessas situações. — O senhor também gostou de me observar lá embaixo.

Kit sabia que deveria ter sido mais discreto. Torceu para que a penumbra do cômodo escondesse suas bochechas vermelhas, mas teve noção de que estava perdendo qualquer vantagem que pudesse ter tido no começo do encontro.

— Eu não era o único que estava olhando — respondeu Kit.

— Verdade, não era — disse Percy, prontamente. — Quem poderia me culpar? — Ele passou um olhar vagaroso pelo corpo de Kit, que teve a ideia insana de que os olhos penetrantes daquele homem o deixavam transparente como vidro. — Mas o trabalho vem antes do prazer, sr. Webb — Havia um tom malicioso de reprimenda na voz, como se Kit tivesse começado aquilo, seja lá o que fosse. — Sem querer ser direto demais, gostaria de contratar seus serviços.

Ele fez uma pausa, como se sua intenção fosse dar a Kit a chance de pensar que serviços poderiam ser esses, e se gostaria deles. Kit deixou os pensamentos vagarem por esse caminho por um momento. Fregueses viviam tentando comprar favores de Betty, então talvez não fosse tão estranho que alguém tentasse fazer o mesmo com Kit.

O fato era que Kit não se permitia olhar para homens como estava olhando para Percy, ao menos não com frequência, e sem dúvida não de modo tão óbvio a ponto de ser flagrado. Perguntou-se o que revelara suas cartas para aquele cavalheiro. Nem seus melhores amigos sabiam. Teve a sensação desconfortável de que aquele homem via tudo que Kit desejava esconder.

— Gostaria de contratar você para tirar alguns papéis da posse de um homem que conheço — declarou Percy, com um vestígio de diversão na voz, como se soubesse exatamente o que Kit estava pensando e que não se tratava de roubo de papéis.

Kit levou algum tempo para assimilar o que Percy queria dizer.

— Não — respondeu ele, todos os pensamentos em tornozelos esguios e panturrilhas torneadas se evaporando no ar. — Não faço esse tipo de coisa.

Teria sido fácil para Percy apontar que Kit não fazia *mais* esse tipo de coisa. Mas Kit já tinha entendido que aquele homem nunca dizia o óbvio. O cavalheiro assentiu.

— Sei. Estava torcendo para que fizesse uma exceção pelo preço certo. — Ele descruzou e cruzou as pernas de novo, como se soubesse o que o gesto fazia com a capacidade de Kit de pensar com clareza, e era provável que o maldito soubesse mesmo. — E para a pessoa certa — acrescentou, para deixar claro.

— Eu disse que não...

— É por causa de sua perna? Você não consegue cavalgar?

Kit observou o rosto do estranho em busca de um sinal de insulto ou insolência, mas encontrou a mesma curiosidade entretida.

— Claro que consigo cavalgar — respondeu ele, o que não era de todo uma mentira. Ele conseguia cavalgar, andar e subir escadas, desde que não se importasse com a dor e se a definição de "cavalgada", "caminhada" e "subida" fosse bastante abrangente.

— Interessante. Pensei que haveria um motivo para um homem com seu passado célebre viver como você vive agora.

— Bom, você se enganou.

Percy se levantou, mas não se dirigiu à porta.

— Pena. Poderia ter sido divertido. É impossível acreditar que um homem com seus talentos e sua história se contente em ficar em um só lugar, o dia inteiro, aquecido, seguro e completa e profundamente entediado. — Percy ajustou a renda em suas mangas. — Poderia ter sido muito divertido.

Kit pegou a adaga, permitindo que a lâmina refletisse a luz, para que Percy não tivesse como se equivocar sobre sua intenção.

— Não — repetiu ele, colocando a mão livre aberta sobre a mesa, como se estivesse se preparando para se levantar. — Saia.

Percy foi embora, e, enquanto ouvia seus passos lentos descendo pela escada, Kit se perguntou como aquele estranho sabia coisas que ele mal admitia a si próprio.

Capítulo 4

Percy não tivera a intenção de usar seus poderes questionáveis de sedução para convencer aquele homem, mas, se conseguisse tirar o livro de seu pai e, além disso, levar o salteador para a cama, seria um tempo bem gasto. Webb não apenas tinha aquele maxilar e aqueles ombros, mas falava com uma voz agradavelmente áspera e grossa. Devia ser tão entediante na cama quanto era fora dela, mas, quando um homem tinha uma aparência como aquela, não dava para pedir demais.

Estimulado por essa linha de pensamento agradável, Percy decidiu fazer uma tarefa que vinha adiando.

— O livro que seu pai não perde de vista — murmurara Marian naquela manhã, enquanto os dois posavam mais uma vez para o retrato — tem encadernação de marroquim verde-escuro e letras de um dourado desbotado gravadas na capa.

O coração de Percy dera um salto, e ele se forçou a se manter imóvel e calmo para esconder qualquer vestígio de entusiasmo.

— Então é *mesmo* o livro de minha mãe — sussurrou ele.

Até aquele momento, tudo que Percy sabia era que o pai se esforçava muito para proteger e esconder um livro que mantinha consigo o tempo todo. O que, por si só, deixava claro para Percy o valor do livro para o duque. Se ele conseguisse roubá-lo, poderia obrigar o pai a pagar pela devolução, o que já era motivo suficiente para querer aquele livro maldito. Mas a possibilidade de o exemplar ter pertencido à mãe de Percy abria uma perspectiva bastante intrigante.

Percy se lembrou da mãe tirando o pequeno livro verde das dobras do vestido, às vezes passando o dedo por uma página como se tentasse se lembrar de algo, outras vezes escrevendo. Ele nunca tinha visto o conteúdo, mas estava certo de que ela havia usado o livro como um meio para obter poder, e que seu pai o usava com o mesmo propósito após sua morte: acumular poder era a única coisa que ambos tinham em comum.

Percy sabia desde pequeno que os pais estavam envolvidos em uma guerra doméstica que parecia ter se originado em algum momento antes do casamento e por nada mais do que o ódio antigo que alimentavam um pelo outro. Em geral, ele ficava sabendo dos conflitos individuais apenas muito depois do ocorrido, e por boatos que escutava dos criados — foi assim que descobriu que o duque trancou a duquesa nos aposentos dela depois que ela fez com que o chocolate matinal do duque fosse temperado com emético ou arsênico, dependendo de quem contava. Também foi assim que soube que o duque abrigava a amante na ala leste do castelo Cheveril, e que a duquesa, em retaliação ou em provocação, havia vendido um diadema e usado o dinheiro para construir uma capela católica romana no terreno daquela mesma propriedade.

Percy sabia muito bem que seus pais se digladiavam de igual para igual, e as únicas pessoas que supunham que a duquesa era uma vítima inocente eram as mesmas que não conseguiam imaginar a existência de uma mulher tão calculista. Mas nada disso importava, pois Percy era um partidário da duquesa, um fato tão imutável quanto seu cabelo loiro ou seus olhos cinza.

A duquesa tinha outros partidários, claro, e Percy precisava visitar um deles para confirmar suas desconfianças sobre o livro.

Lionel Redmond era um primo materno distante. Fora enviado para o seminário na França e se tornara padre católico romano em Londres. A família da mãe dele, os Percy, era de uma antiga linhagem de católicos. A do pai dele, os Talbot, eram anglicanos ferrenhos. Depois de décadas e décadas de perseguição, os católicos ingleses agora podiam, ao menos, ter relativa certeza de que poderiam se reunir em uma taberna ou arena para uma missa improvisada sem serem queimados na fogueira, o que não impedia Percy de olhar muitas vezes para trás ao se dirigir da carruagem para a casinha estreita em que o primo morava.

— Primo Edward — disse Lionel quando viu Percy à espera na sala.

— Padre — respondeu Percy, levantando-se e curvando a cabeça.

— Veio me contar sobre suas viagens? — perguntou Lionel, e Percy percebeu que o primo imaginava que ele tivesse jantado com o papa ou coisa assim.

— Muita gentileza sua me convidar para entediá-lo com minhas histórias. Mas, na verdade, há um motivo mais doloroso para minha visita.

— Ah, Deus. — Lionel gesticulou para Percy se sentar.

— Como você sabe, eu estava em Florença quando recebi a notícia da morte de minha mãe, no verão do ano passado. O advogado me escreveu sobre as porções do acordo de casamento relativas às propriedades deixadas a mim após a morte dela.

Eram muito poucas. As propriedades que foram o dote de sua mãe passaram para as mãos de seu pai no momento do casamento, com uma quantia nominal mantida para os dotes das futuras filhas.

— Gostaria que pudesse me dizer o que houve com as propriedades pessoais de minha mãe. Quando voltei no mês passado, descobri que os aposentos dela estavam ocupados pela nova duquesa, e que os pertences de minha mãe, livros, pentes e tudo mais, tinham desaparecido. Meu pai alega que os distribuiu entre os criados, mas tive esperança de que tivesse enviado alguns para você também.

Lionel franziu a testa.

— Na verdade, não. Mas, como sabe, seu pai está longe de simpatizar com a verdadeira fé.

— Uhum — murmurou Percy em sinal de compreensão.

— Queria algo para me lembrar dela. — O que era o tipo de verdade em que ele não gostava de pensar, portanto pronunciou as palavras sem deixar que tomassem seus pensamentos: — Você se lembra daquele livrinho que ela carregava por todo lado? Eu pagaria o resgate de um rei para recuperá-lo.

Percy não sabia se era sua imaginação ou se algo mudou na postura do primo — uma inclinação da cabeça, olhos semicerrados, mas de repente o velho pareceu tão astuto quanto sua mãe.

— O único livro que vi sua mãe segurar era a Bíblia — disse Lionel.

Em termos de mentiras, essa era ruim, porque era impossível que Lionel não tivesse notado aquele caderninho. *Uma mentira facilmente refutada é tão ruim quanto uma confissão* era uma das lições da duquesa.

— Que pena — respondeu Percy, com ar despreocupado. — Se lembrar de algo a respeito, por favor, me diga. Enquanto isso, trouxe um cheque bancário para o senhor usar como achar melhor com o cuidado de seu rebanho.

Percy tirou o papel do bolso e o deixou sobre a lareira. Torceu para que seu primo interpretasse como uma promessa de pagamento por informações futuras.

Quando voltou à Casa Clare, encontrou seu valete esperando em seus aposentos.

— Por favor perdoe minha audácia — disse Collins enquanto ajudava Percy a tirar o casaco —, mas espero que milorde esteja satisfeito com meus serviços.

Pego de surpresa, Percy observou o criado pelo espelho.

— É claro que estou. Fomos e voltamos da Itália. Você me ajudou a superar aquela doença brutal nos Alpes. Quando faz algo tolo como tentar me fazer usar carmesim, sempre aviso você.

— Isso é um alívio, milorde.

— Por que essa crise de confiança?

— O duque demitiu o sr. Denny.

— Ele fez o quê? — perguntou Percy, chocado.

Denny era o valete do duque desde antes de Percy nascer.

— Sim, milorde. Os substitutos do sr. Denny são dois rufiões grandes e desmazelados, nenhum dos quais parece capaz de espanar um paletó ou vestir uma peruca. Eles se revezam para dormir na antecâmara do duque.

— Ah. — Percy se perguntou se Collins sabia que estava descrevendo os guardas. — E onde está Denny?

Se o antigo valete do duque havia sido demitido e posto para fora com uma mão na frente e a outra atrás, Percy talvez pudesse empregá-lo para ajudar a ter acesso ao aposento interno do pai.

— Ele mencionou à criada que planejava abrir uma taberna em Tavistock, de onde é a família dele.

Percy ergueu uma sobrancelha. Não soava como um homem que tinha sido dispensado, mas subornado. Ele se perguntou se o irmão de Marian poderia ser convencido a fazer uma viagem a Devon para ter uma conversinha com o sujeito.

— Obrigado. Você é, como sempre, inestimável.

Queria dizer mais, garantir a Collins que, o que quer que estivesse acontecendo na casa, Percy cuidaria para que seu valete fosse tratado de modo justo. Mas permaneceu em silêncio, primeiro porque sabia que não estava em condições de fazer promessas; e segundo, porque era melhor não ser efusivo nos elogios nem excessivo nas garantias, afinal, de acordo com a duquesa, ambos eram sinais de um homem desesperado. E a duquesa quase nunca havia errado a respeito dessas questões.

Capítulo 5

Percy ficou surpreso ao descobrir que era um espião razoável. Após mais de vinte anos considerando-se o centro das atenções, era uma lição de humildade perceber como se tornara invisível de uma hora para outra. Sem seus trajes habituais — peruca, pó, pinta, ruge — e usando um casaco marrom comum e uma calça desmazelada que Collins havia adquirido a contragosto nas barracas de segunda mão, ele conseguiu espiar Webb sem ser notado. Por uma semana, ficou sentado à mesa central do café, às vezes usando um jornal como disfarce, mas sempre mantendo um olhar atento no proprietário. Ninguém olhou muito para ele, nem mesmo Webb, que mal havia conseguido tirar os olhos de Percy quando ele estava vestido para chamar a atenção.

Depois de uma semana, Percy se deu conta de que errara feio ao oferecer dinheiro a Webb. Embora estivesse certo de que todos tinham um preço, o de Webb não se referia apenas a dinheiro. Estava claro que ele vivia bem dentro de suas possibilidades. Mantinha o estabelecimento em boas condições, permitia que a menina — Betty — ficasse com todas as gorjetas que os fregueses deixavam e, muitas vezes, limpava e polia as mesas e instalações ele mesmo. Quando uma briga de rua entre bêbados virou uma confusão e um cabo de vassoura quebrou uma das janelas do café, Webb mandou o vidraceiro reparar a vidraça quebrada no mesmo dia e pagou na hora sem nem tentar regatear.

Embora o escritório de Webb no andar de cima estivesse mobiliado de modo espartano e quase frugal, Percy tinha notado que uma vela de cera queimava num pequeno castiçal simples de estanho; não era sebo vagabundo e malcheiroso, nem um junco humilde. Percy não tinha muita noção do que era a pobreza, mas conseguia identificar quando um homem não precisava se preocupar com sua próxima refeição — sobretudo porque podia comparar como ele e Marian eram antes da crise atual e como estavam agora. Talvez Webb tivesse sido muito bom em seu antigo ofício e economizara mais do que o suficiente para o futuro.

Se não podia recorrer ao dinheiro, Percy teria que encontrar outro modo de convencer Webb a participar da conspiração. Tentou encontrar uma fraqueza que pudesse explorar. Uma fraqueza, segundo a mãe dele, era qualquer coisa que Percy pudesse usar a seu favor. Ele a encontraria; era apenas uma questão de tempo. Enquanto isso, observar o homem estava longe de ser um sofrimento.

Webb era alto, talvez ainda mais do que Percy. Era admirável como as pernas marcavam a calça bem ajustada, e, mesmo quando usava a bengala, ele se portava com a tranquilidade de alguém que sempre tinha sido forte. O cabelo castanho-escuro tinha a mesma cor do café que passava, caindo sobre os ombros em ondas pesadas. Ele fazia um esforço mínimo para mantê-lo confinado a uma trança respeitável, mas, sempre que Percy o via, alguns fios ao redor de seu rosto tinham se soltado. Webb quase nunca sorria para ninguém além da garçonete, mas, quando sorria, exibia um incisivo lascado, e o coração de Percy palpitava sem nenhum motivo.

Mas Webb tinha rugas ao redor dos olhos que indicavam certa disposição antiga e esquecida para sorrir. Também tinha outras marcas, do tipo que não haviam surgido devido ao riso.

Percy ficou atento para ver em quem Webb prestava atenção. Ele não olhava muito para nenhuma das poucas mulheres que se aventuravam a entrar no café, tampouco olhava para os homens. A única pessoa com quem parecia se importar era Betty, e ele a tratava como uma filha. Percy achou que ela poderia ser mesmo filha dele, mas, se Webb não tinha nem 30 anos e a menina tinha quase 20, então não era possível.

Depois de uma semana de observação atenta, Percy concluiu que Kit Webb era ranzinza, mal-humorado e entediado, e com razão. Bocejava só de observá-lo, e ninguém diria que Percy tinha um especial apreço por aventura. Webb devia estar louco por um pouco de adrenalina. Percy tinha visto a expressão do homem ao segurar a adaga na outra noite. Ele pareceu quase aliviado, como se estivesse à espera de uma desculpa para empunhar a arma, como se um pouco de violência fosse uma distração bem-vinda.

Toda a sua vida era o retrato de um tédio quase soporífero, e, se o informante de Marian não tivesse afirmado com tanta convicção, Percy não teria acreditado que aquele homem fizera algo mais emocionante do que sair para caminhar sem guarda-chuva, que dirá praticar alguma atividade criminosa. Parecia incompreensível que tivesse sido um bandoleiro famoso de tamanho charme e intrepidez, a ponto de uma canção, inúmeros panfletos e muitas gravuras homenagearem suas façanhas de fugas ousadas e astutas da lei.

Era algo que Percy poderia usar a seu favor, ele tinha certeza. Webb iria querer participar de seu plano se Percy ao menos conseguisse pensar num pretexto que lhe permitisse aceitar de boa vontade. Tinha que lhe dar um motivo pelo qual dizer sim seria mais fácil do que dizer não.

Ao se preparar para o segundo encontro, Percy se vestiu quase do mesmo modo: casaco e calça azul-turquesa, um colete alguns tons mais escuro e meias alguns tons mais claras com pinhas do mesmo matiz do colete. Usou uma peruca recém-encaracolada que estava empoada no tom preciso de alabastro, cobriu o rosto com uma camada de pó generosa, aplicou uma pinta sobre o canto da boca e, então, acrescentou um pouco de ruge só para mostrar que estava usando. Se seu valete notou que Percy estava vestido de forma adequada para um jantar com membros da família real, ele não disse nada.

Percy desceu da carruagem devagar, passando com cautela por cima das poças maiores que ficavam entre ele e a porta do café de Webb. Não poderia levar a cabo o que estava prestes a fazer com meias sujas.

Abriu a porta e a atravessou devagar, dando a Webb a oportunidade de notá-lo. Pelo canto do olho, viu o outro virar a cabeça, ficar tenso por um momento, depois levar uma das mãos ao quadril. Supôs que era ali que Webb mantinha a adaga, ou talvez uma pistola. O que quer que fosse, ele não a sacou, nem mesmo colocou a mão por dentro do casaco para segurá-la. Talvez fosse porque ele não estava com medo, ou porque não queria assustar os fregueses. De qualquer forma, Percy estava contando que a arma permaneceria dentro do casaco de Webb.

Ele foi direto à mesa onde Webb passava o café.

— Sr. Webb — cumprimentou ele, sorrindo como fazia antes de convidar alguém para dançar. — Peço desculpas. Depois de sair daqui na semana passada, percebi que deixei de fora da proposta uma informação vital. — Antes que Webb fizesse qualquer objeção, Percy continuou, quase murmurando: — Vou contar uma história para você. Há um homem que é, digamos… — ele tamborilou na mesa — um belíssimo filho da puta. Eu poderia enumerar seus delitos, mas você tem um negócio para administrar, e meus sapatos não foram feitos para ficar em pé por tão longo tempo. Basta dizer que se trata de um latifundiário negligente e uma pessoa cruel de modo geral.

Era uma lista tão incompleta dos piores crimes de seu pai que era quase incorreta, um eufemismo tão severo que beirava a desonestidade. Mas ele não poderia explicar toda a verdade. Webb olhou para ele, inexpressivo e indiferente. Lembrando que ele levava a garçonete para casa nas noites escuras, Percy acrescentou como um adendo:

— Ele também é um dos piores maridos que uma esposa poderia pedir.

Algo mudou na expressão de Webb, seu maxilar e seus olhos ficaram rígidos, e Percy conteve um sorriso vitorioso. Webb ergueu um canto da boca como se fosse sorrir, mas Percy notou que não era o tipo de sorriso que ele abria para a garçonete.

— Mas que tipo de pai ele é, sr. Percy? — perguntou Webb, a voz rouca e áspera.

O tom de voz combinava com sua barba por fazer: rústica, descuidada e inconvenientemente bonita. Percy estava tentando determinar qual dessas características achava mais perturbadora quando se deu conta do que estava implícito na questão de Webb. Percy tinha tomado todo o cuidado para não revelar sua relação com o homem que queria roubar e não sabia ao certo o que havia dito para acabar entregando o segredo. Por estupidez, ele se permitiu se afobar por um instante e isso bastou para que seus pensamentos transparecessem no rosto e confirmassem as suspeitas de Webb.

— O que deseja roubar de seu pai, sr. Percy? — perguntou Webb, na mesma voz áspera. — Sua mesada é insuficiente? Você tem dívidas de jogo? Deixou uma moça em maus lençóis?

Ele falou como se todos esses problemas fossem entediantes, como se qualquer coisa que pudesse afligir Percy fosse indigno de sua atenção. Percy poderia ter se ofendido se não concordasse que aqueles problemas eram risíveis comparados à verdade.

Então ele se lembrou de que Webb havia se dirigido a ele repetidas vezes como sr. Percy em vez de lorde Holland, o que significava que ele não sabia quem Percy nem seu pai eram. Isso era um alívio. Significava que Webb era apenas bom em palpitar.

Percy permitiu que um lampejo de divertimento perpassasse seu rosto.

— Se você acha que estou interessado em ganho pessoal, sr. Webb, está enganado. Inclusive, pode ficar à vontade para pegar para si qualquer coisa de valor que encontrar durante o roubo — disse ele, a voz pouco mais do que um murmúrio. Webb teria que aguçar a audição para as próximas palavras. — Tudo que quero é um livro.

— Um roubo é o método mais perigoso e menos confiável que se poderia imaginar se tudo que você quer é um livro — concluiu Webb, a voz pouco mais do que um sussurro também. — Contrate um arrombador de casas, sr. Percy. Um ladrão e um arrombador de fechaduras. Há muitos que adorariam essa oportunidade. Você não precisa de alguém com minhas habilidades.

— Ele dorme em um quarto protegido por dois homens armados. O livro está sempre com ele.

E foi isso, mais do que tudo, que fez os olhos de Webb brilharem. Percy queria cantar vitória. Webb hesitou, como se estivesse louco para saber o que era o livro em questão, mas não quisesse perguntar. Bem, Percy não facilitaria.

— Uma pena que você não pode ajudar — disse ele, então deu meia-volta e saiu, sentindo o tempo todo o olhar de Webb às suas costas.

Capítulo 6

Por mais que tentasse, Kit não conseguia parar de pensar em Percy. Não, não em Percy, disse a si mesmo, mas na proposta de Percy. No alvo, acima de tudo. Um homem que precisava de dois guardas era interessante por si só. Um homem que tinha um livro do qual nunca se distanciava era ainda mais interessante, em especial se Percy o valorizava mais do que as joias ou o ouro que o homem possuía. E Kit podia apostar que alguém capaz de bancar dois guardas e um filho que se vestia como o pior tipo de almofadinha carregava muitos itens de valor.

Kit tinha certeza de que o alvo era de fato o pai de Percy. O homem fora pego no flagra, e tinha o tipo de rosto que não parecia ter o hábito de revelar segredos. Kit estava inclinado a confiar naquele indício de surpresa.

— Você parece animado — comentou Betty enquanto fechavam o café. — É bom ver que não está emburrado, para variar. Acho que não gritou com um freguês a tarde toda.

— Não sou emburrado assim — retrucou Kit, deprimido com a constatação de que considerar um retorno ao crime o havia deixado de tão bom humor. — Nossa, sou um cretino sem princípios.

— É claro que é, querido — disse Betty, entregando um pano limpo para ele lustrar sua metade da mesa. — É famoso por isso, inclusive.

— Eu não estava me gabando, e você sabe — protestou ele, tentando limpar uma mancha deixada por gotas de café. — Estava me confessando.

— Se quiser confessar algo, confesse ser um homem bem triste e ainda por cima um pé no saco. Nunca na vida vi ninguém se portar como você. Está igual a uma dama numa peça, suspirando.

Ela segurou o pano de limpeza junto ao peito de uma forma que ele imaginou que fingia ser teatral.

— Não estou suspirando — retrucou Kit, dividido entre se indignar e se divertir. — Meu corpo nem consegue fazer isso.

— Se é nisso que quer acreditar. Deus, queria que furtasse um lenço qualquer e acabasse logo com isso. Vai se sentir melhor. Furte um lenço, receba mercadorias roubadas, afane algumas moedas. Tenho muitas ideias, é só perguntar.

— Você é uma parceira de verdade, Betty.

Ela lançou um olhar astuto de esguelha para Kit, do tipo que sempre o fazia suspeitar que Betty lia mentes.

— Dá para fazer muitas travessuras mesmo com uma perna manca.

Aquela perna maldita. Toda vez que ele quase se acostumava, ela dava um jeito de piorar. Toda vez que ele pensava ter descoberto até onde poderia andar, ela decidia ceder por completo, e Kit precisava contratar a droga de uma charrete para voltar para casa. Era melhor apenas ficar parado.

E agora sua perna estava colocando a perder sua chance de participar de um roubo muito interessante ou provar para si mesmo que era capaz de ser decente pela primeira vez na vida. Porque, de um jeito ou de outro, ele decepcionaria Percy. Kit não conseguiria se manter em uma sela por mais que um trote. Não conseguiria nem desmontar do cavalo sem cair de cara no chão. E certamente não conseguiria assaltar alguém, não se quisesse sair com vida. Mas teria sido bom ter essa opção.

Que inferno. Teria sido bom fazer apenas um último serviço. Ver uma vez mais a cara de um cavalheiro quando percebesse que certas coisas estavam fora de seu controle e ter, ainda que por pouco tempo, a satisfação sombria da vingança. Sentia falta do resto também — a emoção de fugir, passar despercebido, vender a carga.

— Vejo que voltou a ficar emburrado. Espero que esteja curtindo sua penitência, porque eu não estou — comentou Betty.

Kit bufou de frustração.

— Só você, Betty, veria um homem tentar dar seu melhor uma vez na vida e pensar que há alguma explicação perversa para isso.

— Só você, Christopher, seria tão parvo para pensar que esta — ela apontou para o café com o pano — foi a primeira vez em que deu seu melhor.

Ele a ignorou e voltou à arrumação, ainda se perguntando como havia chegado ao ponto de ser comandado por uma mulher dez anos mais nova e ter se tornado tão dependente dela.

Depois de levar Betty para casa, sua perna melhorou. Ele recusou o convite da mãe dela para ficar para jantar, depois ignorou o convite aos berros do irmão dela para tomar uma cerveja na taberna da esquina. Entrou numa travessa, como sempre fazia, e se apoiou na parede para descansar. Depois de um ano dessa rotina, pensou que talvez até houvesse uma marca nos tijolos no formato de seu corpo. Bateu o punho na lateral da perna direita, o que às vezes fazia seu quadril lembrar que servia para alguma coisa. Com cuidado, apoiou parte do peso nela e, como não caiu estatelado, considerou um sucesso e voltou para a rua.

Às vezes, no caminho para casa, passava na casa de banho e mergulhava a perna miserável, às vezes parava em um restaurante e às vezes trombava com um conhecido e conversava. Algumas vezes, quando estava realmente a fim de sofrer, passava nos estábulos onde deixava Bridget e dava uma maçã a ela. Mas, quase sempre, ia para casa, subia as escadas com dificuldade e lia à luz de uma vela até cair no sono.

Em algum momento do último ano, o mundo de Kit havia se reduzido à extensão de seu café e da casa de Betty, com incursões cada vez menos frequentes no resto do mundo. Depois de passar quase toda a vida adulta perseguindo suas vítimas e fugindo da lei, indo e voltando pelo interior como bem queria, ele se ressentia do confinamento.

Talvez Betty estivesse certa, e ele estivesse se punindo — pela morte de Rob, por anos de roubos sem remorso, por não conseguir mais roubar. Não fazia sentido, mas, pela experiência de Kit, poucas coisas que aconteciam na mente de uma pessoa faziam sentido. Talvez mancasse de um lado para o outro em seu cantinho de Londres porque queria se sentir um lixo; nesse caso, ele estava fazendo um belo trabalho.

Tentou se lembrar da última vez que tinha ido a algum lugar fora do circuito habitual — duas semanas antes, havia visitado o sapateiro para mandar consertar as botas, então voltou alguns dias depois para buscá-las. E antes? Em setembro, fora ao boticário quando uma onda de tempo úmido agravara a dor na perna, e ele precisou de mais uma lata de bálsamo.

Quando chegou em casa, subiu a escada com dificuldade e se deixou cair na cama, sem nem descalçar as botas. Os sapatos poderiam esperar até que ele sentisse um pouco menos de dor ao se mexer. O jantar também. Na verdade, qualquer coisa além de olhar fixamente para o teto e observar uma aranha tecer uma teia no canto poderia esperar.

Ele se perguntou o que Percy fazia à noite. Com certeza não ficava se lamentando na casa chique em que devia morar. Kit apostava que Percy se vestia de modo ainda mais extravagante do que de dia, depois passava a noite dançando e flertando com damas. Também devia fazer mais do que apenas flertar com homens. Os comentários que fizera, os olhares que lançara a Kit...

não deixavam muita margem para dúvida sobre as preferências de Percy. Ele não fazia muito segredo sobre isso.

Esse pensamento foi o bastante para estragar o que estava se transformando em uma linda fantasia. O único motivo para Percy ser capaz de cobiçar outros homens em plena luz do dia sem ser espancado, preso ou mesmo assassinado era sua riqueza. Kit se perguntou se homens ricos tiravam a peruca na hora de transar e depois ficou muito irritado com seu pau por não achar perucas pouco atraentes. Seu pau não entendia nada. Aliviar-se pensando num aristocrata com uma maldita peruca seria um fim humilhante para um dia ruim.

Ele se arrastou para fora da cama, antes que seus pensamentos e suas mãos vagassem, e atravessou o patamar até o escritório para fazer a contabilidade.

Capítulo 7

Percy decidiu que era hora de colocar pressão no salteador. Fazia dias desde o último encontro, e, além disso, a tarefa o levaria para fora da Casa Clare, duraria algumas horas e deixaria seu pai um passo mais perto da ruína pública, então, ao todo, seria um dia bem aproveitado.

Ele tomou um cuidado especial com sua vestimenta. Era um dia sombrio e triste, então escolheu amarelo. Admitia que não era sua melhor cor, mas uma das muitas vantagens da beleza era que ele poderia usar a cor mais feia imaginável e ainda assim ficar melhor do que a maioria. Mandou Collins abotoar seu colete de seda cor de junquilho e o casaco cor de açafrão que chegava a ser duro de tantos bordados em ouro. Um homem inferior poderia achar uma calça amarela um exagero, mas Percy não era um homem inferior.

Entrou no café com todo o alarido possível, mas encontrou o lugar cheio de fregueses. O tempo estava horrível, então fazia sentido que os plebeus quisessem um ambiente mais hospitaleiro do que os casebres de que sem dúvida vinham. Mas Percy ficou decepcionado ao ver que a mesa que ocupara em visitas anteriores — ao menos as que havia feito como o aristocrata que de fato era, e não com suas roupas insossas de espião — estava sendo usada por quatro homens de casacos pretos deprimentes.

Mas ele não poderia sair, não depois do modo como entrara, então se acomodou na ponta de um banco à longa mesa central, ajustando o casaco. Conseguiu sentir o olhar de Webb. Percy ergueu os olhos para encarar o salteador.

— Vai querer café, pelo visto — resmungou Webb.

— Sim, estou aqui pelo café. Que observador de sua parte. Não me admira que este lugar seja um sucesso.

Sem dizer uma palavra, Webb botou com displicência uma xícara de café na mesa, deixando transbordar um pouco. Percy ignorou tanto o café na xícara como o derramado.

— Meu bom Deus, Kit — disse o homem sentado ao lado de Percy. — Você vai molhar meu livro se não limpar isso. Dê-me um pano, por favor. — Depois, voltando-se a Percy: — Este lugar vai à ruína sem Betty para cuidar das coisas. Ruína, estou dizendo.

— Ruína — concordou Percy e, pelo jeito, aquilo era tudo que bastava num lugar como aquele para travar uma conversa, porque lá foram eles.

O homem lhe disse que tragédia grave teria sido se Kit tivesse destruído seu livro quando estava a tão poucas páginas do fim. O que prontamente levou Percy a confessar que não tinha lido o livro.

— Pode ficar! — exclamou o homem.

Seu nome era Harper, ou Harmon, ou talvez Hardcastle. Falava com um sotaque rústico que quase não fazia sentido aos ouvidos de Percy. Além disso, ele não se importava nem um pouco com o nome do sujeito.

— Pegue — insistiu Harper ou seja lá quem fosse, empurrando o livro para Percy.

— Não posso aceitar — respondeu ele.

Se quisesse ler aquele livro sobre um tal de Tom Jones ou algum outro sujeito de nome comum, encomendaria uma cópia encadernada no mesmo couro verde dos outros exemplares em sua biblioteca. Sem dúvida não leria um livro que pertencia a um completo estranho e que parecia ter passado pela mão de várias pessoas em estágios variados de imundície.

— Não gostaria de abusar de sua gentileza.

— E não estaria abusando, meu bom homem. O livro não é meu.

Harper apontou para uma parede no lado oposto do salão, cheia de estantes que eram quase invisíveis graças à fumaça de tabaco.

— Além de um café, o sr. Webb dirige uma biblioteca de empréstimos? — perguntou Percy. Ficou estupefato diante das escolhas de carreira do salteador aposentado.

— Isso — disse um homem do outro lado da mesa, sem tirar os olhos de um papel em que escrevia furiosamente — implicaria que ele cobrasse.

— Eu cobro, sim! — interveio Webb, que rodeava a mesa e pegava xícaras vazias.

— Não, não cobra — replicou o homem do outro lado da mesa.

— Tem que colocar uma moeda a mais no pote.

— Ninguém faz isso. É só pegar o livro e devolver quando acabar — comentou Harper com Percy em tom de confidência.

— E colocar a maldição de uma moeda no pote. O que ainda estão fazendo aqui? Não têm casa, não? — retrucou Webb.

Harper foi embora logo depois, enfiando o livro na frente de Percy ao sair. Ele ignorou o homem, preferindo observar Webb atiçar o fogo e resmungar com o bule do café que estava preparando perto da lareira.

Por volta da hora do jantar, a multidão no café começou a diminuir. Percy deveria ir também. Quando olhou o relógio, descobriu que havia passado três horas num banco duro de madeira.

Lera quatro páginas do romance, ouvira por alto um debate que soava subversivo e passara o resto do tempo observando Webb.

Assistiu a Webb varrer, acrescentar o que pareciam ser quantidades indiscriminadas e desmedidas de ervas à cafeteira, servir café de uma forma que só poderia ser descrita como relutante, guardar uma pilha de livros na estante em uma ordem que não tinha nada de alfabética e dizer a três dezenas de clientes que "Betty não está aqui, inferno, só tome seu café e vá embora".

Percy não entendia nada sobre gerenciar um estabelecimento e ficaria profundamente ofendido por quem sugerisse o contrário, mas tinha gastado dinheiro suficiente em diversos lugares para saber que o modo de Webb de dirigir seu negócio era ao mesmo tempo excêntrico e não muito propenso a incentivar os fregueses a voltar. Mesmo assim, o recinto estava cheio sempre que Percy o visitava.

Talvez todos estivessem lá para admirar o proprietário. Certamente havia muito a se admirar nele. Nem sua cara emburrada estragava sua beleza. Ele tinha o maxilar para bancá-la, dando à sua carranca uma expressão máscula.

Restavam apenas três pessoas no local, incluindo Percy; já havia passado da hora de ir embora. Ele só queria se mostrar para Webb de novo e lembrá-lo de toda a diversão e todas as atividades criminosas que poderia estar praticando em vez de servir café. Mas tinha a impressão de que ele passara a tarde inteira flanando.

Um dos últimos clientes se levantou e se dirigiu não à porta, mas para perto da escada.

— Aquele sótão ainda está vazio, Kit? — gritou ele, no primeiro degrau, então já devia ter certeza da resposta.

— É todo seu. — Webb ergueu os olhos do balcão, onde contava o lucro do dia em pequenas pilhas de moedas ordenadas. — A sra. Kemble está no andar de baixo, então lembre-se de pisar com cuidado. Você sabe como ela fica.

Foi a frase mais longa que Percy tinha ouvido Kit dizer naquele ou em qualquer outro dia, e foi a primeira vez que não se tratava de um resmungo. Ele também tinha uma voz bonita — baixa e um pouco rouca. O sotaque estava longe de ser polido, mas tampouco era rústico. Não parecia iletrado, e, inclusive, pensando bem, Percy se lembrava de já ter visto Webb ler livros da própria biblioteca. Seria possível enfiá-lo em um casaco respeitável, apresentá-lo ao conceito de escova de cabelo e fazer aquela barba para que se passasse por um lojista próspero, um membro respeitável da classe média — o que na verdade ele era, apesar do passado criminoso.

— Pare de me encarar assim — repreendeu Webb quando os dois ficaram a sós no café, sem tirar os olhos das moedas.

— Não, não pretendo parar.

— Você vai acabar preso se continuar agindo desse jeito.

Percy ergueu as sobrancelhas.

— Devo dizer que não estava esperando receber de *você* um conselho sobre como ser um cidadão de bem.

Webb fez um barulho que Percy levou um instante para entender que era um riso. Webb logo se recompôs e olhou feio para Percy, como se estivesse irritado por ter achado engraçado.

— Não me diga que um homem como você acha ruim contrariar a lei — provocou Percy.

Webb lançou um olhar estranho para ele, mas ainda não dera uma de ofendido, alegando não ser esse tipo de homem etc. Nem sequer estava corando.

— Você seguiu meu conselho? — perguntou Webb.

— Parar de encarar você?

Webb ergueu os olhos, exasperado.

— Contratar um ladrão.

— Já disse por que isso não daria certo.

— Ah, sim, porque seu pai tem guardas.

Se Webb achou que conseguiria facilmente fazer Percy admitir que seu alvo era seu pai, teria que pensar duas vezes.

— Que tipo de tolo você deve achar que sou para pensar que eu cairia nesse truque? Que desmoralizante.

Percy se levantou e saiu. Levou o primeiro volume surrado de *Tom Jones* e fez questão de deixar uma moeda no pote, sentindo os olhos de Webb sobre ele o tempo todo.

Capítulo 8

Kit apoiou o peso na bengala, olhando para o prédio familiar. As mesmas cortinas de renda flutuavam sob o ar noturno enquanto o som de um violino era levado pela brisa. Ele pensou até que dava para sentir o cheiro do perfume feminino da calçada, mas provavelmente era apenas imaginação.

Quando bateu na porta, quem atendeu foi uma garota que Kit nunca havia visto. Ela tinha o cabelo ruivo e, sob o pó, dava para ver um punhado de sardas nas bochechas.

— Boa noite — cumprimentou a garota, que parecia tentar soar sedutora, mas na verdade acabou fazendo um balbucio nervoso.

Kit sabia que as meninas que estavam nervosas de verdade não atendiam a porta. Aquela, com as sardas mal escondidas, a timidez e o modo como levava a mão ao peito num esforço reprimido de puxar o corpete para cima, estava lá para agradar o tipo de homem que queria cuidar de uma garota. Scarlett sabia o que estava fazendo, e a menina também. Ele apostaria que, em seis meses, ela seria instalada em uma casa aconchegante por um homem determinado a resgatá-la. E sorte a dela. Kit torcia para que a garota depenasse o sujeito.

— Poderia dizer à sua patroa que Kit Webb está aqui para vê-la?

A menina arregalou os olhos. Kit não sabia dizer se ela reconhecera seu nome ou se fazia isso para todos os homens que batiam naquela porta. Ele tirou o chapéu, e ela o guiou por uma série de cômodos forrados por tons de rosa e marfim. Passaram por um bar em que havia alguns homens reunidos em torno de uma mulher que tocava uma melodia animada no cravo, depois por uma sala onde homens e mulheres jogavam baralho, algumas das mulheres sentadas no colo dos companheiros.

No fim do corredor, a garota apontou para uma sala vazia e pediu para Kit esperar. Ele se sentou com cuidado perto do fogo, em um sofá delicado. A mobília no térreo de Scarlett era toda composta por moldes semelhantes: cadeiras que pareciam frágeis demais, mesas que talvez fossem um centímetro mais baixas, tudo projetado para fazer os homens se sentirem estranhos em um lugar feminino. Quando Kit a questionou sobre a decoração pela primeira vez, duvidara de sua lógica — não faria mais sentido encher a casa de móveis feitos em uma escala mais masculina, para receber bem os clientes pagantes? Ela dissera apenas que as camas eram resistentes e os bolsos dela estavam cheios.

— É mesmo você — disse uma voz gutural detrás da porta. — Pensei que Flora tinha se enganado.

— Em carne e osso — afirmou ele, levantando-se e virando-se para a porta.

Scarlett atravessou a sala e pegou as mãos dele, erguendo os olhos para seu rosto.

— Doze meses, Kit.

Ele se perguntou se ela conseguia ver a passagem do tempo em sua pele. Imaginou que Scarlett talvez tivesse rugas novas no rosto, talvez um ou dois fios grisalhos em meio ao ruivo.

— A menina que atendeu a porta. Flora, acho que foi assim que a chamou. É sua irmã?

Ela sorriu e balançou a cabeça.

— Galanteador.

— Filha?

— A vida honesta deixou sua mente fraca se pensa que vou admitir ter uma filha com idade suficiente para ganhar a vida — respondeu a mulher, porém Kit notou não ser uma negativa. — Mas o que o traz aqui? Não me atrevo a ter a esperança de que seja pelo prazer de minha companhia.

— Informações.

— O acordo de sempre, então?

Ela se sentou em uma das poltronas e fez sinal para Kit fazer o mesmo.

— Não exatamente — disse ele, obedecendo.

No passado, ela havia prestado serviços a Kit e Rob como um tipo de batedora. Para assaltar o veículo de um cavalheiro, era preciso ter certeza de que o homem carregava o bastante consigo para que o serviço valesse a pena. Um salteador também precisava saber que caminhos a possível vítima percorreria e quando o faria. Os homens, depois de algumas rodadas de bebida e bem saciados, eram suscetíveis a deixar esse tipo de informação escapar. As meninas de Scarlett sabiam que seriam bem recompensadas se repassassem detalhes úteis à patroa.

— Uma pena. Tenho uma lista enorme de homens que eu adoraria ver em maus lençóis — disse ela.

— E não temos todos?

— Às vezes, quando escuto algo sobre um que seja bem mau, penso logo que Rob adoraria saber da história.

Kit reprimiu uma onda de pesar ao ouvir o nome de Rob. Parecia inesperadamente nova. Estava acostumado ao sentimento, não conseguia nem se lembrar de um tempo em que não estivesse lamentando a morte de alguém. A morte de seus pais ocorrera havia muito tempo, a ferida já tinha cicatrizado. E, quanto a Jenny e... bem, ele estivera furioso, cansado e bêbado demais para se lembrar da sensação.

Mas a morte de Rob ele lamentara sóbrio e com tempo de sobra para repassar os acontecimentos daquele último dia de novo e de novo, até os contornos da memória se desfazerem, turvos como uma gravura num livro manuseado muitas vezes. Mal conseguia pensar naquilo sem ser ofuscado por tudo o que poderia ter feito diferente, voltado atrás, escolhido outro alvo, outra rota, outra vida.

Não era como se ele e Rob tivessem almejado se tornar salteadores, claro que não. O pai de Rob tinha sido jardineiro da mansão, os pais de Kit eram donos de uma pequena taberna. Ambos poderiam ter seguido os passos dos pais, e de fato teriam feito isso se não fosse pelos caprichos e veleidades do duque de Clare.

— Eu deveria ter vindo antes — comentou Kit, dispensando os pensamentos de uma década antes e olhando para a mulher à sua frente.

Era torpe deixar uma mulher sozinha com seu luto.

Uma gargalhada explodiu do andar de cima. Não que Scarlett estivesse sozinha, claro. Mas uma dona de bordel dificilmente poderia vestir crepe preto e fechar as cortinas.

— Nós dois andamos ocupados. — Scarlett voltou os olhos para a bengala de Kit. — Ouvi dizer que você tinha se ferido, mas torci para que fosse um boato.

— Se ouviu a versão de que atiraram uma flecha envenenada em defesa de Bonnie Prince Charlie, receio que seja ficção. Era uma pistola bem comum e um cocheiro bem assustado. Mas não vim aqui para incomodá-la com as histórias de meus ferimentos. Alguém veio atrás de mim em busca de ajuda. Uma pessoa desconhecida.

Ela ergueu as sobrancelhas.

— Depois de quase um ano, é uma pessoa desconhecida que faz você vir até mim? Ela deve ser linda.

— Ele — corrigiu Kit, distraído. As sobrancelhas de Scarlett se ergueram ainda mais. — Mas não, não é por isso que estou instigado.

— Então por quê?

Ela descalçou as sandálias e esticou as pernas na direção do fogo.

— Porque ele sabe quem eu sou — explicou Kit, com cuidado. Havia ficado em dúvida se revelaria ou não essa informação. Não queria que soasse como uma acusação. — Sabe meu nome e quem eu… quem Rob e eu, na verdade… éramos.

Poucas pessoas tinham informação suficiente para ligar os pontos. Ele e Rob sempre foram prudentes com isso, ainda que não com todo o resto. E Scarlett era uma delas.

Kit pensou que ela alegaria inocência, mas a mulher apenas franziu a testa.

— Isso é perturbador. Não gosto nada disso.

— Eu também não. Gostaria de saber como ele me encontrou. Quer que eu faça um trabalho para ele. Quer que eu assalte… — Kit se conteve antes que pudesse dizer *o pai dele* — um aristocrata. Para ser franco, parece o tipo de coisa que eu teria aceitado na hora, mas nunca trabalhei sozinho e agora nem sei se consigo. — Ele apontou vagamente para a perna e torceu para que Scarlett entendesse. — Mas quero saber quem ele é e por que veio até mim. Isso me ajudaria a resolver a questão. Ele diz que se chama Edward Percy.

— Edward Percy — repetiu ela. — Vou ver o que consigo descobrir.

Kit voltou a pé para casa e entrou em seu café escuro, sentindo algo que disse a si mesmo que não era ansiedade.

Capítulo 9

A garota entrou no café de Kit com o mesmo ar de acanhamento com que havia atendido a porta do bordel alguns dias antes. Um silêncio caiu sobre o lugar quando todos a viram. Não eram muitas as mulheres que se aventuravam em estabelecimentos como aquele e, quando acontecia, só apareciam sozinhas se estivessem oferecendo seus serviços. Kit achou graça na confusão dos fregueses que tentavam entender se aquela garota linda e dócil era uma prostituta.

— Srta. Flora — cumprimentou Kit quando ela se aproximou do balcão.

— Sr. Webb — respondeu ela, as bochechas corando, e Kit quis perguntar se ela conseguia enrubescer quando quisesse. — Tenho uma mensagem da minha patroa para o senhor.

Das dobras do casaco, ela tirou uma carta selada e a entregou para Kit com a luva imaculada.

Ao romper o selo, Kit sentiu o perfume de água de rosas que sempre rodeava Scarlett e se perguntou se ela aromatizava seus papéis de carta de propósito ou se as folhas simplesmente absorviam o aroma no ar. Ele apostaria na primeira opção: nada que Scarlett fazia era por acidente. A missiva era breve e direta:

"Edward Percy não existe. Ninguém com esse nome frequentou nenhuma das escolas habituais. Nenhum Edward Percy foi apresentado à corte. Nenhum Edward Percy é conhecido por nenhum dos criados das grandes casas. Ele poderia, claro, ser o filho de um mercador ou algum outro personagem que começou a se vestir como os nobres, mas, nesse caso, com certeza eu teria ouvido falar dele. Sua, S."

Kit franziu a testa. Havia torcido para que Scarlett dissesse algo que matasse sua curiosidade, e não a atiçasse ainda mais. Ele sempre apreciou um enigma, um quebra-cabeça, um desafio. Mesmo um roubo — aliás, especialmente um roubo — era um tipo de enigma. Aquele baronete viajava com a bolsa cheia de moedas? Sua escolta estava armada? Em que horário ele chegaria àquela curva sempre tão conveniente na estrada Brighton? De quantos homens Kit precisaria para executar o trabalho com segurança? Como escapariam depois? Evitar o carrasco satisfazia uma parte do cérebro de Kit da mesma forma que desfazer um nó obstinado faria. Agora, um ano depois de ter planejado seu último roubo, Kit pensou que parte da dificuldade podia ter vindo de estar sempre tão bêbado na época. Era mais do que possível que, sóbrio, ele precisasse de mais do que um simples assalto à mão armada para ocupar a mente. Precisava de mais mistério.

O som de Flora pigarreando com delicadeza o tirou de seus pensamentos. Ora, por que Scarlett tinha enviado aquela menina? Em geral, usava meninos como mensageiros. Não havia motivo para enviar uma de suas garotas mais bonitas e inexperientes, ainda mais desacompanhada. Exceto... claro. O objetivo era exibir Flora diante do maior número possível de homens. Scarlett estava abrindo um leilão.

— Estamos colocando nossa melhor mercadoria na vitrine hoje, não é? — murmurou Kit.

Em resposta, Flora abaixou a cabeça e ergueu os olhos com uma piscadinha travessa. Bom, ela estava a par, então ele ficou mais tranquilo.

— Levo a senhorita de volta para casa, então?

Scarlett sabia que Kit nunca deixaria aquela menina sair sozinha pelas ruas. Embora ele achasse provável que ela soubesse se virar, levá-la de volta era um pequeno favor.

— Se puder, senhor. Mas não precisa ser antes de estar pronto para fechar a loja. Tenho um livro para passar o tempo.

— É claro que tem. Sente-se, vou trazer café e bolo para você.

Ele observou enquanto a garota se sentava perto da janela, onde seria vista por todos os passantes e todos os fregueses. Quando levou o café e um prato de bolinhos para ela, Kit deu uma risadinha ao ver que o livro que a garota havia trazido consigo era a Bíblia. Torceu para que ela arranjasse um lorde e lhe arrancasse até os últimos centavos.

Ele ainda sorria quando ouviu passos se aproximarem da mesa em que estava passando o café. Ao erguer o olhar, viu uma já conhecida peruca sobre uma cara empoada. A cor do dia era rosa: colete de seda rosa, laço rosa na nuca, e ele sabia que, se olhasse para baixo, veria meias com pinhas rosa adornando as laterais. Tratava-se de um homem previsível e ordeiro que havia tomado a atitude extravagante de tentar contratar um salteador para roubar o pai.

Foi apenas quando viu a boca de Percy formar um sorriso em resposta que Kit se deu conta de que estava sorrindo feito um bobo. Lembrou-se também de que Percy não era Percy coisíssima nenhuma.

— O senhor mentiu sobre seu nome — comentou Kit, apontando para o peito vestido de rosa do homem.

— Menti? Não me lembro.

Ele disse as palavras como se estivesse compartilhando uma piada interna, e não se defendendo de uma acusação. Kit sentiu o desejo estranho de entender a graça, de saber o que havia tirado a arrogância do homem e a substituído por um sorriso que conseguia ser tão mordaz e suave ao mesmo tempo.

— Por que você está aqui? — perguntou Kit.

— Tão desconfiado, sr. Webb. Criei um grande carinho por seu café. Não é motivo suficiente para visitar seu estabelecimento?

— É muito inconveniente não saber com que nome pensar no senhor — retrucou Kit, as palavras saindo de sua boca antes que pudesse pensar duas vezes.

— É mesmo? Se é um inconveniente tão grande, o senhor deve pensar em mim com frequência.

A arrogância dele voltou com força total, estampada no modo como sua sobrancelha se ergueu e ele se inclinou para a frente em direção a Kit, com as mãos sobre a mesa, invadindo um pouco o seu espaço. Kit não recuou, afinal aquele café era seu, e ele tinha todo o poder, por mais que sentisse o contrário. Mas era possível perceber o aroma de lavanda e pó, ver que os olhos do homem tinham o cinza-escuro dos paralelepípedos, que a pinta que havia afixado sobre o lábio não era um círculo, como Kit tinha presumido, mas um coraçãozinho minúsculo. Talvez tenha sido o coração que fez Kit se entregar: o absoluto ridículo de uma falsa marca de nascença em formato de coração deveria ter feito Kit odiar aquele homem, mas causou algo muito diferente.

Era pedir demais torcer para que a reação de Kit não fosse notada por Percy (Kit se resignara a pensar nele como Percy mesmo, pois a alternativa era uma lacuna misteriosa que representava o perigo de se tornar tão atraente quanto todos os outros detalhes que o envolviam, ao passo que Percy era um nome muito comum e entediante).

— Eu sabia — começou Percy, inclinando-se ainda mais para a frente.

Ainda assim, Kit se recusou a recuar, dizendo a si mesmo que era porque não cederia nem um centímetro de seu terreno, mas, ao mesmo tempo que formulava esse pensamento, sabia que era mentira.

— Não faço essas coisas — concluiu Kit, porque era obviamente um idiota.

— Que coisas, sr. Webb? Não tinha percebido que chegamos a esse estágio do acordo.

— Humm — disse Kit, com eloquência. — Eu não...

— Mas o senhor quer — completou Percy, sem se deixar abater nem se abalar.

Ele pegou um bolinho da cesta que Kit havia se esquecido de guardar. Deu uma mordidinha, mastigou com um ar pensativo e então levou um lenço com enfeites de renda à boca.

— Muito bom. Por que não comi nenhum bolinho em minhas visitas anteriores? Passei horas aqui sem ver nem um farelo.

Kit puxou a cesta e a guardou embaixo da mesa.

— Eu os guardo para os fregueses de que gosto.

— Acho que estou me tornando seu freguês favorito.

Percy se aproximou e deu mais uma mordida no bolinho. Um farelo ficou pousado na curva de seu lábio inferior, e Kit não conseguiu tirar os olhos dele. Quando Percy o tirou com um movimento da língua, Kit pensou que seu coração pararia.

— Qual é o seu nome? — perguntou Kit, em uma tentativa desesperada de recuperar o controle da conversa. — A verdade desta vez.

— Infelizmente não posso contar — respondeu Percy, parecendo nutrir um remorso sincero, o que Kit não conseguiu entender. — Lamento, mas o senhor não pode saber.

Ele estava sussurrando, as palavras pouco mais que um sopro na bochecha de Kit. Se Kit quisesse virar a cabeça alguns centímetros para a esquerda... e o beijar, teria pensado que estava tendo uma reação relativamente normal, se é que querer beijar homens estranhos em plena luz do dia num café lotado pudesse ser considerado normal em algum sentido. Mas não, os impulsos de Kit estavam tão descontrolados que o que ele estava imaginando, na verdade, era passar os dentes sobre o veludo preto daquela pinta idiota em formato de coração. Ele só podia estar perdendo a cabeça.

Kit costumava ser muito bom em controlar esse tipo de impulso. Levar estranhas atraentes para a cama nunca o havia interessado muito, afinal. Sempre parecia um trabalho excessivo que envolvia muito risco por um prazer que nunca atendia às expectativas. E isso com mulheres; com homens, as coisas eram ainda mais complicadas, porque uma dose muito grande de perigo estava envolvida no negócio. Embora Kit estivesse longe de ser avesso ao perigo, não o queria em sua cama. O fato era que ele ficara mal-acostumado por saber como era amar e ser amado, sabia qual era a sensação de querer estar com alguém na cama, mas também construir um futuro com essa pessoa. Qualquer coisa fora disso parecia deprimente demais até para se considerar.

Embora não fosse isso que ele estivesse considerando. O que tinha em mente não envolvia cama alguma, apenas aquele balcão e um pouco de engenhosidade. Seria fácil — tudo de que precisava era esvaziar o café, trancar a porta e fechar as cortinas. Percy parecia estar propenso a aceitar — tinha passado a última quinzena deixando sua intenção clara a qualquer um com olhos e ouvidos. Naquele momento, os lábios dele estavam entreabertos, e a uma distância tão curta que Kit poderia ver a pulsação dele correndo acelerada sob a renda da gola.

— Com licença, sr. Webb — disse uma voz baixa. Kit ergueu os olhos para ver Flora com uma xícara de café na mão e a Bíblia na outra. — Poderia me dar um pano? Derramei café na mesa toda e agora o livro está bastante encharcado. Era da minha mãe — explicou a garota, abrindo a folha de rosto empapada para expor a tinta manchada. Havia lágrimas em seus olhos, e sua voz falhava perigosamente.

Foi como se as palavras da menina libertassem Kit do feitiço amaldiçoado que o capturara. Ele entregou um pano limpo à garota e lhe mostrou como pressioná-lo entre as páginas úmidas para absorver a maior parte do líquido. O livro não estava tão danificado assim, afinal, e Kit desconfiou que as lágrimas de Flora — e talvez até o próprio acidente — tivessem sido projetados para os olhos de Percy. Pensou que, ao olhar para cima, veria Percy e se questionaria se o homem tinha entendido o que estava acontecendo. Mas, quando ergueu a cabeça, Percy não estava mais lá.

Capítulo 10

Com muito esforço e a infeliz necessidade de derramar um suor inconveniente, Percy conseguiu voltar à Casa Clare, lavar o rosto, trocar de roupa e vestir seu disfarce sem graça a fim de voltar ao café de Webb antes que fechasse. A garçonete não estava lá durante a tarde, e Percy queria ver se a ausência dela tinha mudado a rotina de Webb. Sem ter que levar Betty em casa, será que o sr. Webb faria algo de fato interessante?

Percy sabia que estava perto de fazer Webb aceitar. Tinha que estar. Percebera isso nos olhos dele naquela tarde. Só precisava de um empurrãozinho, e talvez naquela noite Percy conseguisse ter uma ideia do que exatamente poderia fazer isso acontecer.

Das sombras do outro lado da rua, observou enquanto Webb saía e trancava a porta, acompanhado pela bela ruiva que estava no café mais cedo. Não tinha prestado nenhuma atenção a ela na hora, e sua memória havia gravado apenas um gorro de renda branca, um vestido de corte recatado e uma Bíblia encharcada de café. Uma prostituta, sem dúvida, mas o modo como Webb a levava pela rua era como se estivesse caminhando com uma sobrinha — levemente galante, mas sem qualquer indício sexual.

Jack Mão Leve tinha mesmo uma fama de galante. Ao menos duas estrofes daquela canção idiota eram dedicadas a seu cavalheirismo, não que Percy tivesse visto qualquer evidência dessa qualidade com os próprios olhos, a menos que resmungos fossem considerados charmosos. Mas as damas que ele roubava voltavam sãs e salvas para casa, com relatos de como Jack Mão Leve havia deixado que ficassem com algum de seus enfeites favoritos. Os maridos, obviamente, não tinham as mesmas histórias para contar, apenas bolsas vazias e frustração. Era provável que nem mesmo um salteador que gostasse de homens — como Webb — flertasse com os alvos masculinos de seus roubos, embora Percy tivesse quase certeza de que poderia passar uma tarde agradável fantasiando sobre ser assaltado por Kit Webb, com aqueles olhos escuros e as mãos grandes.

Não deu tempo de ele se empolgar demais, porque Webb e a menina pararam diante de um prédio que Percy reconhecia, mas no qual nunca havia entrado. O lugar era um bordel famoso, certamente um dos mais caros e mais exclusivos de Londres. Webb esperou a menina entrar, e Percy mal teve tempo de se parabenizar por ter identificado que se tratava de uma prostituta quando Webb desceu os degraus, voltando pelo caminho que havia percorrido e seguindo diretamente para ele.

Era tarde demais para desviar de Webb, então Percy abaixou a cabeça, torcendo para que a aba do chapéu, as roupas simples e a noite quase sem luar escondessem sua identidade. Quando Webb estava prestes a passar por ele, achou que tivesse conseguido. Estava a ponto de soltar um suspiro aliviado quando Webb encaixou o braço no de Percy, girando-o para que caminhassem na mesma direção, e o guiou por uma rua lateral com tão pouco alarde que nenhum transeunte teria notado que havia algo de errado. Percy ficou um tanto impressionado.

— Esta não é a primeira vez que me segue. Quem diabos é você? — perguntou Webb.

A rua em que estavam era pouco mais do que uma travessa, uma daquelas passagens estreitas que pareciam existir apenas para confundir estrangeiros e oferecer aos nativos uma série de atalhos convenientes. Mal dava para passar uma carroça, e ainda por cima ficava numa área mais escura. Tinha o ar — e o odor — de um lugar que só era frequentado por gatos selvagens.

— Já não tivemos esta conversa hoje? Não sejamos tediosos, sr. Webb.

Webb arregalou os olhos, e Percy percebeu seu erro na hora. Webb não o tinha reconhecido até então; achava que era apenas uma pessoa qualquer que o havia seguido várias vezes. Percy observava os olhos de Webb brilharem ao reconhecê-lo. Ele encarou o rosto de Percy de modo inquisidor, como se buscasse traços do cavalheiro do café, depois baixou o olhar, assimilando os trajes simples e utilitários de Percy.

— Qual dos dois é o disfarce? — perguntou ele, categórico, e, de todas as perguntas do mundo, essa era a que Percy jamais teria esperado.

— Este é o disfarce.

Webb balançou a cabeça.

— A menos que minha fonte esteja errada, e ela nunca está, não existe nenhum Edward Percy entre os fidalgos.

Ele pronunciou a última palavra com uma ironia ácida que Percy não deixou passar batida. Estava correto: não havia nenhum Edward Percy entre os fidalgos. Havia um Edward Talbot, mas, sem o Talbot, restaria apenas o nome de solteira da mãe. Percy deu de ombros.

— Quem é seu pai? — continuou Webb.

Essa, felizmente, era uma pergunta muito mais simples.

— O duque de Clare.

Percy tinha pensado que Webb riria, expressasse ceticismo ou exigisse provas. Mas não contava que ficasse tão pálido que até mesmo sob o fraco luar era possível notar sua falta de cor.

— O duque de Clare — repetiu ele, examinando o rosto de Percy mais uma vez. Não parecia curioso, mas horrorizado. — Qual é o seu nome de batismo? E não minta para mim, maldição.

— Eu já lhe disse. É Edward, mas ninguém me chama assim porque minha família é cheia de Edwards. E, para ser sincero, todos me chamam de Holland mesmo...

Percy poderia ter continuado a tagarelar sem parar se não tivesse sido silenciado por um soco no queixo.

Capítulo 11

Percy — não, lorde Holland, maldito seja — cuspiu o sangue da boca com uma delicadeza impressionante.

— Bom, imagino que o senhor não seja um dos apoiadores mais fervorosos de meu pai — disse ele, a voz firme e sarcástica demais para um homem que tinha acabado de ser agredido num beco escuro por um notório criminoso. — A verdade é que eu também não. Viu? Vamos nos dar muito bem.

— Cale a boca — replicou Kit, porque não conseguia decidir o que faria em seguida, e o som da voz de Holland e a visão do sangue escorrendo pelo corte tornava impossível para ele ouvir os próprios pensamentos.

— Ou então o senhor o respeita e o admira tanto que ficou ofendido com meu plano e não viu outra saída a não ser me bater? Deve ser isso — provocou Holland, tocando distraidamente o indicador longo no lábio inferior.

— *Cale a boca* — repetiu Kit, cerrando o punho ralado.

— Por quê, vai me bater de novo? — Holland não parecia muito preocupado com essa perspectiva. — Porque, se for, por favor, seja rápido. Estão esperando por mim para jantar daqui a uma hora e vai levar uma vida para cobrir o que sem dúvida vai virar um imenso hematoma. E, se for me bater, pode me fazer a gentileza de sair correndo, como imagino que seja costume nestas situações? Não, devo acrescentar, que eu já tenha sido abordado num beco ou coisa parecida, então minhas informações podem ser falsas. Elas vêm sobretudo do teatro — acrescentou ele, em tom confidencial.

— O senhor nunca cala a boca? — perguntou Kit, já exasperado.

— Infelizmente, não — disse Holland, em um tom de desculpa e com um leve sorriso.

Não era para ele conseguir sorrir. Kit não economizou no soco e tinha mirado no ponto ideal do queixo de Holland. Não estava nem de perto tão vermelho quanto deveria. Mesmo sem pó, sua pele era tão branca que corava fácil e formaria um hematoma no mesmo instante. Se não estava vermelho como uma beterraba, só podia significar que ou Kit tinha mirado mal, o que não era possível, ou que Holland conseguira se esquivar no último instante, de modo que o punho de Kit acertara apenas de raspão.

Ele segurou o queixo de Holland e o inclinou para o lado para examinar o hematoma.

— O senhor tem bons reflexos.

— Ora, obrigado — disse Holland, gracioso. — O teatro não me preparou nem um pouco para esta situação. Vou escrever uma carta sobre o tratamento calunioso que dão a salteadores e meliantes no drama moderno.

— Você consegue chegar em casa em segurança?

— Se eu vou… Sim, seu bobinho, consigo chegar em casa em segurança. O senhor é mesmo galante. Eu me pergunto que outras partes daquela canção são verdadeiras.

O comentário fez Kit voltar a si.

— Então caia fora daqui.

— Ou o quê? Vai me causar outro hematoma leve? — zombou Holland, já na saída do beco. — Tenha uma boa noite. Vou visitá-lo durante a semana! — gritou ele, então desapareceu ao dobrar a esquina.

Kit se recostou na pedra úmida da parede mais próxima. O filho da puta do duque de Clare. Foi esse nome, esse homem, assim como todos os homens como ele, que levara Kit a se tornar o que tinha sido. A raiva contra Clare havia alimentado uma década de vingança contra toda a classe dele. Mas Kit nunca conseguiu colocar as mãos no próprio Clare. Sua escolta era bem armada demais, suas viagens, imprevisíveis demais, e seu caminho quase sempre se limitava a estradas muito movimentadas. Mais de uma vez, Kit deduzira que Clare vivia como um homem com a constante expectativa de ser atacado. E fazia bem, se ainda mantinha o hábito de tratar as pessoas de modo tão cruel e desdenhoso como no passado…

Mas poderia pegá-lo agora. Depois de quase dez anos, Kit teria sua vingança. Aliás, não apenas vingança, mas a satisfação de saber que o próprio filho de Clare o havia ajudado na emboscada. Poderia fazer um último serviço e contra o único alvo que realmente desejou.

Ele pressionou a palma das mãos na parede de pedra às suas costas e tomou impulso. Seguiu seu caminho pelas ruas iluminadas apenas por um feixe de luar e o brilho de velas que tremeluziam diante das janelas dos prédios.

Kit tinha visto o duque de Clare apenas uma vez, quando ele sentenciara Jenny. Na época, pensara que tinha a aparência do homem gravada na memória, mas depois de tanto tempo não conseguia se lembrar tão bem. Quando Holland confessou quem era seu pai, Kit viu os traços do duque no rosto do filho. Tinham a mesma cor dos olhos, o mesmo nariz aquilino e o mesmo ar de um homem habituado a andar por um mundo sem obstáculos.

O poder ilimitado dava às pessoas uma aparência distinta, diferenciava-as de gente comum. Algo terrível era liberado quando alguém sabia que não apenas poderia demolir casas, tirar o sustento de uma família e mandar os outros para os confins da

Terra, mas que seria enaltecido por isso. Havia homens ricos que não usavam seu dinheiro e poder como porretes, mas também nunca os tiravam da manga. Estavam tão acostumados a esses privilégios que deviam se considerar magnânimos ao não usá-los.

E era por esse motivo que Kit odiava todos eles. As pessoas poderiam dizer que o que ele de fato odiava era o sistema que colocava poder demais nas mãos de poucos. Mas Kit sabia que também odiava os homens.

Esse ódio tinha sido o motor de sua vida por quase uma década e, no centro desse sentimento, estava o duque de Clare.

Guiado por instinto, um velho hábito ou apenas pelos recessos mais sombrios de sua natureza, Kit virou uma esquina, depois outra, até se encontrar no tipo de bairro em que todas as velhas senhoras vendiam gim na janela da frente. Foi até uma dessas lojas, bateu, pagou e, sem pensar duas vezes, segurou o copo de estanho. Virou o conteúdo em um único gole, sentindo o álcool queimar enquanto descia por sua garganta, fazendo seus olhos lacrimejarem.

— Caramba. Estava precisando, hein? — disse a velha.

O cabelo dela era branco e ralo. Com as costas curvadas e o rosto muito enrugado, ela falava com as sílabas enroladas de uma mulher com pouquíssimos dentes. Fazia Kit se lembrar da avó de Jenny, e, no meio de uma rua de Saint Giles, ele foi assolado por uma memória de faisões assando em um espeto na lareira de uma cabana que estava caindo aos pedaços em Oxfordshire.

Odiava pensar em um passado tão distante, assim como se recusava a voltar àquele cantinho de Oxfordshire onde havia nascido e vivido até os 18 anos. Não queria pensar na sua juventude e, acima de tudo, não queria se questionar a respeito do que aquele Kit mais jovem acharia daquele que tinha se tornado.

O gim havia começado a fazer sua mágica, e as memórias voltaram uma atrás da outra. Ele conseguia ver o pai servindo cervejas e a mãe polindo os acessórios de bronze de que tinha tanto orgulho. Conseguia até sentir o cheiro do forno à lenha que brilhava forte o ano todo na taberna.

Lembrava-se de outra cabana, um berço que havia construído com as próprias mãos, uma criança envolta em roupas de cama novas...

E lembrava-se de como se sentiu quando tudo isso desapareceu.

— Está tudo bem, querido? — perguntou a velha.

Para uma vendedora de uma loja ilegal de gim estar preocupada, Kit devia estar em um péssimo estado.

— É só que já fazia um tempo — explicou ele, estendendo o copo vazio pela janela junto a mais uma moeda para que a senhora o enchesse de novo.

Capítulo 12

Percy sabia que vaidade não só era um pecado, mas também o seu defeito fatal — ao menos antes de as revelações do último mês o apresentarem às tentações variadas do roubo, da crueldade e do descarte do Quinto Mandamento à pilha de estrume. Mas ele era vaidoso, sabia disso, e jamais apareceria em público com um hematoma no rosto.

Mesmo assim, não apreciava a perspectiva de pressionar uma fatia de carne crua em nenhuma parte do corpo. Collins lhe assegurara que era uma prática habitual ao tratar hematomas recentes, o que, porém, não tornava a prática menos repulsiva. Sem se atrever a olhar, ele encostou o pedaço de carne no rosto. Respirou pela boca para não ficar enjoado com o cheiro de sangue fresco. Viu o mundo girar, as paredes do quarto parecendo se dissolver diante de seus olhos. Os sons distantes da criadagem que se acomodava para dormir diminuíram como se abafados por algodão, por isso não ouviu as batidas em sua janela.

Quando o som se repetiu, ele se levantou, trêmulo, e abriu a cortina com a mão livre da carne repugnante. Pensou que veria um galho solto de hera, uma trepadeira que tinha escapado da treliça ou, na pior das hipóteses, uma mariposa especialmente grande.

O que não esperava ver era Marian, três andares acima do chão, com o rosto oval pálido, quase espectral, em contraste com a escuridão da noite. Ele reprimiu o sobressalto, mas foi por pouco. A mulher fez um gesto impaciente para ele abrir a janela. Percy fez sinal para ela se mover para o lado a fim de escapar de uma janelada bem na cara que a faria desabar rumo à morte. Com dificuldade, abriu a janela com uma das mãos, e ela entrou com uma elegância quase acrobática, como se entrasse e saísse de janelas todos os dias. O cabelo escuro estava preso numa trança comprida, e ela usava uma calça curta de montaria que ele reconheceu como um par que havia desaparecido de seu guarda-roupa logo depois de ter retornado para casa.

— Esta calça é minha — acusou ele, a título de cumprimento.

— A camisa e o colete também. Pena que suas botas não servem.

Ela apontou para os pés, que estavam com meias pretas e as próprias sapatilhas pretas de dança.

— Uma pena que meu guarda-roupa não sacie todas as suas necessidades para se vestir como uma arrombadora de casas. A que devo a honra?

— Você estava com hematoma no rosto durante o jantar. Eu não podia perguntar sobre isso na frente do duque.

Ele franziu a testa. Percy nem precisava perguntar por que Marian tinha entrado pela janela, em vez de ter batido na porta ou o abordado na sala de visitas. O duque desconfiava de todos os homens com quem Marian conversava, até do próprio filho, apesar do fato de Percy nunca ter feito nada para dar a entender que estava interessado em levar mulheres para a cama. Aliás, durante a adolescência, Percy não tinha sido nem um pouco discreto, e usava seu sobrenome e sua posição na sociedade para se livrar de qualquer problema que encontrasse pelo caminho. Houve alguns meninos na escola, depois o ferreiro da vila e um dos cavalariços. E um dos cavalariços de Marian. Sem falar no irmão de Marian.

— Por onde anda Marcus? — perguntou Percy.

Ela disparou um olhar exasperado para o amigo.

— Claro, atravessei um parapeito de vinte metros na ponta dos pés para fofocar sobre Marcus. Ele ainda está na França, tentando encontrar Louise Thierry, ou seja lá o que o garrancho no registro paroquial queria dizer. Mais especificamente, está tentando descobrir se ela tem um filho. — Marian apertou os lábios. — Precisamos descobrir quem vai ser o próximo duque de Clare.

Por um momento, Percy teve certeza de que o vento do lado de fora tinha parado de soprar, o fogo na lareira, de crepitar, e seu coração, de bater. Até então, ele imaginara que o título e o espólio iriam para um primo de terceiro grau, um ramo cadete da família Talbot sem dúvida, não alguém digno da atenção de Percy, mas pessoas respeitáveis. Percy seria deserdado, a memória da mãe de Percy e Marian seriam desonradas e, por isso, seu pai teria que pagar, mas ao menos Cheveril e o resto do espólio iriam para alguém que cuidaria deles. Mas a ideia de que pudessem cair nas mãos de um camponês francês, o filho de uma mulherzinha que seu pai havia levado para uma igreja estrangeira e desposado em segredo, decerto sem nenhum motivo além de levá-la para a cama, era... Percy se sentiu engasgado com algo terrivelmente semelhante a desgosto.

Tinha vaga noção de que Marian estava falando. Os lábios dela se moviam, mas ele não conseguia distinguir as palavras. Deixou a mão cair, e o pedaço de carne tombou no chão. Quando olhou para a mão, viu manchas de sangue na ponta dos dedos. Então sua visão ficou turva, um tipo de névoa o envolveu, e a última coisa de que teve certeza foi que estava caindo.

Quando voltou a si, a primeira coisa que sentiu foi uma vergonha profunda. A segunda foi que sua cabeça estava no colo de Marian, os dedos dela passando por seu cabelo de um modo que era quase gentil e carinhoso. Era tão desconcertante que ele logo se sentou.

— Calma. Segurei você uma vez. Na próxima, você vai se virar sozinho — disse ela.

— Tem toda a razão. — Ele sentia a língua grossa e preguiçosa.

— Esqueci que você fazia isso. Ainda faz, pelo jeito. Lembra quando caí da macieira e meu nariz ficou sangrando? Você ficou desmaiado por cinco minutos. Pensei que tinha morrido.

— Você me cobriu de sangue! — argumentou Percy.

Na época, ele tinha certeza de que desmaiar era a única atitude lógica quando alguém enchia seu colete de sangue, o que ainda era verdade.

— Não sei como você consegue brincar com espadas se desmaia ao ver sangue.

— Não *brinco* com espadas e, para sua informação, sou habilidoso demais para me permitir ser cortado em pedacinhos.

— Feche os olhos para eu poder limpar o sangue de suas mãos e de seu rosto — pediu ela, levantando-se.

Ele obedeceu, ouvindo os passos delicados atravessarem o quarto, então o som de água de um jarro sendo derramada. Marian pegou a mão dele e limpou de leve dedo por dedo.

— Agora o rosto — disse ela. Ele ergueu o queixo, crispando-se de leve ao sentir o pano úmido sobre a pele. — Agora vai me dizer quem o machucou?

— Foi seu salteador.

— Ah. Então imagino que ele não vai nos dar uma mãozinha.

— Ah, vai sim. Posso garantir que ele vai nos dar uma mãozinha. Marian, quem é ele? Não gostou nada de ouvir o nome de meu pai — explicou Percy, apontando para o hematoma.

— Imagino que o país, se não o hemisfério todo, é cheio de pessoas que são consumidas por uma raiva assassina quando ouvem falar do duque de Clare.

— Verdade. — Mas a resposta de Marian não tinha sido propriamente uma resposta à pergunta que ele havia feito. — Esse homem tem algum motivo especial para odiar o duque?

— Você deveria perguntar para ele — sugeriu ela, com leveza.

Ainda não era uma resposta de verdade. Percy conhecia Marian o suficiente para saber que ela nunca revelaria nenhuma informação que não quisesse, então ele deixou por isso mesmo. Ainda assim, teve a sensação incômoda de que a mulher estava jogando um jogo mais complicado do que Percy, por motivos que ele ainda não entendia.

— Quem contou para você sobre ele? Quando saí da Inglaterra, você não tinha nenhum contato com o submundo criminoso de Londres.

Ela cerrou o maxilar.

— Muita coisa aconteceu depois que você partiu.

Marian balançou a cabeça de modo brusco. Seus olhos brilhavam com o que ele pensou, a princípio, se tratar de lágrimas, mas depois reconheceu como raiva. Então ela se levantou, com o pedaço de carne ensanguentado na mão.

— O que você vai fazer com isso? — perguntou ele.

— Tive uma ideia.

Ela saiu pela janela em um piscar de olhos. Percy prendeu a respiração ao ver Marian descer a treliça, em vez de seguir pela beirada de volta ao quarto. Quando os pés dela tocaram o chão, o cachorro velho que patrulhava os jardins da Casa Clare apareceu. Mas, antes que o cão pudesse latir, Marian jogou a carne e correu em direção ao portão.

Capítulo 13

— Você é um idiota — disse Betty na manhã seguinte, quando Kit desceu a escada cambaleante, com as roupas amarrotadas e a barba por fazer. — Consigo sentir o cheiro de gim do outro lado do salão. Tomara que sua cabeça esteja doendo.

Estava, mas ele não daria a ela a satisfação de admitir.

— Você se lembra do homem de casaco de cores fortes? — perguntou ele, o som de sua voz ecoando dentro do crânio como sementes numa cabaça.

— Aquele que passa o dia encarando você?

Ela arrastou uma cadeira até a mesa com mais estardalhaço do que o necessário.

— Ele é filho do duque de Clare.

Ela ergueu as sobrancelhas.

— Ah, minha nossa.

— Daí o gim.

— Justo.

A expressão dela se suavizou um pouco. Por um momento, ao pensar que ela o abraçaria ou tentaria dizer algo reconfortante, Kit cerrou o maxilar, então ela percebeu o sinal e voltou a reorganizar as cadeiras.

— Ele quer me contratar para roubar o pai dele. Vou aceitar.

Betty o encarou por muito tempo, com os lábios pressionados numa linha fina.

— Você é mesmo um puta de um idiota. Vá se limpar e não dê as caras até ter comido alguma coisa.

Kit se enxaguou usando a bomba d'água, depois carregou um jarro cheio até o andar de cima para se lavar direito. Pensou em se barbear, chegou a pegar a navalha e olhou para a lâmina com essa intenção, mas então lembrou que Betty não mandava nele nem em sua barba incipiente, e decidiu deixar por isso mesmo. Penteou o cabelo e tentou prendê-lo numa trança, até que desistiu, admitindo a si mesmo que era uma luta perdida e permitindo que caísse ao redor dos ombros. Jogou as roupas na pilha a ser mandada para a lavanderia e vestiu uma camisa limpa e uma calça nova. Ainda abotoava o colete quando desceu e entrou no café.

— Agora, sim. É sempre mais fácil pensar como uma pessoa racional quando não se parece alguém tirado do esgoto — comentou Betty.

— Já tomei minha decisão.

— Então ainda deve estar bastante confuso. Foco. Aliás, permita-me pensar por você. É para isso que eu sirvo, não é? Escute-me, Kit. Nós dois sabemos que você não consegue correr nem cavalgar rápido o bastante para garantir a própria segurança durante um roubo. Vai colocar a si mesmo e todos que estiverem com você em risco.

— Vou dar um jeito. Tenho que dar.

— Os sentimentos que você nutre a respeito de Clare não devem justificar um roubo.

— Ele é o motivo que me fez virar ladrão. Se não fosse por ele, eu estaria… — Kit não se atreveu a terminar a frase, não depois da sessão nostálgica movida a gim da noite anterior. — Comecei isso tudo porque queria vingança.

— Porque você era jovem e tolo, e estava sofrendo pela morte de sua esposa e de seu filho.

Ele ergueu a mão para impedi-la.

— Quieta.

— Não, quieto você. Você sobrevivia à base de gim e um pouco de sorte. Agora está mais velho e tem mais experiência, também tem a mim para lhe dizer o que fazer. Já vi o que acontece quando as pessoas se metem em roubos com sangue nos olhos. Acabam perdendo a cabeça e assumindo riscos idiotas. Não vou colocar minha vida em perigo só porque você está com raiva demais para pensar direito.

Kit soltou um suspiro. Betty era uma receptadora e vinha de uma família de receptadores e, talvez, como lidava apenas com mercadorias e moedas, não entendia alguém que enxergava a vida sem o bom senso de um atuário.

— Realizei todos os meus trabalhos com raiva.

— Nem vem. Este seria pessoal. Sem mencionar que você não deveria querer se aliar ao filho do duque de Clare. Deveria reconhecer uma armadilha quando vê uma. Não vou fazer parte disso.

— Então fique de fora.

— Vá para o inferno. — Ela fechou os olhos e pareceu se recompor. — De que adianta se vingar se ele não souber que você é o autor? Conheço você, Kit, e você vai querer que ele saiba por quais pecados está pagando. E, quando ele descobrir, isso vai se voltar contra você, aqui. — Ela apontou para o salão do café, como se ele já não soubesse o que estava em jogo. — E contra mim. E contra a *minha* família. A menos que você planeje matá-lo.

Kit não respondeu, e ela inspirou fundo.

— Meu Deus. Você planeja matá-lo?

— Não. Não vou matá-lo. — Se alguém merecia uma faca no coração era Clare, mas não seria Kit quem a cravaria. — Quanto ao resto, não preciso que ele saiba quem sou. Basta que eu saiba quem ele é.

Betty o encarou, um olhar inquisidor.

— Então você vai fazer isso sóbrio, Christopher.

Ela cruzou os braços, parecendo mais descontente com ele do que nunca, mais até do que durante o incidente do diadema de rubi.

— Sim, Elizabeth — concordou ele, tentando assumir um ar de brincadeira para que ela voltasse às boas relações habituais.

Kit precisava dela, não como uma receptadora, muito menos como garçonete, mas como amiga. Ele a conhecia desde que ela era criança, correndo por Londres nas roupas do irmão, entregando mensagens e organizando reuniões para o pai. Betty tinha chegado na vida dele quando ele pensou que nunca mais conseguiria se importar com ninguém, muito menos com uma criança, e definitivamente não com uma criança rude e mal-humorada, mas pelo jeito algo havia mudado. Ele a vira crescer, e ela o vira em seu pior estado, mas continuara a seu lado mesmo assim. Na ausência de Rob, ela era sua melhor amiga e, mesmo depois que Rob desapareceu, Betty tinha sido indispensável. Kit não tinha nenhuma ilusão de que isso fosse recíproco: Betty não precisava de ninguém. Quando o pai morreu, ela assumira discretamente os negócios da família e era, na opinião profissional de Kit, a melhor receptadora de Londres. Poderia conseguir um preço bom por qualquer coisa e garantir que aquilo jamais seria rastreado ao proprietário original. A única coisa com que Kit contribuía era o café, que servia de local de encontro conveniente com as pessoas que ela chamava de fregueses.

Ele não queria que o roubo provocasse um rompimento com Betty, então precisava fazer algo para tranquilizá-la. Não poderia e não teria como desperdiçar a oportunidade de se vingar de Clare, mas tinha que se envolver o mínimo possível. Planejar tudo à distância. Afinal, estratégia sempre fora seu maior talento, visto que um plano bem pensado era nove décimos de um roubo bem-sucedido, e o restante consistia em pura bravata, um pouco de sorte e uma disposição jovial para encarar o cano de uma pistola. E gim, provavelmente, mas Kit poderia conseguir sem isso, sobretudo se...

— Betty — chamou ele assim que o plano tomou forma em sua mente. — Sente-se.

Ele puxou uma cadeira.

— Alguns de nós têm trabalho a fazer — retrucou ela, decidida a ficar emburrada pelo resto do dia. — Já passou das nove, e logo mais vai ter gente chegando. Você deveria, ah, sei lá, passar um café.

— Eles podem esperar. Venha. Sente-se. Tenho um plano.

Capítulo 14

Percy passou os dedos pelos convites que aguardavam na escrivaninha. Pelo jeito, seu retorno à Inglaterra não tinha passado despercebido, apesar de seus esforços.

Quando Marian lhe dera a notícia da bigamia do pai, fazia poucas horas que Percy tinha chegado à Inglaterra. Ele mal teve tempo de se habituar com a casa, depois de uma ausência de mais de dois anos, antes de ser desarraigado de novo, dessa vez por uma distância ainda maior do que a extensão do canal.

Todos os convites eram dirigidos a lorde Holland, e ele — Edward Percy, ou seja lá quem fosse — não tinha nenhum direito a eles. Não tinha nenhum direito à companhia dos amigos com quem estava acostumado a frequentar salões de jogos e jardins públicos. Não tinha direito a nenhum aspecto da vida que levava antes como lorde Holland, e era orgulhoso demais para se aproveitar de algo que não fosse seu por direito.

Imaginava que um tipo diferente de homem teria recorrido ao apoio dos amigos, talvez presumindo que se manteriam a seu lado mesmo que as circunstâncias mudassem. Mas Percy sabia que, se um de seus amigos se tornasse o centro de um escândalo e de uma fofoca de um nível que a Inglaterra não ouvia fazia toda uma geração, Percy teria se ressentido amargamente do homem por associar o nome dele ao seu. Por uma questão de dignidade, ele não poderia esperar dos antigos amigos algo diferente do que ele mesmo faria.

Portanto, ele se viu numa espécie de beco sem saída. Odiava passar mais tempo na Casa Clare do que o necessário, mas não tinha aonde ir nem ninguém para ver.

Vestiu-se com suas roupas mais simples e saiu a pé em direção ao café de Webb, sem nada melhor para fazer — não porque estivesse começando a gostar do lugar nem porque percebera que estava no fim do primeiro volume de *Tom Jones* e ansioso para começar o próximo. Só depois se lembrou de que fazia poucos dias desde o incidente do soco, e Webb poderia estar mais inclinado a aceitar a proposta.

No caminho, passou por uma multidão exaltada ao redor de uma plataforma elevada em Covent Garden e diminuiu o passo. Em meio aos gritos e ao tilintar de moedas, ouviu outro barulho mais intrigante: o de lâmina contra lâmina.

Percy levou a mão ao quadril, numa busca quase nostálgica por uma arma que não estava lá. Ansiava por uma chance de esgrimar desde que voltara à Inglaterra. Em geral, disputava com seus pares que tinham o mesmo interesse pelo passatempo, mas isso estava fora de questão no momento. Às vezes até visitava um clube de esgrima — um lugar vulgar, porém a necessidade falava mais alto —, mas parecia que, durante sua ausência, o hábito de esgrima surgira entre os filhos mais intrépidos da aristocracia. Portanto, Percy passara as semanas desde seu retorno observando suas armas, pegando-as por vezes para afiar ou polir, mas sem nenhuma perspectiva de fazer bom uso delas.

Tinha sido sua mãe quem insistira para que ele aprendesse a esgrimar, com a teoria de que Percy, que era tão pequeno a ponto de ser quase delicado, precisava desenvolver algum talento de intimidação. Ele era o último dos Percy, sua mãe alimentara esperanças de ter mais filhos, mas o que conseguiu foi um menino mirrado, pálido, tímido e insosso, então fez tudo que podia por ele. Percy era grato por isso.

Ninguém teria desconfiado que a finada duquesa de Clare seria uma mãe amorosa, mas ela havia detectado no filho os primeiros sinais de uma fragilidade fatal e feito o melhor para ensiná-lo a superar essa falha. Tinha percebido que ele era louco por agradar, generoso de espírito e relutante a causar dor. Em alguém nascido em circunstâncias normais, que não precisasse se preocupar com nada além de seus hectares e sua família, essas qualidades poderiam até ser enaltecidas. Para o futuro duque de Clare, eram um sinal de que seria pisoteado, roubado e possivelmente morto. Sua delicadeza o tornaria manipulável nas mãos da pessoa errada.

Sua mãe o ensinara que, uma vez que ele era o herdeiro de um montante incomum de riqueza, poder e estirpe, as pessoas tentariam usá-lo. Ensinara que ele não deveria confiar em ninguém além dela e das pessoas a quem ele pagava o suficiente para precisar dele.

Ensinara que não havia a possibilidade de paz e que qualquer briga ou disputa envolveria o duque de Clare; para um homem na posição dele, a neutralidade simplesmente não existia. Ensinara que o filho deveria buscar as sementes da discórdia, e foi só muito tempo depois que ele se deu conta de que ela nunca dissera o que fazer depois que encontrasse tais sementes — se pisoteava seus brotos tenros ou os regava.

Percy tinha que estar atento às correntes ocultas de poder e conflito que fluíam sob a superfície da vida cotidiana e deveria canalizá-las para sua autopreservação. Pois a autopreservação tinha sido o objetivo da duquesa, e todas as lições tiveram como propósito ensinar ao filho único uma defesa pessoal contra um mundo que ela achava que o comeria vivo.

Percy insistia que não precisava usar uma arma para sobreviver ao mundo assustador que sua mãe descrevia; dizia que, sem dúvida, uma língua afiada e um título eram tudo de que precisava, citando a própria duquesa como precedente para sustentar seu argumento. Mas ela vencera, e um tutor de esgrima foi devidamente importado da França.

Isso acontecera dez anos antes, e, desde então, Percy tinha crescido tanto que mal precisava de uma espada para intimidar. Mas depois de tanto tempo achava que entendia os motivos da mãe: talvez quisesse mais fortalecer a autoconfiança de Percy do que sua capacidade de se defender fisicamente. Afinal, a vida como o herdeiro do ducado de Clare e filho leal da principal inimiga de seu pai estava longe de envolver combates físicos. Exigia, porém, muita ousadia.

O que era ainda mais necessário agora que ele sabia que nem sequer era o herdeiro. Seria muito mais fácil se conseguisse simplesmente ir atrás do pai e de seus mercenários com uma espada.

Percy observou a luta com um interesse crescente. O efeito relaxante do tilintar delicado das espadas deveria ser o mesmo que uma xícara de chá quente surtiria em alguém com sensibilidades mais razoáveis. Tinha assistido a lutas quando era criança e depois, já rapaz, no exterior. Os combatentes em geral eram rufiões de uma casta muito inferior que tentavam se despedaçar com armas mal afiadas e sem nenhum resquício de habilidade. À primeira vista, os espadachins na plataforma eram um pouco melhores do que aqueles vagabundos. Um deles tinha um corte longo e vertical atravessando uma sobrancelha e, Percy achava, se juntassem os dois, ainda não daria para encontrar mais do que uma dezena de dentes.

Mas, quando ele estava próximo de chegar à conclusão de que aquele espetáculo não era digno de seu tempo, a luta acabou, e o perdedor deixou a plataforma sob um coro de vaias. Outro homem subiu, houve uma troca de palavras que Percy não conseguiu escutar e, quando deu por si, os dois homens empunharam suas espadas. Trocaram uma reverência e começaram a lutar, com muito mais estrépito e movimentação de pernas do que o necessário, mas Percy tinha que admitir que sabiam o que estavam fazendo. Ambos usavam vestimentas ajustadas e tinham o cabelo raspado rente ao couro cabeludo. Ele imaginava que isso dava a seus oponentes menos lugares para agarrar caso o combate descambasse em pancadaria. Os lábios dele se curvaram em repulsa.

Um dos homens executou voltas e floreios, levando a multidão à loucura. Moedas voaram de bolsas e bolsos mais rápido e com mais frequência do que durante o duelo anterior. Percy não sabia ao certo como os combatentes eram pagos, se seu único incentivo era o prêmio final dado ao último homem em pé no fim das batalhas do dia ou se recebiam uma parcela do valor apostado. Lutavam como se uma pequena fortuna estivesse em jogo, e Percy não conseguia desviar os olhos.

Enquanto observava, notou que a sensação que experimentava em seu interior era inveja — desejou estar em cima da plataforma, empunhando uma espada. Sentia falta da emoção de empunhar um cabo em sua mão, uma lâmina obedecendo aos seus comandos. É óbvio que não poderia participar de uma luta pública, o marquês de Holland simplesmente não…

Exceto que, em breve, ele não teria nada a perder. E poderia ganhar um pouco de dinheiro, uma perspectiva que achou bastante empolgante por seu ineditismo, além de uma boa ideia para alguém cuja fortuna estava, na melhor das hipóteses, incerta. O pensamento de ganhar dinheiro com sua única habilidade sem dúvida não deveria parecer tão audacioso, mas o coração de Percy bateu forte com a ideia.

Percy deixou que os pés o levassem pela curta distância até o café de Webb. Ao abrir a porta, ficou surpreso ao sentir que o cheiro avassalador de tabaco e café era quase acolhedor. Acomodou-se em um assento à mesa longa. Não via Webb em lugar nenhum, mas Betty lhe serviu um café. Ela nem sequer o olhou, e ele percebeu que ela não o reconheceu por causa das roupas simples.

Metade da mesa estava envolvida numa discussão sobre impostos, um assunto que Percy achava tão emocionante quanto uma dose de láudano. Em vez de participar da conversa, deu um gole no café e percebeu que sabia dizer que aquele bule havia sido passado por Betty, não por Webb, porque tinha gosto de café de verdade, em vez do que ele fazia ao enfiar uma mistura caótica de ervas e especiarias. Olhou para o salão ao redor, notando que as estantes estavam desorganizadas como sempre e que uma aranha tecia uma teia sobre a entrada até a escadaria. Fios de seda refletiam a linda luz que cintilava através da fumaça, e Percy lamentou que seriam destruídos assim que Webb passasse com a cabeça dura em meio a eles.

Como se Percy o tivesse invocado, Webb entrou no salão, não vindo do andar de cima, mas da porta que dava para um beco na rua. Bateu a bengala no chão com força numa tentativa aparente de chamar a atenção de todos. Não chegou a fazer um barulho tão alto, mas o salão logo se silenciou.

— Certo, cambada. Tem alguém rabiscando disparates tóris nas paredes do banheiro. — Todos os olhos no salão estavam cravados em Webb, como se ele fosse um ímã. Sua voz estava só um pouco mais alta do que seu rosnado habitual. — Se quiserem escrever slogans tóris, façam isso no café em frente junto ao resto da escória tóri. — Enquanto falava, Webb olhava para o público e, quando encontrou Percy, este soube que tinha sido reconhecido. — Aqui, servimos apenas whigs e radicais.

Webb se virou, e o salão irrompeu num coro de assobios e palmas como se o homem tivesse acabado de dar um discurso perante a Câmara dos Comuns, e não uma bronca sobre paredes de banheiro.

Webb estava ainda mais desgrenhado que o normal, e havia uma sombra escura no queixo formada pela barba por fazer.

Tinha a aparência de quem não pregou os olhos a noite toda, e Percy não sabia se era sua imaginação ou se Webb se apoiava com mais força na bengala.

E, apesar de tudo, ele estava bonito. Talvez *por causa* de tudo. Percy nem se deu ao trabalho de fingir que não estava olhando — nunca fingia. O que era novo foi que Webb retribuiu o olhar — não pequenas olhadinhas furtivas, mas um olhar fixo. Percy quis se pavonear. Nem sequer estava em suas roupas finas, apenas a calça marrom miserável e um casaco que não o fazia parecer diferente de ninguém no lugar.

Ele se levantou e se espreguiçou. Pelo canto do olho, viu a mão de Webb hesitar enquanto media o pó de café. Ele atravessou o salão até as estantes e procurou o segundo volume de *Tom Jones*. Como os livros estavam dispostos de modo aleatório, sem ordem de autor, tamanho, cor nem qualquer outra característica que Percy conseguisse determinar, a tarefa levou um tempinho. E, se ele balançava o quadril e esticava os braços sobre a cabeça e posava de modo geral como uma rameira na janela de um bordel, não era culpa dele, era?

Não levou nem quinze minutos para Webb ceder.

— O que o senhor pensa que está fazendo? — grunhiu ele.

Percy levou a mão ao bolso e pegou a bolsa de moedas. Tirou uma e a estendeu entre dois dedos.

— Estou procurando um livro para pegar emprestado. — Ele estendeu o braço e segurou a mão de Webb, tão rápido que o outro não teria tempo para reagir. Percy colocou a moeda na palma da mão dele e a pressionou com a sua. — Sou um cliente de sua biblioteca — informou ele, escondendo a surpresa por Webb não retirar logo a mão.

Webb ficou imóvel, com uma expressão meio atordoada, deixando que Percy praticamente o afagasse. E como nunca deixava escapar uma oportunidade, traçou uma linha invisível com o polegar na parte interna do punho de Webb. O movimento pareceu arrancar Webb do estupor, mas tudo que ele fez foi revirar os olhos e recolher a mão.

— Certo. O livro que você estava procurando… está aqui.

Webb tirou um exemplar da estante. Era de fato o volume que Percy queria.

Quando chegou à rua, Percy, um pouco zonzo, percebeu que não perguntara a Webb sobre o roubo.

Capítulo 15

Se Percy fosse sincero consigo mesmo, e ele queria muito não ser, estava passando mais tempo planejando a próxima visita ao café do que o roubo. Bom, era tudo a mesma coisa, não? Talvez devesse usar seu conjunto de seda cor de ameixa. Talvez fosse o incentivo de que Webb necessitava para aceitar a proposta.

O que não estava nos planos de Percy era ser abordado no pátio atrás da Casa Clare ao voltar de sua cavalgada matinal. Ele tinha acabado de entregar as rédeas ao cavalariço sonolento quando Webb saiu das sombras.

— Que gentileza a sua demonstrar suas capacidades criminosas, sr. Webb — provocou Percy, tirando um fio de palha da manga e tentando não soar como alguém que tinha quase morrido de susto.

Estavam numa parte do pátio ainda intocada pelo alvorecer, dentro do estábulo e escondidos de qualquer pessoa que passasse por ali ou olhasse de uma janela do andar superior da casa.

— É bom saber pelo que estamos pagando. Fico tranquilo de saber que não estou prestes a desperdiçar meu dinheiro com um homem que não consegue se infiltrar em cantos escuros. Muito bem — disse Percy, e se dirigiu à porta.

Webb bloqueou o caminho, fazendo com que ficassem quase cara a cara. Eram da mesma altura, mas Webb era bem mais largo, ao passo que era apenas a boa alfaiataria que impedia Percy de parecer um magricela pouco atraente.

Não que Percy tivesse a sorte de estar usando qualquer tipo de alfaiataria naquela manhã: o objetivo das cavalgadas matinais era que ele e seu cavalo pudessem se exercitar num horário em que dificilmente seriam vistos, de modo que Percy vestia uma calça de camurça antiga e surrada e um casaco que era tão grande que podia ser vestido sem o auxílio do valete. Seu cabelo estava penteado para trás, de uma forma que Percy sabia ser pouco lisonjeira, mas ele não podia se dar ao luxo de deixar o cabelo solto caindo em seus olhos enquanto cavalgava. Estava suado e desgrenhado, e sabia que devia estar fedendo a cavalo.

Sentia-se em clara desvantagem perto de Webb, que usava uma calça de camurça e um casaco mal ajustado com mais elegância do que Percy achava justo. Até cheirava bem, de certo modo, embora o único aroma que Percy conseguisse notar fosse de sabonete do dia anterior, tabaco e um cheiro que sua mente identificava como *homem*.

Percy deveria ter ficado chocado consigo mesmo por se sentir atraído por Webb. Ali estava ele, com a vida em frangalhos, uma situação cada vez mais urgente e sua amiga mais próxima e sua única irmã numa condição precária — mesmo com tudo isso, era seu pau que controlava o show. Talvez seu pau apenas estivesse acostumado a controlar o show, ou quem sabe, em momentos de dificuldade, procura-se consolo no que é familiar. No caso de Percy, o familiar com certeza era pensar com a cabeça de baixo. Raras vezes houve motivos para agir de outro modo.

Percy ergueu uma sobrancelha e lançou um olhar lânguido e caloroso do alto da cabeleira despenteada de Webb à ponta das botas riscadas, demorando-se em todos os pontos bons no meio do caminho e torcendo para expressar um tipo de lascívia entediada, como se praticasse conspirações criminosas todos os dias entre a cavalgada matinal e o café da manhã. Webb inspirou fundo e endireitou a postura. Era um consolo saber que o desejo franco, ainda que exagerado de Percy deixava Webb sem jeito tão fácil.

— Não vou fazer o que me pediu — disse Webb, a voz baixa mas firme, como se achasse que as palavras colocariam uma barreira entre seus corpos.

Percy se aproximou e quase murmurou no ouvido de Webb:

— Uma pena. — Então ele recuou abruptamente. — E um desperdício de tempo que o senhor tenha viajado por meia Londres para entregar uma mensagem que sua ausência teria transmitido igualmente bem. Imagino que queira que eu o convença a fazer minha vontade maligna, e estou disposto a melhorar a proposta. Infelizmente, está cedo demais para uma situação tão tediosa. Vou visitar o senhor ainda esta semana ou na próxima vez que estiver com vontade de me aborrecer. Bom dia, sr. Webb.

— Não — interrompeu Webb, desta vez bloqueando o caminho de Percy com a mão em seu peito. — O senhor deveria deixar os outros terminarem de falar.

— Talvez, mas por que eu deixaria se raras são as pessoas que têm algo a dizer que eu queira ouvir?

Webb não se afastou de Percy, que sentiu a pressão da mão larga do outro como se fosse um ferro quente ardendo através das roupas.

— Isso o senhor vai querer escutar. — A voz de Webb era tão baixa que Percy tinha que se aproximar ainda mais para ouvi-lo, o que significava se pressionar contra a palma de Webb. — Não vou roubar seu pai, mas vou mostrar ao senhor como fazer isso.

Percy conteve o impulso de rir e deu um passo abrupto para trás, deixando a mão de Webb cair.

— Sou um homem de muitos talentos, sr. Webb, mas roubar não está entre eles e duvido que um dia vai estar.

— Como eu disse, vou mostrar ao senhor.

— O senhor diz isso como se qualquer um pudesse fazer o que o senhor faz. Como se roubar fosse um truque, tal qual malabarismo, ou uma habilidade, como tocar flauta. Duvido que seja semelhante a qualquer uma dessas coisas, senão as ruas estariam transbordando de aspirantes a ladrões.

Mesmo nas sombras, Percy conseguia ver um toque de nervosismo perpassar o rosto de Webb.

— Ah, mas há, sim, um truque.

— Hum?

— O truque é não se preocupar demais com a forca.

— Ah, é só isso. Uma consideração trivial. Infelizmente, não aceito seus termos, sr. Webb. Não deixei de notar que o senhor gostaria de ver o duque receber seu merecido castigo… Ah, não negue, já posso ver que é um péssimo mentiroso e me dói vê-lo tentar. Como eu disse, o senhor deseja ver meu pai sofrer, o que significa que é um homem de bom gosto e discernimento, pelo que o parabenizo. Contudo, deve me achar um completo idiota se acredita que vou fazer seu trabalho sujo.

— Tenho certeza de que preferiria que eu fizesse seu trabalho sujo.

— Porque eu estaria pagando ao senhor — disse Percy, exasperado. — As pessoas não entram em seu estabelecimento esperando prepararem o próprio café.

— Eu não aceitaria seu dinheiro.

— Por que não?

— O dinheiro dos Talbot é sujo.

Percy ficou apenas um pouco desconcertado.

— Bem, claro que é, meu bom homem. Eu o desafio a encontrar um único homem rico cujo dinheiro não seja sujo. Tem até algo na Bíblia sobre isso. Buracos da agulha e assim por diante, tenho certeza de que já ouvi falar a respeito. Mais um motivo para o senhor aceitá-lo. Meu Deus, por que estou tentando convencer o senhor, uma pessoa considerada infame por tomar o dinheiro dos outros?

— Roubo honesto é uma coisa, mas travar um acordo com gente como o senhor é outra. Isso, sim, é sujo.

— Que ofensivo — retrucou Percy, em tom casual. — Se estivéssemos em companhia civilizada, eu o repreenderia. Felizmente, não estamos nem um pouco civilizados esta manhã.

Ele percebeu que estava falando demais e tentou recuperar a compostura. É claro que seria ridículo para Percy realizar um roubo. Entre outras coisas, ele sabia muito bem que era covarde demais para executar o número todo de "mãos ao alto" sem desmaiar de pavor. Não conseguiria criar a coragem de assaltar completos estranhos, que dirá seu pai, que o intimidava havia vinte e três anos.

Os dois tinham ficado nas sombras por vários minutos, e o sol havia subido um pouco no céu, de modo que um raio de luz pousou no rosto de Percy. Ele viu Webb franzir a testa, então, antes que Percy pudesse recuar, a mão de Webb tocou seu queixo, erguendo-o para que ficasse sob a luz. Percy conseguia sentir a ponta dos dedos rudes, os calos, mas o toque era surpreendentemente delicado.

— Não ficou tão roxo — comentou Percy, quando entendeu o que Webb estava olhando.

Não gostava que Webb examinasse seu rosto tão de perto, sem qualquer pó, exposto.

— Não costumo dar o primeiro soco — disse Webb, sem soltar o queixo de Percy.

Parecia estranho Webb afirmar sua falta de capacidade para a violência, considerando quem ele era. Mais estranho ainda era seu polegar se movendo ao longo do queixo de Percy de um modo que poderia, em outra circunstância, ser definido como uma carícia. Percy deu um passo para trás. Não via mal algum em usar o sexo para distrair ou persuadir Webb, mas não o contrário.

— O que me impede de contratar outra pessoa para fazer este serviço? — perguntou Percy.

— Nada, exceto que o senhor não conhece mais ninguém.

— Como poderia saber disso?

Webb olhou para Percy de cima a baixo.

— O senhor não me parece alguém que se envolve muito com pessoas comuns.

Percy abriu a boca para argumentar que não havia nada de comum em salteadores, mas a fechou de novo. Essa estava longe de ser a questão, e, além disso, Webb estava certo.

— É por causa de sua perna? — perguntou Percy, lançando um olhar enfático para a bengala de Webb. — Gostaria de ver meu pai sofrer, mas sua perna não lhe permite?

Algo frio e severo perpassou os olhos de Webb.

— Eu poderia não ter perna alguma, e ainda assim daria um jeito de fazer seu pai sofrer, se eu quisesse.

— Que esforçado de sua parte — comentou Percy, descontraído. — Mas, se não vai aceitar meu dinheiro, devo crer que vai aceitar a proposta por bondade. Ou saber que meu pai vai sofrer não é recompensa suficiente?

Webb permaneceu em silêncio, e Percy arqueou uma sobrancelha.

— A segunda opção, então. Um homem como eu. Uma pena que não posso aceitar suas condições.

Algo como surpresa — e talvez decepção? — perpassou o rosto de Webb. Percy decidiu que não ficaria mais tempo para pensar o porquê. Sem qualquer aviso de despedida, atravessou o pátio, sentindo o olhar de Webb sobre ele.

Enquanto entrava em casa, o som de uma bebê chorando vinha de uma janela aberta. Ele sabia que, num dos andares superiores, a ama de sua irmã andava com a bebê de um lado para o outro em frente à janela. A pequena Eliza sempre acordava de mau humor e só se acalmava com o ar fresco. Aos 3 meses, a criança era tão exigente e imperiosa quanto seus antepassados.

Como de costume, se Percy subisse a escada às pressas depois da cavalgada, conseguia chegar a tempo de pegar a irmã dos braços da ama. Uma vantagem de suas roupas de montaria pouco atraentes era que ele não ligava muito se elas se sujassem ainda mais com baba de bebê ou coisa pior. Parou ao pé da escada, ouvindo os choros intermitentes da irmã. Pensou que tinha mais a considerar do que seu próprio conforto, mais até do que o bem-estar de Marian. Havia Eliza — o futuro, a fortuna e o nome dela.

Percy teria que aceitar a oferta de Webb. Novembro estava quase no fim; mesmo se houvesse uma chance de encontrar outro salteador, não havia mais tempo.

Capítulo 16

Quando Kit viu Holland no café, seu coração idiota bateu um pouco mais forte. Ele estava sentado à mesa comprida, com um livro aberto.

Fazia apenas um dia que Kit havia abordado Holland em casa, e ele já tinha quase aceitado o fato de que não voltaria a vê-lo. Estava se esforçando muito para se convencer de que estava aliviado, e não decepcionado, por essa perspectiva

— Veio aqui a negócios ou a lazer? — perguntou Kit, colocando uma xícara na frente dele.

— Não sabia que o senhor era capaz de servir café sem bater a xícara na mesa — comentou Holland, sem tirar os olhos do livro. Lambeu o dedo e o usou para virar a página, e Kit se forçou a desviar os olhos. — Negócios. Vim para aceitar sua oferta, como espero que já tenha deduzido.

— Eu poderia ter deduzido, se o senhor estivesse usando algo mais adequado para, hum, o que conversamos.

Kit voltou o olhar enfático para o casaco de Holland, um tecido da cor de creme de leite fresco que refletia a luz de modo a sugerir haver seda na malha. Fazia com que parecesse uma estátua de mármore, e viraria um pano de chão depois de cinco minutos de combate.

Holland soltou um riso de escárnio e apontou para os pés, onde se via um embrulho bem amarrado.

— Trouxe uma muda de roupa.

— O senhor vai ter que esperar — disse Kit, porque tinha que falar alguma coisa além de imaginar Holland tirando a roupa bem ali, no café.

— Óbvio — respondeu Holland, irritado.

— O café só fecha daqui a duas horas.

— Então me traga algo para comer — pediu Holland, devagar e com uma paciência exagerada. — Fazem isso neste estabelecimento, não? Servem comida em troca de dinheiro? Ou um de nós está enganado sobre a natureza do comércio?

Alguns minutos depois, quando Kit voltou com um prato de pães quentes com groselha, ele encontrou Holland apontando para uma página e conversando com o freguês ao lado.

— É muito engraçado. Aqui, escute.

Então ele leu em voz alta um trecho do que parecia ser de *Tom Jones*.

Quando Kit voltou para buscar o prato vazio e trocar o café por uma xícara nova, encontrou Holland compenetrado numa conversa com metade dos presentes à mesa. Devia achar que estava fazendo os outros clientes vibrarem por lhes permitir confraternizar com um nobre.

Betty chegou a seu lado com um aspecto sombrio e murmurou algo sobre o fraco de Kit por um rostinho bonito.

— Só achei que seria bom variar e sair de trás do balcão — retrucou Kit.

— Não minta. Você mente tão mal que fico com vergonha alheia.

As duas horas seguintes se passaram com uma lentidão agonizante, mas, por fim, o último freguês saiu e Kit trancou a porta. Quando deu meia-volta, encontrou Holland já de pé, com o embrulho em mãos.

— Onde vamos fazer isso? — perguntou ele.

Kit apontou com o queixo para o quarto dos fundos.

— Ah, seu quartinho da devassidão — provocou Holland, astuto.

Kit ficou sem palavras. Betty parou de juntar pratos e xícaras e encarou Holland.

— Nos círculos que frequento, sabemos sobre essas coisas — disse ele, alternando o olhar entre Kit e Betty. — Deus sabe que já usei muitos quartos como aquele, e sei como reconhecer um.

— Isso é uma chantagem? — perguntou Betty, encarando-o com os olhos semicerrados e a mão no quadril.

— Minha cara, se eu fosse chantagear o sr. Webb, começaria por sua vida criminosa, não suas predileções amorosas, que são as mesmas que as minhas, diga-se de passagem.

— Não faço esse tipo de coisa — protestou Kit, então quis bater a cabeça na parede.

Tanto Betty como Holland sabiam que Kit não parava de olhá-lo, e contestar só fazia parecer que ele se iludia. Os dois o estavam encarando.

— Vá se trocar. E seja rápido — resmungou Kit, e tentou não ficar olhando enquanto Holland saía do salão.

— Predileções amorosas? Ele estava falando sobre se envolver com homens ou alguma outra coisa esquisita sobre a qual não quero saber? — perguntou Betty.

— Cale a boca.

— É isso que vocês vão fazer lá atrás? Prediletar?

Ela arqueou as sobrancelhas.

— Betty!

— Você deveria tentar. Está precisando.

Ele só entrou no quarto dos fundos quinze minutos depois, porque não queria correr o risco de ver Holland seminu e porque queria que ele o esperasse. Quando abriu a porta, o encontrou encostado na parede, com os tornozelos cruzados. O quarto estava iluminado apenas por um velho par de lamparinas a óleo, mas eram fortes o suficiente para ver que Holland usava uma calça simples e um casaco combinando, com o cabelo preso numa trança.

— Tire o casaco. Não dá para fazer de casaco. Nem de colete.

Holland hesitou por um momento, depois tirou a camisa.

— Como vamos fazer? Nunca bati em ninguém na vida.

— E não vai precisar começar agora. Não é pugilismo. Não é nem sequer uma briga de rua. O que precisa saber fazer é desarmar um adversário.

— Pelo menos quatro adversários. Meu pai viaja com uma escolta de quatro homens armados, e tenho certeza de que o cocheiro também tem uma pistola.

— O senhor só precisa se preocupar com o cocheiro, porque ele está mais perto do alvo. Vai contratar pessoas para lidar com o resto.

— Ah, então vou contratar pessoas, afinal?

— Achou que eu trabalhava sozinho?

— Creio que a canção menciona um Tom Gordo e uma mulher chamada Nell.

Kit bufou.

— O nome dela é Janet, mas não rima com tantas coisas quanto Nell. Janet está casada e com um bebê a caminho, mas Tom ainda está no ramo.

O principal talento de Tom era derrubar pessoas dos cavalos com o mínimo de alarde.

— Ah, Tom ainda trabalha, então? — perguntou Holland, em um tom seco, com os braços cruzados. — E há algum motivo por que não posso dar a ele cinquenta libras para tirar o maldito livro de meu pai?

— Se um dia precisar do nariz de seu pai ensanguentado, Tom é o homem certo para o trabalho. Mas vai precisar de mais do que isso para realizar um roubo de verdade.

— Tipo o quê? Porque tudo que tenho a oferecer é uma propensão à tagarelice e uma beleza excepcional.

Kit abriu a boca, prestes a dizer algo sobre estratégia, mas se conteve. Duvidava que aquele homem, o filho do maldito duque de Clare, achasse que gente como Kit fosse capaz de algo tão refinado quanto estratégia.

Kit ergueu uma colher de pau que trouxe consigo para a ocasião.

— Vamos fingir que isto é uma pistola. Tente me desarmar.

— Certo. Como começo?

— Faça o que for preciso para tirá-la de minha mão ou, ainda melhor, pegá-la para si.

Holland estendeu o braço; ele era rápido, mas Kit estava esperando pelo bote.

— Eles não vão me deixar chegar tão perto. Isso é inútil — argumentou Holland.

— O senhor ficaria surpreso. Tente outra vez.

Holland obedeceu e, dessa vez, Kit saiu da frente, fazendo Holland tropeçar e quase cair.

Na terceira vez, Holland tentou com a mão esquerda, surpreendendo Kit, que começou a bloqueá-lo com a direita. O movimento jogou seu peso sobre a perna manca, e Kit quase caiu. Conseguiu se recuperar, mas se sobressaltou com a dor súbita e com o fato de que não sabia lutar sem as duas pernas. Deveria ter percebido antes que isso seria um problema.

Pior, Holland pareceu ter notado ao mesmo tempo que Kit.

— Talvez se o senhor se sentar. Afinal, o cocheiro vai estar sentado.

— Não — disse Kit, em tom cortante. — Betty! — chamou ele.

Quando ela entrou, Kit explicou o que estava tentando fazer.

— Acho melhor não. Não vou me atracar no chão com uma mulher — protestou Holland.

— Boa sorte tentando me jogar no chão — debochou Betty, tirando os sapatos.

— Por que está aceitando isso? — perguntou Holland. — Sou pelo menos vinte centímetros mais alto e vários quilos mais pesado que você.

— O senhor acha que vou perder a chance de chutar um lorde? Sonho com isso desde pequena.

— O senhor tem a chance de realizar os sonhos de uma moça — brincou Kit.

Percy olhou feio para ele.

— Tudo bem. Vamos acabar logo com isso.

Holland deu um passo em direção à jovem e, quando ela estendeu o braço em sua direção como se tentasse disparar uma pistola, ele tentou pegar o punho dela.

— O senhor acabou de levar um tiro na cabeça. Tente outra vez. Dessa vez a agarre pela barriga — instruiu Kit.

Com uma relutância óbvia, Holland deu a volta por Betty e tentou encaixar um dos braços atrás das costas dela. Betty pisou no pé dele e lhe deu uma cotovelada no estômago.

— Ai! — gritou Holland.

— Tente outra vez — disse Kit.

— Eu preferiria estar fazendo isso com o senhor.

— Aposto que sim — brincou Betty.

— Quero dizer que não gosto da ideia de machucar uma mulher.

— Ainda estou esperando por provas de que pode chegar perto de me machucar — provocou ela.

— Não me sinto à vontade em ser violento com mulheres — declarou Holland, empertigando-se.

— Bem, acostume-se — retrucou Kit. — Se tiver escrúpulos em tentar agarrar Betty, vai ser um caso perdido quando realmente tiver que machucar alguém. No dia do roubo, não vai ser uma maldita colher e a pessoa não vai ter medo de te matar. Precisa treinar como se o que quer fazer fosse de fato importante.

— E é — afirmou Holland.

— Esse livro que quer pegar...

Holland pigarreou e lançou um olhar expressivo para Betty.

— Ela é parte do serviço. E já sabe de tudo — disse Kit. — Ou está disposto a ferir pessoas por ele, ou não. Precisa decidir logo qual a importância dele, antes que gaste mais do nosso e do seu tempo.

— É da mais alta importância — respondeu Holland, tenso.

— Então aja de acordo. Tente de novo.

Holland tentou de novo e, dessa vez, Betty conseguiu fazer com que ele tropeçasse de modo tão brusco que o homem caiu estatelado de costas no chão duro.

— Basta. Vá para casa. E só volte quando estiver disposto a levar isto a sério — ordenou Kit.

Holland se levantou.

— O senhor nunca teve a intenção de me ajudar — disse ele, entredentes. — Estava apenas se divertindo ao ver sua amiga me humilhar.

Kit estreitou os olhos.

— As pessoas que o senhor precisa contratar para trabalhar a seu lado no roubo são meus amigos. Não vou pedir para arriscarem a vida para trabalhar com um homem que não está disposto a colocar o próprio pescoço em risco. Se não conseguir levar isso a sério, se não estiver disposto a fazer o que for necessário, não posso ajudá-lo.

— Não vou machucar uma mulher. — Holland cerrou os punhos e, por um momento, Kit pensou que isso poderia ser mais do que alguma bobagem nobre sobre o sexo frágil ou alguma asneira desse tipo. — Fui criado...

— Foda-se como foi criado e fodam-se seus escrúpulos cavalheirescos. Não pode fazer isso se insistir em ser um cavalheiro.

— Um cavalheiro! — repetiu Holland, sem conseguir conter um riso amargurado. — Não tem nada a ver com isso. Se por algum motivo pensa que cavalheiros não estão dispostos a machucar mulheres, mal sei o que fazer pelo senhor.

— Sei perfeitamente o que os homens Talbot estão dispostos a fazer com mulheres.

— É exatamente disso que estou... — começou Holland, mas foi interrompido por um assobio agudo, e os dois se voltaram para Betty.

— Chega. Os dois estão brigando feito peixeiras. Para sua informação — ela se voltou para Holland —, saí no murro pela primeira vez quando tinha 8 anos e só parei quando os meninos ficaram com medo demais de me enfrentar. Não volte até estar pronto para me tratar como uma igual. E você — ela se voltou para Kit —, esta foi uma ideia terrível por todos os motivos que discutimos. Você não está com a cabeça fria e nunca vai estar quando se trata dessa gente.

Quando Betty saiu, Kit soube que deveria ir atrás dela e dar a Holland tempo para se vestir, mas, se tinha uma escolha entre a fúria de Betty e o mau humor de Holland, ele ficaria com o mau humor.

Pelo canto do olho, viu Holland se vestir com as mãos trêmulas. Precisou de três tentativas para acertar os botões do colete. Quando olhou para ele com atenção, Kit percebeu que suas bochechas estavam coradas com o que suspeitava ser uma vergonha desamparada. Parecia errado presenciar Holland exposto daquela forma.

Holland abriu a boca, mas ficou claro que mudou de ideia, então saiu do quarto, deixando Kit sozinho e se sentindo inexplicavelmente decepcionado.

Capítulo 17

Houve um tempo em que Kit tinha o sono pesado. Foi motivo de muitas risadas em família, com seus irmãos tentando cortar seu cabelo ou roubar seu travesseiro enquanto ele dormia profundamente. Tempos depois, Jenny muitas vezes precisava chacoalhar Kit para que acordasse de manhã. Mas, quando Jenny se foi, Kit passara a ter o mais leve dos sonos. A raiva e o medo haviam lhe roubado o sono pacífico, e o hábito o acostumara a acordar toda vez que Hannah se agitava no berço. Agora, suas noites transcorriam quase sem sonhos, e, quando ele despertava, as cobertas mal estavam reviradas. Às vezes ele ficava em dúvida se realmente dormia ou apenas fechava os olhos.

Foi por isso que, de madrugada, quando ouviu uma batida na porta, levantou-se de um salto. Parando apenas por tempo suficiente para vestir a calça — ele é que não confrontaria meliantes num estado de total nudez — e pegar a adaga e a bengala, desceu a escada tão depressa que duvidou que os vizinhos reclamariam do barulho noturno.

Quando abriu a porta, não sabia se estava esperando encontrar um vagabundo que perdera o caminho de casa ou um mensageiro com más notícias sobre Betty ou algum outro amigo. O que não estava esperando era dar de cara com lorde Holland, visivelmente bêbado, com o casaco dobrado sobre o braço e o cabelo solto ao redor dos ombros.

— Mas o que é... Entre antes que os vizinhos vejam.

— Tem uma coisa que preciso dizer. — A voz de Holland, em geral tão precisa, estava enrolada. — É importante.

— Pode me dizer aqui dentro — Kit o pegou pelo braço e o puxou para dentro do café. — E pode me dizer sentado... não, não confio que vá ficar num banquinho agora. Sente-se nesta cadeira. — Depois de ter certeza de que Holland estava seguro, acendeu um fogo baixo. — Agora, o que é tão importante que tinha que me acordar no meio da noite?

— É sobre mulheres.

— Ah, é? — perguntou Kit, sorrindo.

— É! — respondeu Holland, com o fervor dos muito bêbados. — Não quero machucá-las e não é justo que me obrigue.

O sorriso se desfez no rosto de Kit.

— Não machucaria Betty nem se tentasse.

— Não interessa. Não quero nem tentar. Não quero ser o tipo de homem que tenta essas coisas.

— Entendi — disse Kit devagar, então virou as costas para colocar a chaleira no fogo e para que Holland não conseguisse ver seu rosto.

— Não há muitas coisas certas que faço, na verdade. Quer dizer, não são muitas das coisas que faço que são *boas*. Mas essa é uma delas. E o senhor não deve tentar tirar isso de mim.

Kit deu meia-volta e viu Holland, com uma perna cruzada sobre a outra, o cotovelo no braço da cadeira e o queixo na mão.

— Entendi — repetiu ele, porque não conseguia pensar em mais nada. Tirou um pote de pó de café de uma prateleira e colocou uma colherada no bule. Enquanto preparava, olhou algumas vezes por sobre o ombro para Holland, em parte para ter certeza de que ele não havia caído da cadeira, e em parte porque seu rosto estava franco e vulnerável de uma forma como Kit ainda não tinha visto. — Eu deveria ter imaginado.

— Tenho um metro e oitenta e dois de altura e setenta e seis quilos. Sou muito maior do que a maioria das mulheres.

— É verdade.

— Não quero ser assustador.

— Juro que Betty não se assusta com o senhor.

— Não é isso! — exclamou Holand, quase gritando. — A questão é que sei quem sou e o que sou, e o senhor não deveria me obrigar a fazer algo que sei que é errado. — Ele fechou os olhos e apertou as mãos ao redor dos braços da cadeira, e Kit supôs que, dentro daquela mente embebida de vinho, o quarto estava girando. — Sei que é errado.

— É claro que sabe — afirmou Kit, revirando os potes e cestos que guardava atrás do balcão em busca de uma comida sólida que pudesse enfiar na goela de Holland. Por fim, encontrou alguns biscoitos velhos. Pôs uma colherada de açúcar na xícara de café e a colocou num pires, e depois, alguns biscoitos ao lado. — Tome — disse ele, entregando-os para Holland. — Não derrube.

— Nunca derrubei nenhuma xícara na vida. Tenho bons modos.

— Um dos motivos por que pedi para lutar com Betty foi que eu queria que entendesse que, para roubar seu pai, o senhor teria que fazer coisas de que não gosta.

— Disso eu já sei. Já sabia desde que vim aqui pela primeira vez. Acha que contratar criminosos é algo de que gosto? Quer dizer, até que gostei, o senhor é muito bonito, e tem… — Ele se interrompeu, apontando vagamente para Kit, que cruzou os braços sobre o peito nu, desejando ter vestido uma camisa antes de descer. — É muitíssimo agradável de olhar, bravo, mas o motivo por que me trouxe aqui pela primeira vez era apavorante. Não quero roubar meu pai. Não quero que meu pai seja um vilão. Não pedi nada disso. E, um dia, quando eu tiver tempo para pensar, vou ficar com raiva por ser forçado a lidar com toda essa situação.

Kit não perguntou em que consistia "toda essa situação", assim como jamais perguntaria o que havia no tal livro. O que quer que fosse que Holland e seu pai estivessem tramando, Kit não queria saber os detalhes. Precisava manter tudo a certa distância, a fim de cumprir sua promessa a Betty de não se envolver demais num trabalho que poderia facilmente se tornar pessoal.

— Nunca o vi com o cabelo solto — comentou Kit, sem pensar direito antes de as palavras saírem de sua boca. — Ou está preso numa trança ou escondido pela peruca.

— Joguei minha peruca no rio. Pelo menos, acho que era o rio. Eu me perdi no caminho para cá. E é claro que não me viu de cabelo solto. Eu lá sou um bárbaro?

— Bárbaro realmente não é — provocou Kit, sem se esforçar para conter um sorriso.

— Não me peça para lutar com Betty.

— Tome um pouco do café. O outro motivo por que eu queria começar com Betty é que não sei se consigo lutar com minha perna assim.

— Deu para perceber que você perdeu o equilíbrio — disse Holland, pegando Kit de surpresa. — Em todo caso, eu preferiria me machucar a machucar qualquer outra pessoa.

Com ar afetado, ele limpou farelos de biscoito da boca com um lenço.

— É mesmo?

— Parte do motivo é estratégia. Se um homem decente o machucar, ele se sentirá em dívida com você. Se um homem cruel o machucar, achará que é superior a você, o que o faz subestimá-lo — falou ele, como se repetisse uma lição decorada.

— Nunca tinha pensado dessa forma.

— É claro que não. O senhor é honesto. Honestidade é incompatível com estratégia.

Mais uma vez, as palavras tinham a cadência de uma lição escolar.

— Honesto? — Kit riu. — Esqueceu-se de quem sou e do que eu fazia?

— É óbvio que não. Não há nada de desonesto em tomar coisas que não lhe pertencem. O senhor mesmo me disse. Pode ser errado, e pode ser cruel, mas não é necessariamente desonesto. Alguém que invade sua casa às escondidas pode ser desonesto. Mas o senhor tomava coisas em plena luz do dia enquanto dizia o que estava prestes a fazer.

Kit sentiu que havia algum erro lógico na análise, mas não conseguia identificá-lo.

— Está ficando mais sóbrio ou fala assim mesmo quando está bêbado?

— Ah, falo assim o tempo todo, não consigo evitar — respondeu Holland, fazendo um gesto amplo com a xícara de café, sem derramar uma única gota. Seu olhar desceu para o peito nu de Kit, como já havia acontecido algumas vezes, não da maneira lasciva exagerada que havia empregado em ocasiões anteriores, que pareciam ter a intenção de constranger Kit mais do que qualquer outra coisa, mas com um tipo de interesse que parecia acidental e espontâneo, e que deixava Kit com uma vergonha ainda mais profunda. — Realmente falo demais, como bem apontou, sr. Webb.

— Nunca disse que falava demais. — Kit tirou outro biscoito do pote e o ofereceu para Holland. — Apenas que fala muito. — Ele observou Holland mastigar o biscoito. Uma migalha ficou presa sobre seu lábio, no ponto em que ele costumava afixar sua pinta falsa. Kit teve que se forçar a desviar os olhos. — Todo mundo me chama de Kit.

— Esse é seu jeito de me dizer para fazer o mesmo? Vamos nos chamar pelo primeiro nome agora? Que íntimo de nossa parte. Então me chame de Percy. — Ele bocejou, cobrindo a boca em um gesto que conseguia ser elegante apesar da embriaguez. — As pessoas são tão cansativas em relação a nomes. O meu vive mudando. — Ele bocejou mais uma vez. — É entediante.

— Você está prestes a pegar no sono. Não sei como vou levá-lo para casa.

— Consigo andar — disse Percy, levantando-se, cambaleante.

— Até parece. Vai acabar caindo de cara no Tâmisa.

— Aff.

Percy tentou dar um passo em direção à porta, mas tropeçou no pé da cadeira. Kit chegou ao lado dele num único passo e o amparou antes que ele caísse.

— Opa — falou Percy, fazendo um esforço tímido para se endireitar, mas apoiando-se em Kit.

A testa de Percy pousou em seu ombro. Kit conseguia sentir as costelas do homem sob o linho da camisa, o batimento do coração dele contra seu peito.

— Como é mesmo que você vai andando para casa?

Kit se surpreendeu pela suavidade da própria voz, mas a orelha de Percy estava tão perto, a centímetros da boca de Kit, então era natural que ele falasse baixo. Mesmo assim, a delicadeza do tom e a proximidade dos corpos dava um ar íntimo em vez de incidental ao contato. Quando Percy murmurou "devagar" no ombro de Kit, este conseguiu sentir o movimento dos lábios dele, e um calafrio percorreu seu corpo.

— Certo — respondeu Kit, bruscamente, colocando Percy de volta na cadeira. — Você vai passar a noite aqui.

— Ah, sério — disse Percy, com um olhar lascivo.

Kit bufou.

— Posso confiar que não vai botar fogo em si mesmo nem sair vagando pelas ruas?

— Você não pode confiar nem um pouco em mim — respondeu Percy, mas pousou a cabeça na mesa ao lado, com os braços cruzados servindo de apoio, então Kit imaginou que a chance de ele sair para qualquer lugar era pequena.

Kit olhou para a escada e suspirou. Com boa parte do peso apoiado na bengala, ele subiu até seu quarto. Tirou o travesseiro e o cobertor da cama e vestiu uma camisa. Imaginou que poderia ter conseguido levar Percy para o andar de cima e deitá-lo na cama, mas hesitou com a ideia de deixá-lo entrar no quarto. Kit não achava que aguentaria a imagem daquele homem em sua cama.

Quando ele desceu, Percy estava dormindo profundamente. Kit deixou a coberta e o travesseiro diante do fogo, depois colocou um braço ao redor de Percy e conseguiu acordá-lo o suficiente para levá-lo até a cama improvisada.

— Tem espaço suficiente para você — disse Percy, com os olhos semifechados, dando um tapinha preguiçoso na coberta ao lado.

Kit estaria mentindo se dissesse que não ficou tentado. Tinha sido gostoso segurar Percy. Fazia meses que não se aproximava de uma pessoa e ainda mais tempo desde a última vez que quisera fazer isso. Mas, entre todas as pessoas do mundo com quem poderia compartilhar uma cama, o filho do duque de Clare era o último da lista. Na verdade, ele nem deveria ligar se aquele homem chegaria vivo em casa, que dirá são e salvo. Já não bastava eles estarem trabalhando juntos, Kit não poderia se dar ao luxo de deixar que quaisquer emoções afetassem seu discernimento. Se raiva e ressentimento eram problemáticos, ternura e emoção seriam desastrosas.

Kit empurrou Percy com o pé para que ele ficasse de lado, depois se sentou numa cadeira, com a cabeça encostada na parede. Duvidava que conseguiria dormir no andar de cima sabendo que Percy estava no café, então dava no mesmo ficar ali. Tentou dizer a si mesmo que estava de guarda caso Percy precisasse dele, mas não conseguia acreditar na própria mentira. A última coisa que viu antes de seus olhos se fecharem foi o cabelo claro sobre seu travesseiro, refletindo a luz do fogo e brilhando.

Capítulo 18

— Sua Graça ficou preocupadíssima porque o senhor não retornou à sala de estar ontem à noite — disse Collins, quando Percy voltou a seus aposentos de madrugada.

Motivado por pura covardia, ele havia saído às escondidas do café antes que Kit acordasse. Agora tudo o que queria era se deitar na cama e dormir até que a dor de cabeça passasse.

— Não me diga que você passou a noite toda acordado — disse Percy, esfregando os olhos.

Collins respondeu com um silêncio expressivo.

— Peço desculpas. Eu deveria ter mandado avisar.

— Tomei a liberdade de mencionar à criada de Sua Graça que o senhor tinha declarado a intenção de visitar um estabelecimento para cavalheiros.

Percy estava muito cansado e com dificuldade para pensar, mas pareceu que Collins deixara implícito que havia passado uma mensagem à criada de Marian sabendo que significaria uma coisa para o duque e outra muito diferente para Marian. O que talvez desse a entender que ele pensava que Percy e Marian precisavam se comunicar em segredo. E isso poderia ser apenas porque achava que os dois haviam sido amigos de infância e agora estavam sob vigilância. Mas também podia ser porque Collins suspeitava que Percy e Marian estavam conspirando contra o duque. Percy não conseguia decidir se Collins estava se declarando um aliado ou sugerindo uma chantagem velada.

— Você é um anjo e um gênio — afirmou Percy, com ar descontraído. — Essa deve ser a única resposta que impediria meu pai de fazer mais perguntas. Serei sempre grato a você. Marian, por outro lado, não vai acreditar nessa história.

— Precisamente, milorde.

— Obrigado, Collins. Agora, imagino que eu deva ficar apresentável e dar as caras no café da manhã. — Ele suspirou. — Estava torcendo para tirar um cochilo, mas isso terá que esperar até meu pai ter a chance de me repreender.

Collins lançou um olhar rápido e cético para ele como se sugerisse que Percy não deveria aspirar a algo tão grandioso quanto apresentabilidade, considerando seu estado atual. Mas, depois de um banho, um remédio em pó para dor de cabeça e a aplicação caprichada dos talentos consideráveis de Collins, Percy pensou que eles haviam atingido resultados bastante aceitáveis. Quando desceu a escada e encontrou o pai e Marian à mesa do café da manhã, sentia-se mais vivo do que ao chegar.

— Você andou vadiando — acusou o duque, antes que Percy puxasse a cadeira.

— Bom dia, pai. Bom dia, Marian — cumprimentou Percy, servindo um pouco de salmão e presunto no prato. — Pois é, andei vadiando.

— Por onde?

Percy não esperava essa pergunta, e não conseguia imaginar por que o pai precisaria saber os pormenores. Ele conhecia alguns bordéis, mas isso seria enfrentar o pai no terreno de escolha dele. Escolheu outra tática.

— O senhor não pode esperar que eu admita o nome do tipo de estabelecimento que frequento. Não gostaria que nenhum de seus queridos amigos fosse preso ao tronco, não?

Isso fez as bochechas do duque corarem. Ele odiava ser lembrado de que o filho transava com homens.

— Não fale assim na frente de Sua Graça — repreendeu o duque.

— Perdão, Marian — disse Percy, com elegância. — Imagino que eu deveria seguir o exemplo de meu pai e confinar minha conversa à mesa de café da manhã ao tipo comum de prostíbulo.

— Percy — retrucou Marian, os olhos como adagas.

Ela estava com o rosto pálido e as costas rígidas, o prato vazio e as mãos no colo, como fazia quase toda refeição.

Percy imaginava que, em situações normais, seria prudente cair nas graças do duque para garantir algum tipo de subsistência ou acordo depois que a verdade viesse à tona. Mas Percy não tinha nenhuma esperança de que o pai estivesse disposto a entregar qualquer trocado a ele, por mais agradável que tentasse se fazer. Além disso, pensava que, se de repente começasse a agir de modo civilizado com o duque, depois de vinte e três anos de franca hostilidade, o homem ficaria desconfiado. A casa toda ficaria desconfiada, na verdade. Todos sabiam que o duque e seu herdeiro — rá! — não se davam bem. Dependendo da aliança de cada um, era porque o duque era um tirano mesquinho, beligerante e controlador ou porque Percy era um pervertido com um pendor por vícios impronunciáveis.

Além disso, esse era o objetivo de adquirir o livro — seria tolice depender da generosidade improvável do duque, uma vez que entre eles a extorsão era uma opção.

— Está na hora de você encontrar uma esposa — disse o duque.

Por um momento de desvario, Percy quase deu risada. Com certo esforço, assumiu uma expressão de certo tédio.

— Pensei que o objetivo disso aí — ele apontou para o pai e Marian — fosse uma precaução caso eu nunca gere um filho. — Ele conseguiu sentir Marian se eriçar do outro lado da mesa e se arrependeu de precisar se referir à união dela com seu pai nesses termos. Mas ele tinha um papel a representar. Deu um lento gole no chá. — Inclusive, achei isso muito prudente de sua parte, considerando minhas inclinações.

Percy sempre soube que precisaria se casar. Como o único filho de seu pai, ele tinha uma necessidade premente de um herdeiro. Nunca havia questionado isso e, se as coisas tivessem corrido de acordo com o plano, teria em algum momento no ano seguinte se casado com uma mulher adequada e feito o que era necessário. Naquele momento, porém, a ideia era inconcebível. Ele dificilmente poderia se casar com uma mulher que acreditasse estar com o futuro duque de Clare mas que, em vez disso, viria a se revelar um bastardo sem um tostão no bolso. Ele já sabia que não poderia oferecer um casamento por amor a nenhuma esposa; privá-la de título e fortuna seria uma vilania descarada.

— Caso não tenha notado, você ainda é meu único filho homem — disse o duque, entredentes.

Percy quase respondeu "Tomara que sim", porque tudo de que a situação precisava era a chegada de um camponês alegando ser o legítimo herdeiro do ducado. Em vez disso, colocou açúcar no chá.

— Tem razão — disse ele, e se deliciou com a confusão e a decepção que perpassaram o rosto do pai.

Percy percebeu que o duque estava desejando uma briga naquela manhã e havia puxado uma discussão apenas porque era o caminho mais óbvio.

Por anos vira o pai como um tipo inofensivo de arqui-inimigo, sem qualquer poder real de fazer mal a ele. Mas, naquele momento, passou-lhe pela cabeça que, assim que a notícia de sua ilegitimidade viesse a público e ele não fosse mais o herdeiro aparente do ducado, não apenas perderia qualquer proteção que tinha como homem rico e nobre, como estaria vulnerável a ataques do pai. O duque poderia fazer com que Percy fosse preso, torturado e confinado a algum asilo para familiares com propensões inconvenientes ou desagradáveis. A partir do momento em que o duque não tivesse qualquer obrigação de tratá-lo como herdeiro, Percy estaria vulnerável como nunca.

Percy se levantou, tendo perdido qualquer interesse no combate verbal.

— Talvez o senhor ou seu secretário possam me fornecer uma lista de esposas adequadas — sugeriu ele, lançando um último olhar para seu café da manhã intocado.

Não tinha comido nada desde o jantar na noite anterior e estava faminto. Mas, ao mesmo tempo que formava esse pensamento, lembrou-se de Kit lhe dando café e biscoitos secos, segurando-o quando ele tropeçou de embriaguez e cobrindo-o com um lençol. Era uma memória indesejada, uma intrusão tenra em desacordo com um momento que exigia que Percy agisse sem qualquer suavidade.

— Bom dia, pai. Bom dia, Marian.

Depois de subir para o quarto, Percy parou por um momento recostado na porta fechada. Nunca tivera um inimigo de verdade e nunca enfrentara um perigo real. Recordou seus antepassados Talbot, cujos rostos carregados cobriam a galeria de retratos do castelo Cheveril, e pensou que era bem possível que ele tivesse nascido para isso. Os Talbot eram feitos para a guerra e a inimizade. Deixavam as delícias dos tempos de paz para aqueles de sangue mais fraco.

Para ser honesto consigo mesmo, as delícias tranquilas dos tempos de paz pareciam grandiosas a Percy. Ele preferia planejar uma festa no jardim do que um crime. Na verdade, preferia não planejar nada, apenas passar os dias tomando café e lendo livros, e, se isso lhe trazia à mente o café de Webb, era mais uma prova de que estava confuso e suas prioridades, distorcidas.

Ele pegou sua pedra de amolar e começou a afiar a espada.

Capítulo 19

Quando Kit acordou, com o pescoço tenso e a cabeça zonza, na poltrona dura perto da fogueira, e notou que Percy não estava mais lá, a primeira coisa que sentiu foi decepção, seguida pelo horror de lamentar a ausência daquele homem. Era para estar contente por Percy não estar mais sob sua responsabilidade e de volta ao lugar de onde nunca deveria ter saído. Deveria torcer para que Percy nunca mais desse as caras.

Mas Kit teve que admitir que até que... não tinha se incomodado com a presença dele na noite anterior. Tinha até gostado do falatório embriagado do homem assim como gostava de seu falatório sóbrio. Foi muito agradável colocar Percy para dormir, saber que o estava mantendo em segurança. Fazia muito tempo que Kit não cuidava de ninguém, que ninguém precisava dele, e ele descobriu que sentia falta disso. Não se via como uma pessoa carinhosa, Deus sabia que cuidar de Hannah não tinha sido fácil para ele, e veja só como tinha acabado mal. Depois que Jenny fora levada embora, Kit não ficou em condições de cuidar nem de um gato, que dirá de uma filha doente e sem mãe. Cuidar do herdeiro adulto de um ducado depois de uma noite de bebedeira estava longe de ser a mesma coisa, embora tocasse os mesmos recônditos antigos do coração de Kit.

Francamente, o coração de Kit precisava dar um tempo.

Quando Betty o alertou para não deixar que seus sentimentos atrapalhassem esse serviço, referia-se a ressentimento, raiva e vingança. Ela fizera uma piada a respeito de ele ter um fraco por rostinhos bonitos, mas nenhum dos dois de fato acreditava que ele gostaria daquele sacana. Kit não gostava dele — colocá-lo para dormir e protegê-lo fizera sua mente se enganar, achando que gostava. Só isso.

Ele levou a coberta e o travesseiro para o andar de cima antes que Betty entrasse e fizesse perguntas inconvenientes, depois se lembrou de lavar a xícara que Percy tinha usado e arrumou tudo em seus devidos lugares.

Mesmo assim, quando Betty entrou, semicerrou os olhos e examinou o salão, depois encarou Kit.

— Você está estranho.

— Não estou, não — respondeu ele, e logo se arrependeu, o que não serviu de nada. — Por que eu estaria estranho?

Ela apenas balançou a cabeça.

— Não é natural — disse ele, enquanto preparava o café. — Você tem 20 anos. Não deveria parecer tão decepcionada. Há avós que invejariam essa expressão.

— O segredo é que estou realmente decepcionada — comentou ela, com um suspiro exagerado.

Ele atirou um grão de café na cabeça da mulher.

— Além disso, estou acostumada a me decepcionar com todo batedor de carteiras que acha que vou me dar ao trabalho de receptar uma única colher de chá ou um par de lenços. É natural demonstrar decepção a esta altura.

Betty falava com um tom de orgulho que desmentia suas palavras. Kit sabia que ela gostava de seu trabalho — gostava de ter assumido o lugar do pai, de resolver enigmas sobre como se desfazer de mercadorias roubadas sem que fossem mais tarde associadas a ela, ao ladrão ou ao proprietário original, e gostava de ser o centro de tudo. Isso fazia com que ele sentisse mais falta do que nunca do antigo trabalho. Talvez fosse bom, pensou ele, que Percy tivesse recorrido a ele naquele momento.

Ao mesmo tempo que esse pensamento se formava, Kit sabia que era um absurdo. Estava confundindo vontades diferentes: o velho impulso por vingança, a necessidade de adrenalina e o desejo que sentia por Percy. Todos os seus desejos podiam ser saciados num único trabalho, o que tornava difícil pensar com clareza. Era apenas isso. A pontada de — era perturbador pensar que *ternura* era a única palavra aplicável — que ele havia sentido na noite anterior era apenas o resquício de desejo que permeava tudo a que ele se proibia.

Mas talvez fosse o momento de tomar certa precaução. Naquela noite, depois de levar Betty para casa, ele foi ao bordel de Scarlett. Dessa vez, a porta não foi aberta por Flora, mas por outra menina. Kit foi levado a uma sala desocupada, onde esperou alguns minutos até Scarlett chegar.

— Duas semanas seguidas. Sou uma mulher de sorte — disse ela ao entrar.

— Você logo vai mudar de ideia, porque estou aqui atrás de mais um favor.

Ela não pareceu nem contente nem surpresa.

— Bom, se for rápido, vou perdoá-lo.

— O homem sobre quem lhe perguntei, Edward Percy?

— O homem que não existe.

— Ele é o filho e herdeiro do duque de Clare, lorde Holland.

A expressão de Scarlett mudou. Ele a conhecia havia quase dez anos, tinha ela como amiga, mas poucas vezes vira o rosto dela expressar qualquer coisa além de consternação e contentamento. Naquele momento, entretanto, ela parecia chocada. Durou apenas um segundo, mas aconteceu, e Kit havia notado.

Seus pensamentos se voltaram para Percy, que tinha a mesma fachada impassível, a mesma capacidade de esconder seus sentimentos. Os dois estavam tão acostumados à dissimulação que dominavam suas expressões com naturalidade. Quando a máscara caía, significava algo.

A única dúvida de Kit era se Scarlett estava surpresa ao descobrir a identidade de Percy ou se estava surpresa por Kit saber.

— Claro. Todos o chamam de Percy. Eu deveria ter feito a conexão. E... bom Deus! É ele quem quer contratar você para roubar alguém. Ele sabe quem você é. Que grande lástima!

— Você o conhece? — perguntou Kit, tentando não revelar sua ansiedade para saber a resposta, mas nem havia com o que se preocupar, pois ela nem sequer estava olhando para ele.

— Ele nunca esteve aqui.

Kit quase riu.

— Imaginei que seria improvável ele ser um de seus clientes.

Nesse momento, ela voltou o olhar sagaz para Kit.

— Imaginou, foi?

Ele engoliu em seco.

— Ele não faz segredo disso.

— Entendi. Respondendo à sua pergunta, eu não o conheço. Ele frequentou uma das escolas habituais, depois vagou pela cidade por um tempo até viajar pela Europa por dois anos. Voltou no começo deste outono, mas poucas vezes foi visto na alta sociedade desde então.

Kit poderia ter achado que essa era uma quantidade impressionante de informações para Scarlett ter na ponta da língua — ainda mais sobre um homem que nem sequer estava entre a clientela dela — se não a tivesse visto realizar o mesmo feito tantas vezes ao longo dos anos.

— Ele é cruel com os criados? Deixa de pagar as contas? — Kit queria muito uma informação que acabasse com o seu desejo pelo homem.

— Não que eu saiba.

— Por favor, Scarlett. Deve haver algo desagradável que você tenha ouvido.

Ela olhou para ele por um longo momento.

— Por que você quer saber?

— Por que se importa? Talvez eu queira roubá-lo e esteja procurando provas de que ele merece uma punição.

— Mas não está.

— Por favor, Scarlett.

— Ele não se dá bem com o pai. São civilizados em público, mas brigam feio em casa. A mãe de Holland morreu enquanto ele estava viajando pelo continente. A primeira coisa que todos pensaram era que o duque a havia finalmente matado, mas na verdade a morte foi por causa de uma doença. Decepcionante para as fofocas, mas tranquilizador para os amigos de Sua Graça. Quase em seguida, o duque se casou com a amiga de infância de lorde Holland, lady Marian Hayes, a única filha mulher de um velho nobre tolo e gagá cujo terreno é contíguo ao da mansão do duque de Clare em Oxfordshire. Ela e o irmão foram educados em casa com Holland até o jovem cavalheiro partir para a faculdade. Ela deu à luz uma filha pouco antes do retorno de lorde Holland à Inglaterra.

— Imagino que o casamento do duque não tenha sido por amor.

— Talvez tenha sido. — Scarlett alisou a saia. — O duque ainda é bonito e considerado por muitos um dos homens mais charmosos de Londres, sem mencionar que é rico e tem status social. Ouvi dizer que sabe ser muito sedutor.

Kit não dava a mínima para as seduções do duque.

— Fale mais sobre o filho.

— Lorde Holland é Edward Talbot, conhecido por todos como Percy. Sua mãe era lady Isabelle Percy, a filha única do conde de Westmore e o último dessa linhagem dos Percy. Ela, assim como todo mundo, chamava o filho de Percy.

Kit desprezou essa informação.

— Algum caso amoroso notório? Criados maltratados? Qualquer coisa.

Ela olhou para ele por um longo momento.

— Nunca tomei você por um chantageador.

— Não sou chantageador — retrucou Kit, um pouco na defensiva demais.

— Ah — disse Scarlett, inspirando fundo. — Entendi. Você quer que eu faça você deixar de gostar dele.

— Eu não…

— Você está correndo o risco de gostar dele. — Ela o observou com os olhos arregalados e atônitos. — Ora, nunca pensei que correria risco de se apaixonar por um lorde.

— Não é isso.

— Acho bom que não seja. Quer que eu o faça desgostar dele? Que tal o seguinte: o herdeiro do duque de Clare será um dos homens mais poderosos do reino. O que acha que costuma acontecer quando pessoas como nós se envolvem com homens como eles? Hein?

— Scarlett, você se envolve com homens como eles todos os dias.

— Recebo o dinheiro e os segredos deles, mas eles não recebem nada de mim. Nada, Kit. Conheço você desde que era pouco mais do que um garoto, e você ainda não consegue esconder o que sente. Fique longe de Holland e do pai dele.

Kit abriu a boca para argumentar, mas chegou à conclusão de que Scarlett tinha lhe dado exatamente o que ele havia pedido: um motivo para não gostar de Percy. O fato de que ele queria discordar dela não era um bom sinal.

Capítulo 20

Percy franziu a testa para seu reflexo no espelho cheval.

— Se milorde puder explicar aonde pretende ir com esta... roupa — disse Collins, a voz falhando na última palavra, como se não tivesse certeza se Percy estava mesmo usando trajes ou se estava vestindo algo saído dos pesadelos do valete —, talvez eu possa ser útil.

— Vou a um novo clube de esgrima — mentiu Percy. — Um que segue, ah, *régles du combat* um tanto diferentes.

Se era para passar as próximas horas sendo derrubado no quarto dos fundos de Kit, ele queria uma camada extra de tecido sobre a pele. Sua calça de equitação de camurça serviria, mas o casaco não lhe permitiria quase nenhum movimento amplo com os braços. Ele foi até o sótão e voltou com um gibão curto sem mangas feito de couro preto macio com botões até o pescoço. Sobre uma camisa de linho simples, proporcionava mais proteção do que um colete comum.

— Se me permite dizer — a voz de Collins era de puro pânico —, a combinação de camurça marrom com couro preto não é uma escolha que eu teria esperado de vossa senhoria.

— É péssima. E nem chegamos aos sapatos.

Ele planejava usar suas botas mais antigas, macias e menos apresentáveis. Combinadas com a calça de equitação e o gibão antigo, o efeito seria bizarro.

Mas, mesmo assim, até que não ficava mal nele, apesar da largura lamentável da calça de camurça. Ele prendeu o cabelo numa trança e se lembrou da voz de Kit na outra noite. *Nunca o vi com o cabelo solto*, dissera ele, como se Percy tivesse escondido um segredo. Tirou o elástico do cabelo. Depois o prendeu de novo. Havia uma diferença entre vaidade e loucura.

Collins choramingou em protesto.

— Ninguém vai me reconhecer. Faz anos que ninguém me vê sem peruca e com o rosto limpo — assegurou-lhe Percy. Exceto Kit. — Sua honra profissional não será manchada. Contudo — acrescentou, pensando que Collins merecia uma concessão —, uma nova calça de camurça, ajustada desta vez, e um novo par de botas não fariam mal.

Collins pareceu um pouco mais tranquilo, e Percy desceu as escadas. Até que se deu conta de que havia esquecido algo e voltou correndo para o quarto, onde Collins o esperava com um chapéu tricórnio na mão estendida.

— Obrigado — disse Percy, enfiando o chapéu até a testa.

— Imaginei que milorde fosse gostar de usar um chapéu que não complementasse suas outras vestimentas a fim de manter o tema da discordância.

— Sim, sim — concordou Percy enquanto saía. — Obrigado!

Ele foi para o café a pé, evitando as ruas principais, e chegou uma hora antes de o estabelecimento fechar. Sentou-se no canto da mesa longa que havia passado a encarar como seu. Foi Kit quem o viu primeiro, e Percy teve a satisfação de observá-lo passar os olhos pelo salão, passar reto por Percy e, então, voltar a ele de repente, examinando primeiro seu rosto e depois baixando os olhos devagar por seu corpo.

Ele ajeitou um fio de cabelo atrás da orelha, dando-se conta de que a falta de pó no rosto o destacava, e também consciente do olhar de Kit.

Betty estava do outro lado do recinto, então Percy imaginou que ele teria que esperar um tempo pelo café. Mas poucos minutos depois Kit trouxe uma xícara, colocando-a na mesa sem resmungar.

— Não sabia se voltaria. Você saiu sem dizer uma palavra.

Percy parou com a xícara de café a caminho da boca. Não achara que as circunstâncias exigiam uma despedida formal. Havia acordado no chão de Kit, coberto por um lençol e com um travesseiro sabe-se lá de onde sob sua cabeça latejante. Kit, por sua vez, dormira numa cadeira próxima, com a cabeça pousada numa mesa sobre os braços cruzados. Percy estava com uma ressaca terrível e uma vergonha maior ainda.

Percy não se embebedava. E não visitava ninguém embriagado. Aquilo não apenas manchava sua honra, como era de uma imprudência imensa.

Mas fora até o café, e Kit o havia escutado tagarelar e depois o colocado para dormir em frente à lareira.

Percy não sabia bem se deveria pedir desculpas ou ir embora. Ou talvez se esconder embaixo da mesa até ter certeza de que conseguiria resistir ao rubor que ameaçava subir por suas bochechas. Uma das muitas vantagens do pó de rosto era que escondia sua lamentável tendência para corar.

Ele engoliu em seco.

— Se hoje for um dia ruim para uma aula, volto outra hora. — Ele deu um gole no café. — Supondo que sua oferta ainda esteja de pé — completou, limpando a boca com um lenço. — Por que você não tem roupas de mesa decentes? Todas as melhores cafeterias têm guardanapos e toalhas de mesa.

— Estranho que você pense que desejo administrar um café para pessoas que reparem em toalhas de mesa.

— Que bobagem a minha. O que eu tinha na cabeça? Não sabia que limpar a boca na manga fosse algo de que os radicais gostassem.

Por alguns segundos tudo o que Percy conseguiu ouvir foi o barulho da conversa, o tilintar de xícaras em pires e, sabe-se lá como, mais alto ainda, o batimento de seu coração imprestável.

— Você é sempre assim? — perguntou Kit.

— Depende do que quer dizer por *assim*.

— Difícil pra os infernos — respondeu ele, tão prontamente que Percy não se aguentou e ergueu os olhos para Kit.

Ele estava desgrenhado e mal barbeado e parecia não passar um pente no cabelo desde que Deus era criança. Em outras palavras, estava como sempre esteve. E olhava feio para Percy, mas sem qualquer maldade. Será que existia um modo de encarar afetuoso? Percy se pegou torcendo para que houvesse, porque era um idiota.

— Neste caso, sou sempre assim — disse Percy, o tom mais cortante que conseguiu, o que não era lá muita coisa. — Exceto quando sou pior.

— Tome seu café e vamos logo.

— Como é que é?

Percy não tinha ido até ali, não tinha saqueado o sótão e causado pesadelos em seu valete só para ser mandado embora.

— Tome seu café e depois vamos ao quarto dos fundos — repetiu Kit, devagar.

— Ainda falta uma hora para vocês fecharem.

— Betty vai cuidar do café.

Isso queria dizer que não lutaria com Betty, o que também significava que Kit tinha dado ouvidos às objeções de Percy e as levado a sério.

— Ah — disse Percy, e tomou seu café o mais devagar possível para não parecer ansioso demais.

Capítulo 21

Kit não conseguia parar de encará-lo. Era um colete surrado, ou algo parecido. E era feito de couro, o que por si só não era motivo para lhe causar palpitações. Talvez fosse a combinação de couro e todos aqueles botõezinhos. Ou talvez o fato de que a vestimenta muito justa destacava o peitoral de Percy.

Se ele quisesse ser sincero, talvez ele se sentisse assim em relação a tudo que Percy vestia.

— Vamos tentar de novo, só eu e você — disse Kit, empurrando os poucos móveis para perto das paredes e abrindo espaço para a luta. Ele então pegou a bengala e a apoiou no canto, depois foi para o centro do cômodo, consciente da perna manca e da dor no quadril. Na outra noite, Percy tinha dito que faltava equilíbrio a Kit e, quanto mais Kit pensava nisso, mais achava que era esse o problema. Se conseguisse passar o peso para a perna boa e não precisasse se mover tanto, poderia conseguir se defender. Senão, eles teriam que pensar em outra opção. — Vamos tentar lutar e, depois, praticar os desarmes.

Parado no meio do quarto e ainda sem o apoio da bengala, ele se sentiu muito vulnerável. Sua perna poderia ceder a qualquer momento.

— Certo — disse Percy, movendo-se para ficar à sua frente. — Como quer começar?

— Devo dizer que nunca ensinei ninguém a lutar. E nunca lutei com ninguém sem que fosse necessário, então não sei bem como…

Percy deu um soco na barriga dele.

Kit usou a perna manca para dar uma rasteira em Percy, que caiu no chão. Percy se levantou depressa com mais velocidade do que Kit teria achado possível e lhe deu um soco no queixo.

Kit segurou Percy pelo punho e o virou, imobilizando-o.

— Bom — disse Percy, as costas contra o peito de Kit. — Concluímos que você sabe lutar.

Deu uma cotovelada na barriga de Kit e se soltou.

— Você também. — Kit desviou de um soco. — Seus socos são fracos. Não sei se está fazendo de propósito ou se ninguém nunca o ensinou a bater em alguém de verdade.

— Garanto que é a segunda opção.

Kit estava sem fôlego, mas Percy não. Decidiu deixar o mau humor por estar velho e fora de forma para depois. Kit estendeu a mão para a lateral do corpo, na altura do ombro.

— Acerte com força a palma da minha mão.

Ele observou enquanto Percy erguia o braço para trás e socava.

— Nada mau. Dê-me sua mão. — Kit pegou a mão de Percy e dobrou os dedos, depois encaixou o polegar dentro deles.

Os dedos dele eram compridos e tinham os ossos finos, pareciam frágeis nas mãos imensas de Kit. Mas havia calos na palma e na lateral do polegar que surpreenderam Kit.

— Isso sim é um punho cerrado. Faça o mesmo com a outra.

Percy copiou o movimento que Kit tinha feito e então estendeu as mãos para a aprovação de Kit.

Por essa Kit também não esperava; não achara que Percy seria um bom aluno nem que receberia ordens de um plebeu. Em sua experiência, pessoas ricas faziam de tudo para evitar dar ouvidos a quem quer que fosse.

— Muito bem — disse Kit, a voz um pouco rouca. Então eles ficaram parados feito dois idiotas, os punhos de Percy nas mãos de Kit. — Muito bem — repetiu.

Kit notou que os olhos de Percy se arregalaram um pouco mais. Não eram de um cinza-escuro simples, como Kit havia pensado. Tinham o mesmo tom de aço cintilante dos botões de seu colete.

O sol de fim de tarde, filtrado pelas janelas altas e empoeiradas do cômodo, iluminava Percy de modo que sua pele parecia porcelana, maxilar e cabelo da cor de um filhote de porquinho-da-índia, todo dourado e brilhante. Kit não queria machucar aquele rosto, mas, quando se deu conta, Percy estava mirando um soco bem no seu queixo.

— Você pode fazer melhor se usar este movimento — instruiu Kit, bloqueando o golpe e demonstrando o arco desejado com o próprio braço.

Percy tentou e não conseguiu.

— Não, deixe-me mostrar. — Ele ficou atrás de Percy, ambos movendo o braço direito em sincronia. — Assim. — Kit usou o braço esquerdo para envolver o peito de Percy, imobilizando-o. — Agora você.

Como estavam muito próximos, Kit naturalmente baixou a voz e percebeu que estava quase sussurrando no ouvido de Percy, que tentou imitar o movimento de Kit e acertou na primeira tentativa.

— Agora tente isto.

Kit mostrou a Percy como dar um soco de baixo para cima, e depois um gancho com o braço pela lateral.

Esses movimentos eram automáticos para Kit, fáceis como respirar, então ele não tinha que prestar muita atenção. Por isso podia se concentrar na suavidade do cabelo loiro-claro que escapava da trança de Percy, ou no modo como o corpo deles se encaixava. Não tinha como não notar. Na verdade, o estranho seria se ele *não* notasse.

Kit repassou todos os movimentos de soco — por pura meticulosidade, apenas isso.

No exercício seguinte, Percy fez Kit cair estatelado. Ele não teria caído se não fosse por sua perna, mas ainda assim tinha sido uma bela atuação.

— Ai, caramba — disse Percy, olhando para ele, consternado.

Percy estendeu a mão para ajudá-lo a se levantar, e, por um instante, Kit permitiu-se desfrutar da força surpreendente na mão do outro; depois o puxou com força, fazendo Percy cair e usando o impulso para voltar a se levantar.

Os dois continuaram o embate. Considerando a lesão de Kit e a inexperiência de Percy, estavam equilibrados, embora Percy estivesse evoluindo a olhos vistos. De vez em quando, Kit gritava uma instrução ou outra: "Você tem duas mãos, então use as duas, diabos" ou "Baixe o queixo para desviar". Ou Percy aprendia bem rápido, ou era mais experiente do que afirmara.

— O que está fazendo com os pés? — Kit ofegou. — Isto não é uma gavota. Firme os dois no chão.

Percy obedeceu, desviou de um soco, tentou fazer Kit tropeçar e então riu.

— Como sabe o que é gavota?

Kit o fez tropeçar. Estava conseguindo se equilibrar melhor na perna boa.

— O que, você acha que pessoas pobres não têm o direito de dançar?

— Ah, nem tente me convencer de que você é pobre — retrucou Percy, levantando-se rápido. — Vejo quanto dinheiro você ganha. Tanto é que — acrescentou ele, tentando pegar o punho de Kit e envolvê-lo com as mãos nas costas — nem sei por que você se dava ao trabalho de roubar.

Para se vingar, Kit apertou os braços de Percy com mais força.

— Você sabe que é preciso capital para abrir um café, certo?

— Então por que você roubava? Precisava de capital? E então parou assim que conseguiu dinheiro suficiente para abrir um café, e não uns três anos depois disso?

Percy, tentando se libertar, contorceu-se de uma forma que Kit se esforçou para não admirar.

— Não, eu roubava porque gostava de tirar coisas de pessoas que tinham demais.

Percy pisou com força no pé de Kit, mas Kit não soltou.

— Ah, então você é um altruísta. Um Robin Hood.

Ele fingiu que ia vomitar, e Kit não conseguiu conter o riso.

Kit concluiu que, embora Percy talvez tivesse entrado naquele quarto sem saber o que fazer com os punhos, já entendia o básico de combate, ou talvez de estratégia. Tinha entendido a importância de prever o próximo golpe do oponente, e não cometia o erro de iniciante de priorizar a defesa em vez do ataque. Não subestimava Kit e, pelo contrário, parecia contente quando era surpreendido.

Também sabia como cair e, mais, importante, como se levantar. Sabia se movimentar. Por Deus, como sabia se movimentar — Kit queria assistir a uma luta de Percy com outra pessoa, só para poder saborear todos os pequenos movimentos, todos os rodopios, as curvas e os golpes.

Depois do que só podia ter sido meia hora, o maldito ainda não estava sem fôlego. Kit estava ofegante. Não era apenas sua perna que doía, mas todo o corpo, do pescoço aos pés. Quando Percy acertou um bom golpe em seu queixo e deu sequência com um soco na barriga, pareceu inevitável. Kit se sentiu desmoronar, curvando-se com a mão na barriga, e a última coisa que fez antes de cair de joelhos foi puxar Percy para baixo junto consigo.

— Clemência — disse Kit, respirando com dificuldade. — Chega.

— Ah, graças a Deus — concordou Percy, caindo de costas. — Minha nossa.

— Imagino que você estivesse tirando uma com a minha cara quando disse que nunca tinha lutado — comentou Kit, inclinando-se para a frente para se deitar de barriga no chão, com a bochecha pousada no braço.

Percy virou a cabeça.

— Não — respondeu Percy, com a voz de surpresa. — Já lutei um pouco de esgrima, mas nunca saí no soco com ninguém. Sempre me pareceu algo muito vulgar.

Percy estava com o rosto sujo de poeira e havia sangue em seu lábio superior.

— Você está parecendo um verdadeiro rufião agora, então imagino que tenha razão — observou Kit.

— Meu valete vai ter um ataque — afirmou Percy.

Kit ficou deitado por um momento, recuperando o fôlego e observando Percy.

— Minha mãe tinha um jardim. — Percy se virou para Kit, mas não disse nada. — Ela cultivava sobretudo ervas, mas também as flores do campo de sempre: dedaleira, espora, essas coisas. Quando eles se casaram, meu pai trouxe mudas de uma roseira.

A roseira era do roseiral do pai de Percy, um fato de que Kit se esquecera mas que agora o fez hesitar. Ele estava deitado no chão com o herdeiro do duque de Clare, depois de se atracarem feito duas crianças.

— Essa não é uma boa história — comentou Percy, depois de um instante em silêncio. — Na próxima vez que decidir me deliciar com histórias de jardins, horticulturas, mães ou seja lá o que for, faça um esforço para que sejam mais interessantes.

Kit bufou.

— Ela odiava aquela roseira. Tinha um jardim cheio de flores que brotavam sem nenhum tratamento especial, mas aquela roseira precisava de poda cuidadosa e rega diária. Ela tinha que colocar cascas de ovo e pregos de ferro no solo. Eu costumava ouvi-la resmungando baixinho no jardim. Mas, todo verão, aquela coisa miserável se enchia de flores. E, todo verão, ela agia como se tivesse trazido aquelas flores pessoalmente do inferno. — Ele engoliu em seco. — É assim que me sinto quando coloco as mãos na bolsa de um cavaleiro. Quando aquela bolsa deixa de ser dele, sinto que fiz algo.

Ele falava no presente, como se no dia seguinte ele pudesse tirar Bridget do estábulo e assaltar um coche viajante.

— Quando deixa de ser deles para ser sua, você quer dizer — disse Percy.

— Em parte sim. — Kit apontou ao redor. — Mas meu parceiro...

— Tom Gordo? Nell Assobiante?

Kit riu.

— Não. Meu amigo. Rob — respondeu Kit, dando-se conta do erro de falar o nome de Rob para aquele homem.

Parecia uma traição compartilhar o segredo de Rob com alguém que o parceiro teria considerado um inimigo. Um homem que Kit também deveria considerar um inimigo e que teria de fato considerado se não tivessem em comum um inimigo ainda maior.

— Ele também era Jack Mão Leve. Não confie em tudo que escuta numa canção.

— Não me diga que você não assaltou duas carruagens ao mesmo tempo em Newcastle e depois escapou da prisão com os braços amarrados atrás das costas. Estou devastado.

Kit bufou.

— Rob pegava o dinheiro e o distribuía. Ele era... bom, acho. Eu roubava porque queria vingança e gostava de aventura.

Uma simplificação exagerada, mas não era mentira: Kit tinha começado a roubar porque queria se vingar do homem que queria punir, então se contentou em distribuir sua vingança a todos os aristocratas. O duque de Clare não era o único latifundiário que destruía vidas; Kit teria que limitar sua vingança aos alvos que estavam a seu alcance.

— Rob roubava porque queria fazer o bem.

— Ele morreu? — perguntou Percy, em um tom cuidadoso e baixo.

— Um ano atrás.

— É por isso que você não faz mais isso? Pensei que fosse por causa de sua perna, mas é porque não é a mesma coisa sem ele?

A verdade da afirmação era como gelo nas veias de Kit. Ele teve a impressão de que tinha passado meses tentando entender o que havia de errado, o que faltava na vida nova que ele estava tentando levar. E aquele homem havia entendido tudo em menos de três frases sobre Rob.

Se Rob estivesse vivo, Kit teria dado um jeito de trabalhar mesmo com a perna machucada. Ainda que jamais conseguisse montar em um cavalo, teria conseguido fazer algo. Mas, sem Rob, sem a convicção de Rob de que o que estavam fazendo era certo e bom, Kit não tinha nada para motivá-lo além da raiva. Havia encontrado consolo na convicção inabalável, ainda que lunática, de Rob na justiça do que estavam fazendo. Por não ser louco, não concordava, mas aqueles princípios amenizavam algumas das partes mais vis de suas ações.

Percy se apoiou no cotovelo e olhou para Kit, que sentiu um nó se formar na garganta.

— Onde aprendeu a lutar? — perguntou ele.

Kit não se lembrava de um momento em que não estava brigando com os irmãos, os irmãos de Jenny ou Rob. E com Jenny também, inclusive.

— No interior, as crianças aprendem a se defender.

— Em que parte do interior você cresceu?

Kit engoliu em seco. Não queria contar a história toda para Percy; não queria contá-la para ninguém, muito menos para o filho do duque de Clare. Mas a ideia não era tão desagradável quanto pensou que seria.

— Oxfordshire.

Percy não disse nada, mas notou a hesitação no rosto de Kit, que logo percebeu que o outro estava fazendo uma escolha — poderia perguntar onde Kit nascera em Oxforshire e, então, seria apenas uma curta distância até a verdade. Percy estava tão perto que Kit conseguia sentir o pulso dele na garganta. Não estavam tão próximos nem quando estavam lutando — costas contra peito, bochecha contra bochecha —, mas aquilo era diferente.

— Qual era o motivo da vingança? — perguntou Percy por fim.

Por Deus, Kit não podia responder, não enquanto sentia o cheiro de sabonete e suor daquele homem. Não quando os poucos centímetros que os separavam pareciam, ao mesmo tempo, proximidade demais e distância demais. Ele colocou a palma da mão no chão para se apoiar e se levantar.

Percy o deteve com uma das mãos no peito de Kit.

— Espere. Eu não deveria ter perguntado isso. Não é da minha conta. O que eu deveria ter dito é que... — Ele hesitou, buscando as palavras certas. — Eu deveria ter dito que posso imaginar um bom número de motivos por que uma pessoa pode querer se vingar. Me encontro vivendo um desses motivos agora. — Ele não tirou a mão do peito de Kit. — Pensava que vingança tinha a ver com defender a própria honra, mas ao que parece a honra é apenas o rancor com roupas de festa.

Kit colocou a mão sobre a de Percy, mantendo-a no peito, para que o homem conseguisse sentir a palpitação rápida de seu coração.

— E você não é um homem rancoroso? — perguntou Kit.

— Infelizmente, sou muito rancoroso — murmurou ele. — Só que faz pouco tempo que encontrei motivos para descobrir isso sobre mim mesmo. É incrível como podemos nos imaginar magnânimos quando tudo está a nosso favor.

— O rancor é subestimado — disse Kit, envergonhado pela rouquidão da própria voz.

Percy tirou a mão da de Kit, os dedos compridos passando pelo linho da camisa do salteador e na pele quente por baixo, depois afastou alguns fios suados de cabelo da testa dele.

— Você é um homem adorável — afirmou ele, o que soou como uma reprovação.

— Não estávamos agora mesmo dizendo um ao outro como não somos nem um pouco adoráveis?

Percy balançou a cabeça e sua mão pousou no queixo de Kit, o polegar no canto da boca. Ele olhou de esguelha para a boca de Kit e mordeu o próprio lábio.

— Eu… — começou Kit, sem fazer ideia do que queria dizer.

Tudo que ele sabia era que gostava da mão de Percy na sua pele e que isso era uma complicação da qual nenhum dos dois precisava.

Percy recolheu a mão e se apoiou nos calcanhares.

— Eu sei, eu sei. Você não faz mais esse tipo de coisa. Bom, quem sai perdendo sou eu — disse ele, descontraído, levantando-se rápido.

Kit ficou no chão, olhando para Percy, sem saber se estava aliviado ou decepcionado, então se levantou com dificuldade e foi até o canto onde sua bengala estava e sentiu o cabo se encaixar na palma da mão.

— Acabamos por hoje — anunciou ele, depois atravessou a porta que dava para o café sem olhar para trás.

Capítulo 22

Quando Percy abriu a porta do quarto, desconfortável pelo suor e com uma distensão no músculo do ombro, Marian sentada na beira de sua cama era a última coisa que esperava ver. Como na última vez que visitara aquele quarto, ela usava uma calça escura e tinha o cabelo preso numa trança que caía pelas costas.

— Você demorou. Onde estava? — Ela lançou um olhar de curiosidade para ele. — Espero que ninguém o tenha visto entrar assim.

Percy corou sem querer. Mal conseguia imaginar o que ela estava vendo — seu cabelo estava solto, e ele ainda usava a calça de camurça e o gibão com que havia treinado com Kit.

— Entrei pela cozinha.

— Você vai matar a cozinheira do coração. A coitada vai pensar que bandidos estão atrás da receita dela de massa podre. Mas, sério, onde você estava?

— Eu teria o maior prazer em revelar todos os meus segredos, mas quanto tempo vai demorar para sua criada notar que você desapareceu?

Marian examinou as próprias unhas.

— Coloquei um pouco de láudano no chocolate dela antes de dormir.

Percy estava desabotoando as dezenas de botões que prendiam o gibão, mas parou para encarar Marian. Envenenar os criados parecia um exagero.

— Não me olhe desse jeito. Só dei o suficiente para ela ter um sono pesado. E, se você tem escrúpulos em relação a isso, não consigo imaginar como pretende perpetrar um roubo que sem dúvida vai envolver armas de verdade.

— Você vai me dizer o que andou fazendo, vestida assim? — perguntou ele.

Percy apontou para a calça que ela usava antes de lançar um olhar enfático para a terra nas mãos dela, o pequeno rasgo no ombro da camisa. A sola de um dos sapatos estava solta e, sob os olhos, havia olheiras tão escuras que eram quase roxas. O que quer que ela andasse fazendo, não se tratava só de sair às escondidas. Era perigoso.

— Não. Você vai me dizer o que andou fazendo?

— Estava aprendendo a assaltar uma carruagem.

Ela o encarou.

— Pensei que seu salteador faria o serviço.

Percy não tinha ficado muito ansioso em dar a notícia a Marian.

— Bom, veja só. Em vez disso, ele vai me ensinar a fazer o serviço.

— É uma péssima ideia. Você vai acabar morto.

— Parece ser nossa melhor chance.

— E se ele reconhecer você?

— Salteadores usam máscaras. Certo? Além do mais, meu pai não vai prestar atenção no meu rosto. Ele não nota quem está abaixo dele. Ainda chama o lacaio de "George", embora George tenha morrido há dez anos. Não se preocupe comigo. Pense no livro.

— Recebi outra carta do chantagista.

De dentro da camisa, ela tirou uma folha de papel dobrada e a entregou para ele.

— Já? — perguntou Percy.

Os dois ainda tinham um mês até o prazo vencer, e ele precisava desse tempo.

— Não é uma exigência de pagamento adiantado. Leia você mesmo.

Percy passou os olhos pelo conteúdo da carta. O papel era frágil e barato, mas a caligrafia era arrojada, com um floreio a cada traço.

Cara madame, espero que esteja em boa saúde e excelente ânimo ao receber esta missiva. Suas circunstâncias atuais já seriam excepcionalmente penosas mesmo sem a adversidade adicional da chantagem.

— Só Deus sabe o quanto uma situação é ruim para até o chantagista demonstrar compaixão — comentou ele, erguendo os olhos para Marian.

Dada a natureza de nossa correspondência prévia, é improvável que confie muito no que vou dizer, mas, por favor, creia em mim quando digo que eu preferiria nunca ter adquirido conhecimento do que formou a base de nossas comunicações. Para ser franco — afinal, para quem ser franco se não à pessoa cuja fortuna e reputação dependem de seu resgate —, eu preferiria que me desse as quinhentas libras e me permitisse desaparecer na escuridão. Garanto-lhe que guardarei seus segredos durante toda a vida. Sem dúvida, a senhora há de pensar que eu deveria guardar seus segredos por bondade no coração; o problema é que meu coração de bom não tem nada. Sou uma criatura mercenária. Por favor, considere esta carta uma declaração de minha promessa de boa-fé de que cumprirei com minha parte do acordo; embora eu seja um sujeito abominável, não sou desonesto. Aguardo ansiosamente sua resposta pelos meios usuais. Seu servo fiel, X.

Percy voltou a dobrar o papel e o entregou para Marian, com as sobrancelhas erguidas.

— Meios usuais? Quantas cartas você trocou com esse patife? E as correspondências dele são sempre tão solícitas?

— Sim. Ele é exaustivo.

— Você não pretende acreditar na palavra desse homem, não é? — perguntou ele.

Marian soltou uma risada áspera e súbita.

— Não. Nem um pouco.

Ela então se inclinou para a frente e deu um beijo na bochecha de Percy, depois virou as costas e saiu pela janela.

Capítulo 23

Ao fim da primeira semana de dezembro, tanto Percy como Flora vinham aparecendo quase todo dia no café.

Percy alegava ir apenas para as aulas. Mas os treinos aconteciam no fim de tarde e, muitas vezes, ele chegava de manhã e passava as horas conversando com outros fregueses. No decorrer de uma quinzena, já tinha virado um cliente regular. Dizia que seu nome era Edward Percy e não vestia os caros casacos de bordados de lorde Holland, tampouco o gibão de couro e a calça de camurça do treino no quarto dos fundos, mas um conjunto de roupas marrom não muito diferente do de Kit.

Ele mantinha o cabelo sem pó, e Kit se pegava olhando mais do que gostaria de admitir. Percy sabia que estava sendo observado. Notava sempre o olhar de Kit, que desviava os olhos depressa para não aturar o sorrisinho presunçoso do outro. Nada disso o impedia de olhar de novo minutos depois.

Todos os dias, Kit aguardava ansioso o momento em que Percy passaria pela porta. Este, por sua vez, esquadrinhava o salão até encontrar Kit, e, assim que o via, a alegria ficava estampada em seu rosto. Da mesma forma, Kit ficava feliz em vê-lo, e Percy sempre se mostrava perplexo diante dessa constatação.

Algumas vezes, em vez de ir direto para um assento, Percy ia até o balcão, roubava alguns bolinhos e puxava conversa enquanto Kit atiçava o fogo e mexia a panela. Talvez *conversa* fosse um exagero: o que ele de fato fazia era lançar uma longa série de insultos contra Kit. Reclamava da temperatura do café, da ausência do terceiro volume de *Tom Jones*, do número inadequado de groselhas no pão que estava comendo e das várias falhas de Kit em termos de cuidado pessoal.

— Como você consegue? — perguntou Percy certa vez.

— Como consigo o quê? — resmungou Kit, tentando não parecer animado demais com a pergunta.

— Nunca o vi barbeado, mas sua barba nunca ultrapassa este ponto em que parece estar só por fazer. A essa altura era para estar batendo nos joelhos.

A verdade era que ele se barbeava aos domingos, quando o café estava fechado. Costumava se barbear com mais frequência antes, mas notara o que acontecia quando passava os dedos na barba rala de seu queixo: o olhar de Percy descia, seus lábios se entreabriam e seu olhar premeditado se tornava um pouco mais franco.

Esse era o resumo da relação deles: insultos, socos e, às vezes, raras vezes, quando os dois estavam cansados demais para se mexer, uma conversa hesitante.

Quando Percy ia embora, Kit abria os mapas das estradas entre Londres e o castelo Cheveril, tentando se lembrar de todas as curvas convenientes e todos os bueiros úteis, todas as estalagens e todos os estalajadeiros, e planejava como e onde realizariam o trabalho.

Já a presença de Flora era mais difícil de explicar. Se ela não tinha fisgado um cliente depois dos primeiros dias, por que se dar ao trabalho de continuar pescando em um córrego que até então não tinha dado nenhum resultado? Quando fez essa pergunta a Scarlett, ela mandou que ele cuidasse da própria vida.

Dia após dia, a menina se sentava à janela, às vezes lendo a Bíblia, às vezes bordando. Mais de uma vez, mostrava seu trabalho a Percy. Kit imaginou que Flora estava tentando chamar a atenção dele: era o filho de um duque e um homem cuja amante seria provavelmente bem recompensada. Embora Percy não usasse roupas finas nem se apresentasse como lorde Holland, Scarlett sabia a verdade e era bem provável que tivesse mandado a menina vir atrás dele. Tinha que ser isso porque, senão, como se explicaria a presença de Flora no café ou suas tentativas de fazer com que Percy a notasse?

— Não vamos trabalhar hoje, não? — perguntou Betty, passando por ele com uma pilha de xícaras vazias. — Vamos só relaxar e encarar os fregueses? Só para saber.

Ele ouviu os pratos caírem com um estrondo na pia da copa.

— Pelo jeito, vamos é estilhaçar louças — gritou ele.

Quando voltou, ela se aproximou de Kit e sussurrou algo que ele mal conseguiu ouvir.

— Vai mesmo ensinar aquele rapaz a assaltar a carruagem do pai ou só vai continuar rolando com ele no chão?

— Você está cheia das perguntas hoje. Que companhia agradável.

Ela estava certa. Percy tinha se tornado competente com os punhos e conseguido desarmar não apenas Kit, mas também o garoto de recados. Era hora de dar o próximo passo.

O problema era que o próximo passo era complexo. Ele iria a cavalo, mas, até então, não tinha feito mais do que cavalgadas breves e lentas. Hampstead Heath ficava a oito quilômetros de distância. A alternativa era uma carruagem, mas isso implicava encontrar um lugar para alojar o veículo.

No fim, Scarlett acabou resolvendo tudo por acaso, ao pedir que ele acompanhasse Flora até a casa da tia em Edgware.

— Por quê? — perguntou Kit.

— Não posso permitir que ela vá sozinha — foi a resposta de Scarlett.

— Você tem sua carruagem e seus homens. E nem preciso argumentar que qualquer um deles estaria em condições melhores do que eu de defendê-la, caso venha a ser necessário.

Kit apontou para a perna, porque, embora conseguisse ser um bom oponente para Percy, ele era muito mais lento do que precisaria numa briga.

— Em você eu confio — respondeu Scarlett, e ele não perguntou por que, do nada, a mulher havia deixado de confiar nos homens que contratara.

Kit concordou, claro. Seria muito difícil recusar um pedido tão direto sem ser grosseiro. Além disso, no passado, ela costumava pedir pequenos favores a ele e Rob; na ausência de Rob, devia ser natural que Kit consentisse.

— Vamos a Hampstead Heath — informou Kit, colocando a xícara na mesa diante de Percy, que ergueu os olhos e o encarou.

— Por quê?

Seus cílios eram mais escuros do que o cabelo, que era mais claro nas pontas. Kit poderia ter identificado Percy apenas pelos cílios, o que era um pensamento aterrador.

— Porque é mais próximo do que Richmond — grunhiu Kit, e saiu batendo os pés.

Mais tarde, depois do treino e de se sentarem com as costas apoiadas na parede, dividindo um cantil de cerveja, Percy se virou para Kit.

— O que vamos fazer em Hampstead?

— Vamos nos esconder num arvoredo e observar as carruagens passarem para que você possa aprender o melhor momento de atacar. — Kit deu um gole na cerveja. — A verdade é que não há muito mais que possamos fazer aqui. Seu combate está… adequado. Vai ser suficiente.

— Vai mesmo? — perguntou Percy, sorrindo.

— Vai. Você sabe que vai.

— Isso foi um elogio?

A voz de Percy era leve, mas Kit pensou que havia um significado implícito na pergunta.

— Você é um bom lutador. Usa o cérebro e o corpo.

Kit se sentiu um pouco lascivo ao pronunciar a palavra *corpo*, como se não devesse nem ter notado que Percy tinha um. Perguntou-se o que aconteceria se admitisse que ficara excitado enquanto Percy lutava com o garoto de recados na semana anterior.

— Humm — murmurou Percy.

Parecia vagamente surpreso e um tanto envergonhado, como se não acreditasse muito em Kit, o que era ridículo, porque, por mais inexperiente que fosse, Percy sem dúvida sabia que era competente. Era quase como se não estivesse acostumado a elogios.

— Não há muito mais que eu possa ensinar a você.

— Ah. Não vamos mais fazer isso? — perguntou Percy.

Por um momento, Kit pensou ter notado um tom de decepção na voz dele, mas devia estar enganado. O filho do duque de Clare sem dúvida tinha coisas muito mais interessantes a fazer no tempo livre.

No entanto... ele ia ao café quase todos os dias, às vezes horas antes do combinado. E, quando saía de lá, se fosse como Kit, era provável que não estivesse em condições de nada muito mais desafiador do que um banho quente.

Kit se perguntava quando Percy encontrava tempo para ser lorde Holland. Quando tinha tempo para jantares e passeios ao teatro e fosse lá o que mais os cavalheiros faziam da vida. Havia lordes e damas que deviam estar se questionando sobre o paradeiro de lorde Holland.

E, todo esse tempo, ele estava ali, num quarto sujo e mal iluminado, repousando a têmpora na parede fria atrás dele. Kit estava de frente para Percy, o nariz de ambos a poucos centímetros de distância. Não havia nenhuma possibilidade de aquele homem sentir falta da companhia de Kit, não? Era ridículo. Risível. Kit deveria se envergonhar por isso sequer passar por sua cabeça.

Percy gostava da aparência dele e parecia gostar de tentar fazê-lo corar com insinuações irônicas e um certo flerte que Kit não desestimulava. Mas querer comer alguém com os olhos — ou até querer comer alguém — não era o mesmo que passar deliberadamente todo o seu tempo com essa pessoa.

Estavam muito próximos. Kit conseguia ouvir cada expiração baixa dos lábios de Percy, sentia o aroma de limpeza, sabonete cítrico e couro. O cabelo que emoldurava seu rosto havia se soltado da trança e caía em ondas úmidas ao redor das têmporas. Kit queria muito colocar os fios atrás da orelha.

Não era apenas Percy quem estava escolhendo passar todo o seu tempo com Kit — ele também ficava disposto a largar tudo assim que Percy entrava pela porta. Pegava-se separando os pães com mais groselhas e os bolos com as coberturas mais densas de açúcar, e depois deixando casualmente o prato ao alcance da xícara de café de Percy, como se fosse sem querer. Todos os dias, ansiava pela chegada de Percy com um misto complicado de esperança e confusão, o que piorava ainda mais a situação quando, ao olhar para ele, via o rosto do pai de Percy.

Kit sentia que havia traído a si mesmo, traído sua família. Tentava imaginar o que Jenny diria se o visse naquele momento, se soubesse que ele estava pensando no que poderia acontecer caso se inclinasse para a frente e passasse a língua no lábio inferior volumoso do filho do duque de Clare.

Pensou em todas as covas que o duque de Clare abrira na terra, em todo o amor e cuidado e esperança que havia enterrado.

O que significava esquecer tudo isso? Ou, se não esquecer, varrer para debaixo do tapete?

— E então? Quer dizer que não vamos mais fazer isso?

Percy apontou ao redor, como se Kit precisasse ser lembrado do que estavam fazendo ali. Talvez precisasse mesmo.

— Não. Não vamos mais — respondeu ele, por mais desapontado que Percy parecesse.

Capítulo 24

Percy estava sentado no chão da antecâmara de seus aposentos na Casa Clare, com as espadas no carpete diante dele e o sol da manhã brilhando nas lâminas recém-polidas. Com cuidado, envolveu as armas em couro macio e as colocou no saco em que as armazenara enquanto viajava pelo continente, depois pendurou a alça da bolsa no ombro e viu seu reflexo no espelho cheval.

O problema era que se parecia demais consigo mesmo. Usava o mesmo traje com que costumava treinar com Kit. Não parecia em nada um cavalheiro — que cavalheiro sairia com a cabeça descoberta ou consideraria vestir algo tão extravagante? —, mas não queria correr o risco de ser identificado como lorde Holland.

O que de fato queria era uma pinta falsa. Uma pequena *mouche* idiota, abaixo do olho, que alterasse todo o formato de seu rosto. Mas uma pinta não combinaria com o couro — ele estava tentando parecer temível, e não afetado.

— Collins, o que os atores fazem parar criar verrugas e cicatrizes?

Pelo espelho, o valete ficou pálido e apertou o peito. Não estava levando aquela reviravolta com a resiliência com que Percy gostaria.

— Dê-me uma hora. E verei o que consigo fazer.

Uma hora e quinze minutos depois, Percy tinha uma cicatriz do tamanho da mão que ia do canto do olho à ponta da boca. Era rosa e aberta, e proclamava que ele era um homem que não dava a mínima para ser mutilado. Era perfeita.

— Certo. Lá vou eu passar vergonha.

Enquanto se aproximava do palanque em Covent Garden, pensou que não era a coisa mais imprudente que já havia feito na vida. Essa honra se devia a abordar um salteador para ajudá-lo a cometer um crime contra o próprio pai. Seria muito difícil se superar.

Percy se aproximou do homem que parecia estar no comando — ou, ao menos, que estava no comando do dinheiro, com base na bolsa de moedas que segurava.

— Como participo da farra? — perguntou Percy.

Percebeu tarde demais que deveria ter disfarçado a voz, ou ao menos o sotaque. Mas a cicatriz falsa repuxava sua boca e dava à sua fala um tom ligeiramente cortado, então tudo bem.

O homem olhou para ele de cima a baixo, depois observou a espada que Percy levava no quadril e a adaga embainhada ao lado.

— Espere ali — disse ele, apontando com o queixo para um grupo de homens que Percy imaginou serem os combatentes. — Pode ir primeiro.

Por ter assistido a mais de uma dezena de combates nas últimas semanas, Percy sabia que aquilo significava que ele era o bode expiatório. Os recém-chegados lutavam primeiro e costumavam ser botados para fora da competição depois de um ou dois combates. Afinal, o prêmio ia para o último homem em pé, portanto os recém-chegados eram obrigados a se esforçar mais.

Percy contava com isso. Sabia que poderia superar os espadachins pouco habilidosos nos primeiros combates. Além do mais, conseguiria fazer isso sem se cansar. Poderia usar esse tempo para ser o mais vistoso e teatral possível, a fim de dar à plateia tempo para esvaziar as bolsas e mandar os amigos fazerem o mesmo.

Tinha quase certeza de que também poderia vencer os espadachins mais competentes das rodadas seguintes. Nas últimas semanas, ele os tinha observado lutar, estudado seus trejeitos e aprendido seus pontos fracos.

— Qual é o seu nome? — perguntou o homem.

Inferno. Percy não tinha pensado nisso.

— Edward? — falou, odiando que sua entonação tivesse quase transformado sua resposta numa pergunta.

O homem revirou os olhos.

— Edward — repetiu ele, sem entonação. — Não. Você vai se chamar… — Ele olhou para o céu, como se buscasse inspiração. — O Barão — concluiu, parecendo satisfeito.

— Não, meu bom homem, receio que não — respondeu Percy, descontente com a alcunha idiota e um pouco irritado por ser rebaixado a barão.

— Sim, meu bom homem — respondeu o outro, e Percy notou logo que ele imitava o seu sotaque. — Agora, chispe daqui, Barão.

Seu sorriso tinha dentes quebrados demais, e Percy foi se juntar aos outros homens.

— Espadim — disse um homem de cabelo ruivo cortado rente, dirigindo-se mais à espada no quadril de Percy do que a Percy em si. Falava com um forte sotaque de Londres e aparentava ter uns 30 anos. Percy o reconheceu como um dos combatentes menos habilidosos que tinha visto nas lutas anteriores. — Você é novo, não é? Vai jogar a toalha, então.

— Como assim?

— Ah, rapaz. Temos um almofadinha. Aquele doido do Clancy. Você. Joga. A. Toalha — repetiu ele, devagar. — Arranho você, você cai, e na próxima invertemos.

Isso não daria nem um pouco certo.

— Isso é costumeiro? Todos os combates são pré-arranjados?

— Os do começo do dia, sim. Por que se cansar, certo?

— Certo — disse Percy, devagar.

Fazia sentido, de certo modo. No entanto, ele não havia se disfarçado e quase provocado um ataque cardíaco em seu valete para ser eliminado logo na primeira rodada.

— Sinto muito, mas serei um desmancha-prazeres. Peço desculpas de antemão.

— Clancy! Pensei que este era um estabelecimento de qualidade. Você está deixando qualquer um lutar agora?

— De que outro jeito você estaria aqui? — gritou o homem com dentes lascados, que pelo jeito se chamava Clancy.

— Mas precisa mesmo me colocar para lutar contra um cavalheiro?

— Vá se foder, Brannigan — respondeu Clancy, achando graça.

— Perdoe-me. É só que não gosto de ser, ah, arranhado — disse Percy.

Brannigan lançou um olhar incisivo para a cicatriz que cortava o rosto de Percy.

— Ah não, é?

— Uma lição aprendida a duras penas, digamos.

Brannigan soltou um suspiro pesado.

— Certo, como quiser.

Percy observou enquanto a multidão em frente ao palanque crescia. Nunca tinha lutado para uma plateia maior do que meia dúzia de pessoas reunidas num clube de esgrima. E nesta plateia, alguns tinham nas mãos o que pareciam repolhos e nabos, sem dúvida para usar como mísseis caso o espetáculo não fosse divertido o bastante.

Para seu pavor, ele se sentiu fraco. Inferno, aquele não era o momento para sua covardia latente ressurgir. Precisava manter a cabeça — e a consciência — no lugar.

— Vamos — disse Brannigan, com um suspiro, puxando-o pela manga. — Somos nós.

Os dois fizeram o ritual de se cumprimentar com uma reverência. Como ele desconfiava, Brannigan não era lá essas coisas, e Percy o desarmou em menos de dois minutos.

Para sua surpresa e seu horror, a multidão vaiou, e um repolho caiu a seus pés.

— Rápido demais, idiota — sussurrou Brannigan para ele, irritado, quando se levantou e Percy devolveu sua arma a ele. — Você precisa fazer valer o dinheiro deles.

— Eles não estão pagando ingresso.

— Não importa, maldição. Na próxima luta, faça durar mais.

As palavras de Brannigan ainda estavam ecoando em seus ouvidos enquanto ele começava a próxima luta, desta vez contra um homem grisalho que devia ter o dobro de sua idade.

O problema era que Percy não sabia como fazer uma luta durar mais tempo do que o necessário. Sabia apenas ser implacável, eficiente e frugal. Não sabia entreter.

Então se sentiu um idiota por ter pensado que poderia usar seu único talento para ganhar a vida. Não sabia como pegar uma habilidade que ele às vezes via como uma arte e a tornar algo para o consumo da — ele deixou sua atenção ser atraída à multidão — ralé. Francamente, eles não mereciam. Era tudo bem inferior a ele. Percy não deveria nem estar ali.

Foi nesse momento que a lâmina de seu oponente o atingiu, bem no braço.

Capítulo 25

Fazia tempo que Kit havia aprendido a confiar em seus instintos. Quando algo inominável e amedrontador dentro de si lhe dizia para parar, ele parava. Sabia, por experiência própria, que uma desconfiança vaga de que as coisas não eram o que deveriam ser costumava estar fundamentada em alguma verdade oculta.

Havia semanas que ele acordava de manhã com a sensação de que faltava algo. Pegava no sono apenas depois de descer a escada mancando e confirmar pela terceira, quarta, quinta vez, que os trincos estavam travados, as janelas, fechadas e o fogo, seguramente abafado. Levava Betty para casa toda noite, e toda manhã vagava pelos assoalhos até ela chegar sã e salva.

Prestava atenção nas conversas sussurradas que aconteciam nos cantos mais escuros do café. Na rua, procurava sinais de que estava sendo seguido e mantinha a mão na adaga.

Perguntou a Scarlett se havia algo prestes a acontecer, e ela o encarou com olhos que pareciam mais velhos do que sua idade sugeria e suspirou.

— Sempre há algo prestes a acontecer. Você sabe disso.

Ele não disse a Betty, porque não precisava. Ultimamente, ela passava o dia todo de olho nele. Observava-o como uma panela prestes a transbordar.

— É seu cavalheiro. Há algo de errado com ele, e sempre houve. Contratar um salteador para roubar o próprio pai? Até parece. Contratar um salteador que por acaso tem todos os motivos para jogar seu pai na cova dos leões? Até parece.

— Eu sei — respondeu ele.

O que mais poderia dizer? Os dois sabiam que a sensação de apreensão que assolava Kit só vinha crescendo desde que Percy entrara pela porta. Ele queria dizer a Betty que confiava em Percy, mas não era verdade. Como seria possível? Torcia para que Percy também não fosse tão idiota a ponto de confiar nele. Kit não confiava em Percy, mas acreditava nele em um sentido limitado e frágil. Acreditava que Percy precisava daquele livro. Acreditava que a perda do livro prejudicaria o duque de Clare. Isso era tudo de que Kit precisava. Quanto ao resto, ele sabia se cuidar.

A ideia de que ele não deveria confiar num lorde não era nem sequer interessante, sem dúvida não o suficiente para torná-lo desconfiado. E ele não confiava em Percy, nem mesmo naqueles momentos tranquilos depois do treino, quando os dois baixavam um pouco a guarda e se sentavam encostados na parede, cansados e satisfeitos. Não era confiança; simplesmente não podia ser. O Percy que existia naqueles momentos era uma pessoa a quem Kit tinha que admitir com relutância estar afeiçoado. Mas isso não significava que ele gostasse de quem Percy era de verdade, muito menos que confiasse nele. O fato de que sentia algo como confiança, de que sentia em seu coração que isso importava, de que se tratava de algo com que podia contar… essa parte Kit teria que ignorar.

Ele só precisava continuar se lembrando disso — mesmo que, idealmente, esse esforço não devesse ser necessário. Deveria ser óbvio, e não era, e Kit não gostava do que isso significava.

Ele estava prestes a fechar o café, observando o ponteiro dos minutos se mover pelo relógio alto de pêndulo até dar uma hora razoável de botar para fora os últimos vagabundos e tentar fingir para si mesmo que um dia se passara sem a visita de Percy. O sol tinha se posto, e a única luz no café vinha da lareira e da meia dúzia de lamparinas a óleo e velas que estavam espalhadas pelo salão. Numa tentativa de incentivar os últimos fregueses a sair, começou a apagar as velas uma por uma.

Quando a porta se abriu, deixando uma rajada de ar frio entrar, Kit se virou, pronto para mandar embora quem quer que achasse decente tomar café numa hora daquelas. O homem estava inteiramente nas sombras, não passava de uma silhueta escura contra um fundo ainda mais escuro.

Era isso, Kit pensou. Esse era o perigo que ele estava esperando. Uma mão se dirigiu à faca em seu quadril, e a outra apertou o cabo da bengala com ainda mais força.

Então o homem inclinou a cabeça e um raio de luz refletiu no fio de cabelo que estava visível sob a aba do chapéu. O cabelo era de um tom de dourado bem claro, e Kit deu um passo à frente.

— Não quero incomodar — disse uma voz fina e precisa.

— Percy.

Kit não se lembrava de correr para Percy, não sabia como havia passado pelos bancos e mesas entre ele e a porta, mas lá estava ele.

Não saberia dizer como tinha certeza de que algo estava errado. Talvez porque Percy estivesse apoiado no batente da porta, em vez de empertigado com uma postura que Kit já tinha considerado mais de uma vez ser impecável. Talvez a estranheza era porque não se portava como se fosse o dono do lugar.

— O que aconteceu? — perguntou Kit, e então se dirigiu a um grupo: — Estamos fechados, rapazes. Podem sair. Rápido!

Ele colocou uma das mãos no braço de Percy, perguntando-se se já havia tocado naquele homem quando não estavam lutando. Percy se retraiu, mas não antes de Kit sentir a umidade na ponta dos dedos.

— Merda — murmurou ele.

Percy deu um passo para o lado e abriu caminho para os clientes saírem, e Kit trancou a porta.

— O que aconteceu com você?

— É só um ferimento leve — respondeu Percy, sendo desmentido pela fragilidade da própria voz.

Com a mão na lombar dele, Kit levou Percy até a cadeira diante do fogo.

— Tire o casaco.

Quando Percy obedeceu, derrubando um saco de formato estranho, Kit viu que ele estava usando as mesmas roupas que vestia para lutar no quarto dos fundos. Sem tentar entender o porquê, ele se distraiu pelo sangue que encharcava a parte de cima da manga de Percy.

— Você foi atacado? — perguntou Kit, embora não achasse que Percy fosse resistir a salteadores armados.

Até porque… não era isso que Kit estava ensinando? Talvez Percy tivesse decidido testar suas novas habilidades.

— Não exatamente. Acho que é só um arranhão… não sou muito bom com sangue, e pensei comigo mesmo: Percy, você conhece um homem que vai saber o que fazer com um cortezinho.

Kit rasgou a camisa no lugar onde a faca tinha cortado, depois arregaçou a manga para ter uma visão nítida do ferimento. Era um corte limpo, cerca de cinco centímetros de largura, não muito profundo. Kit já tinha se cortado mais fatiando pão. Um pouco de pressão e alguns dias de curativos, e Percy estaria novo em folha.

Kit percebeu que, mesmo assim, queria caçar quem quer que tivesse feito aquilo e despedaçá-lo, lenta e prazerosamente.

Percy baixou os olhos para a ferida e estremeceu, depois ficou ainda mais pálido que o normal.

— Ouso dizer que não teria sangrado tanto se eu a tivesse enfaixado logo, mas eu não conseguia de jeito nenhum olhar para isso.

— Aí você veio aqui — concluiu Kit, umedecendo um pano com água da chaleira.

— Pensei em não importunar meu valete. Já dei muito trabalho para ele hoje. Além disso, eu estava bem cambaleante e duvidava que conseguiria andar tanto. E não se deve se esvair em sangue sobre um cavalo de aluguel.

— Já tiramos sangue do nariz um do outro — argumentou Kit, então limpou a ferida. A única reação de Percy foi um chiado baixo. — Você já cortou os dedos, eu já mordi a língua. Nunca o vi desfalecer com a visão de sangue em nenhum desse momentos.

— Ora, sim, eu estava me divertindo, certo? Garanto a você que não estava me divertindo no momento em que isso ocorreu.

— Salteadores?

Percy pressionou os lábios um no outro.

— Não. E não vou falar desse assunto, então não seja enfadonho. Vou estar apto para nossa viagem a Hampstead amanhã?

— Mais apto impossível.

Kit tirou a manga que havia rasgado da camisa de Percy e a dobrou no formato de um curativo, depois a enrolou em torno da ferida. Quando terminou de encaixar a ponta solta do tecido, viu que Percy o observava com atenção. Kit se sentiu sem fôlego. Não havia como ter dúvidas da natureza daquele olhar, e, mesmo se houvesse, teriam se dissipado quando a língua de Percy apareceu para umedecer o lábio inferior. Nossa. O olhar de Kit se desviou, então se voltou para o músculo do braço exposto de Percy, a linha afilada de seu maxilar, a fartura de seus lábios.

Fazia semanas que os dois se olhavam — Percy descaradamente, e Kit com relutância a princípio, mas agora com sede, avidez, como se não houvesse nenhuma imagem no mundo que valesse a pena ser mais olhada do que Percy. Ficava dizendo a si mesmo que não havia mal em olhar, mas talvez não houvesse mal em algo mais do que olhar.

Ele tirou o dedo do curativo e o traçou até a pele nua do ombro de Percy. Havia uma porção de sardas no alto de seu braço, parcialmente escondidas pelos restos da camisa. Kit passou um dedo embaixo da borda esfarrapada de tecido. Era apenas a ponta de um dedo, apenas um ombro, apenas uma carícia terna até a pele do homem cujo pai tinha praticamente assassinado toda a sua família. Deus, à meia-luz, Percy se parecia ainda mais com o pai, e por que nem isso fazia Kit querer empurrá-lo para longe?

Ele ergueu a mão pela longa linha da garganta de Percy, sentindo a pulsação sob a ponta dos dedos, parando apenas quando sua mão havia se encaixado sob o queixo de Percy, com o polegar pousado no canto de sua boca. Percy abriu a boca de leve, e Kit conseguiu sentir a promessa do calor úmido dentro dela. Inspirou fundo.

Teria sido mais simples se eles apenas transassem. Com um pouco de sorte, talvez ele pudesse levar aquele homem para a cama e parar de pensar nisso o tempo todo. Os dois poderiam planejar o roubo, trocar alfinetadas e continuar como sempre. Mas ele não queria manter as coisas separadas: o homem que Kit queria levar para a cama era o homem que lutava como se fizesse uma dança cujos passos só ele conhecesse, que era audacioso a ponto de contatar criminosos infames para serviços insanos e que, pelo visto, desfalecia ao ver sangue.

Kit traçou uma linha imaginária na bochecha de Percy com o polegar, sentindo a aspereza suave de uma barba tão clara que era invisível. Percy permanecia imóvel, e Kit sabia que ele estava esperando seu próximo movimento. Era hora de Kit se entregar ou recuar. Tinha que escolher. Em vez disso, ele olhou mais um pouco. Pensou que poderia nunca se cansar de olhar para Percy daquele jeito.

— Nossa. Você é lindo — murmurou Kit, sem pensar, mas era verdade.

Percy pousou a mão no quadril de Kit, puxando de leve, apenas uma pequena pressão, na verdade mais uma sugestão.

Deu um passo para trás. Sentiu-se embriagado pela proximidade, incapaz de pensar direito. E não queria fazer isso sem que fosse para valer. Sorriu com tristeza para Percy e ficou aliviado ao vê-lo retribuindo mais ou menos a mesma expressão.

— Peça para seu valete trocar o curativo pela manhã, depois de novo amanhã à noite — instruiu Kit, com a voz mais rouca do que o normal. — Está bem na parte do braço que vai se abrir se você se movimentar do jeito errado, então mantenha a ferida coberta até estar bem cicatrizada.

— Obrigado. Sei que não deveria tê-lo incomodado, mas...

— Estou feliz que tenha vindo. — Saiu tudo errado, exagerado, sincero demais. — Não posso deixar que desmaie numa poça de sangue. Nosso plano iria por água abaixo se você morresse, não é?

Percy o observou com um leve brilho de ironia nos olhos claros, e Kit soube que não fora nada convincente na última parte.

— Também estou feliz por ter vindo.

Capítulo 26

— Sou um comerciante próspero e você é um cavalheiro — disse Kit a Percy quando o informou sobre a viagem a Hampstead Heath.

— É claro que sou um cavalheiro — afirmou Percy, franzindo a testa.

— É o nosso disfarce. Estamos escoltando sua prima em uma visita à tia no interior.

— Que tipo de cavalheiro?

— O tipo que consegue se manter em silêncio numa carruagem por uma hora.

— Isso não ajuda muito.

— Sei lá, Percy. Pense num jeito de dividirmos uma carruagem sem que isso chame atenção.

Percy recorreu a Collins. Jamais teria adivinhado que uma vida de crime e desonra proporcionaria tantas possibilidades para seu valete demonstrar seus talentos.

Por fim, deixou que Collins escolhesse um conjunto de roupas novas para servir à sua identidade falsa, e esperava que isso tranquilizasse seu valete depois de ter visto uma de suas camisas despedaçada pelo incidente de esgrima.

O próprio Percy não estava pensando nisso. Tinha sido humilhante, durante um período em que tudo parecia estar conspirando por sua humilhação. Também não estava pensando no que aconteceu no café de Kit, exceto quando se estimulava sexualmente. Ninguém poderia julgá-lo, afinal, Kit estava todo forte e perigoso, as mãos enormes e leves como uma pluma sobre a pele de Percy, e aquele olhar quase delicado.

Não conseguia se lembrar da última vez em que alguém tinha olhado para ele como se o considerasse algo especial, precioso. Não sabia nem dizer se isso já havia acontecido. Nem se tinha gostado... Sentia-se como um tostão furado prestes a ser descoberto como uma falsificação. Mas continuava revirando a cena várias vezes na mente, imaginando o que teria acontecido se Kit não tivesse se afastado naquele momento.

Quando encontrou Kit no lugar combinado — uma estalagem perto de Spitalfields —, ficou surpreso ao vê-lo sentado a uma mesa com uma jovem. Quando se aproximou, Percy reconheceu que a mulher era a ruiva que frequentava o café. O combinado era escoltar uma jovem durante a viagem, mas não achou que seria aquela ave-do-paraíso. Ela estava vestida como a filha de um pároco, coberta dos pés à cabeça de sarja cinza e com um gorro na cabeça que ocultava o rosto em sombras recatadas a menos que ela olhasse de propósito para cima. A garota estava com outra mulher, ainda mais acanhada, que evidentemente representava a função de criada.

Quando entraram no coche, Percy foi levado para o assento voltado para a frente, ao lado da menina, que atendia pelo nome de srta. Flora Jennings. Kit e a criada ficaram diante deles.

A vila à qual estavam levando a srta. Jennings ficava a uma curta distância, apenas um pouco mais ao norte de Hampstead Heath, o que era bom, porque ainda não existia um meio de transporte que acomodasse com conforto dois homens da estatura deles. Os joelhos de Percy e Kit se trombaram repetidas vezes, e Percy pôde observar Kit suprimir uma expressão mal-humorada. Imaginou que aquele sacolejo todo fosse terrível para a perna dele.

— Sr. Percy, sua família vem de que parte do país? — perguntou a srta. Jennings.

Era uma pergunta inocente, mas Percy não sabia como responder. O castelo Cheveril ficava em Oxfordshire. Farleigh Chase ficava em Derbyshire. Essas eram as duas principais propriedades do duque de Clare, além de várias outras espalhadas pelo país. Eram fatos tão conhecidos que Percy tinha quase certeza de que ninguém nunca havia se dado ao trabalho de perguntar de onde ele vinha. Deveria ser simples — ele tinha sido criado em Cheveril —, nascera lá, inclusive, e pensara que seus filhos também nasceriam lá. Sempre imaginou que morreria em Cheveril e que, um dia, seu retrato estaria pendurado na galeria com todos os outros duques de Clare.

Mas nada disso aconteceria. Percy tinha se dado conta havia meses, mas precisava encarar o fato todos os dias como se fosse a primeira vez. Marian parecia ter assimilado a verdade de pronto, mas Percy ainda se espantava sempre que revisitava o pensamento sobre quem ele era e quem deixaria de ser.

— Oxfordshire — respondeu ele, com a voz fraca, e sentiu os olhos de Kit sobre ele.

Sentiu a leve pressão do pé de Kit no seu. Embora não tivesse entrado em detalhes sobre sua situação, Kit poderia imaginar que um homem que desejava roubar o próprio pai à mão armada devia nutrir uma profusão de sentimentos confusos sobre muitas coisas, incluindo o próprio lar. Ou talvez Kit simplesmente conhecesse Percy a ponto de saber quando ele estava angustiado.

Percy fez pressão no pé de Kit em resposta, para demonstrar que ficava grato pela solidariedade.

A srta. Jennings voltou a atenção para a Bíblia que segurava no colo. Quando o flagrou olhando, ela sorriu para ele, tímida.

— Era da minha mãe — comentou ela.

Percy não sabia se aquela era uma conversa normal entre plebeus, ou entre prostitutas, ou se a menina estava apenas tentando iniciar o que ela entendia como um diálogo decente.

— Que graça. É bom guardar recordações da mãe.

A srta. Jennings, porém, pareceu encantada pela resposta. Percy se perguntou se era uma tentativa de escalada social.

Desembarcaram assim que chegaram à vila, e Percy escoltou a srta. Jennings e a criada até a cabana da tia dela, enquanto Kit cuidava para que os cavalos e o cocheiro fossem alimentados na estalagem vizinha. Com a srta. Jennings entregue, Percy caminhou até a estalagem.

— Estão selando um par de cavalos de aluguel para nós — disse Kit, empurrando uma caneca de cerveja sobre a mesa para Percy.

Percy limpou o assento com o pano e se sentou.

— Qual exatamente é sua relação com a srta. Jennings? Tive a impressão de que ela era uma, humm, uma aspirante a cortesã.

— E isso ela é. Você conhece o estabelecimento da sra. Scarlett?

Percy ergueu as sobrancelhas.

— Eu o segui até lá, se não se lembra.

— É administrado por uma velha amiga. Flora trabalha para ela.

— Você costuma escoltar damas da noite em pequenas viagens? — perguntou Percy, sabendo que Kit não tinha o hábito de fazer nada tão interessante.

— Eu precisava de uma desculpa para ir a Hampstead Heath em uma carruagem porque não consigo mais cavalgar essa distância. E Scarlett foi bastante insistente.

— Tenho certeza de que ela é muito talentosa em fazer os homens cederem a seus desejos.

Kit riu e deu um gole na cerveja.

— É só uma velha amiga.

Ele não soube dizer se era sua imaginação ou se as palavras de Kit tinham a intenção de dissipar as suspeitas de Percy. Não que suspeitasse de alguma coisa: Kit era livre para ter relações com quantas donas de bordel quisesse.

— Nunca levei uma cortesã para visitar a tia e nunca reconheci terrenos para organizar roubos — murmurou Percy, debruçando-se sobre a mesa para que apenas Kit escutasse. — Este é um dia de muitas experiências novas e fascinantes para mim.

Ele continuou com os braços apoiados na mesa e a testa bem perto de Kit, observando seus lábios se curvarem num sorriso.

Por Deus, como era bom olhar para aquele homem. Ele com certeza não fazia nenhum esforço para manter a aparência e era provável que nunca tivesse feito, o que despertava um pouco de inveja e desejo em Percy. Kit parecia ter dormido com aquelas roupas, e, *mesmo assim*, Percy queria sentar no colo dele. Lá estava aquela barba rala de sempre escurecendo o queixo, e o cabelo que se recusava a ficar preso na trança. Até o tricórnio velho e surrado de Kit, que parecia ter sido atropelado por uma diligência e então participado de um naufrágio, ainda conseguia parecer atraente a ponto de dar vergonha.

Percy sabia que estava olhando fixamente para Kit. Na verdade, parecia passar a maior parte do tempo bem perto dele e encarando-o. Poderia ter parado se Kit não retribuísse. Mas, naquele exato minuto, por exemplo, Kit lançava olhares furtivos para a boca de Percy, depois para suas mãos e então para seu pescoço.

Imaginou que Kit viraria a bebida e se levantaria, mas, em vez disso, ele não saiu de onde estava.

— Fico me perguntando — começou Kit, com aquela voz rouca que fazia Percy querer gemer — se um dia você vai me contar o que deseja roubar de seu pai. Que tipo de livro é esse?

Percy franziu a testa. Falar do pai era com certeza uma forma de atenuar seu ardor. Pensou na Bíblia da garota e se lembrou do que seu primo dissera sobre a Bíblia ser o único livro que a finada duquesa carregava.

— Talvez eu só queira guardar uma recordação da minha mãe. Isso importa?

— Não. Mas talvez você me conte mesmo assim.

— Talvez.

Por um momento, ele se permitiu imaginar como seria ser o tipo de homem que fazia confidências. No entanto, tinha sido treinado a guardar bem seus segredos e não sabia de que outro modo agir. Mesmo assim, imaginou como seria se ele e Kit estivessem naquela estalagem compartilhando uma refeição e trocando segredos, em vez de planejando um roubo.

— Talvez não — afirmou Kit, sem se afastar, com o leve sorriso ainda presente nos lábios, como se soubesse que Percy sempre seria reservado e sigiloso.

— Talvez não — concordou Percy, sentindo a própria boca se curvar em resposta. — Talvez não.

Capítulo 27

A estrada não havia mudado muito no último ano, e Kit conseguiu chegar ao bosque de que se lembrava sem cair do cavalo alugado, por isso estava muito satisfeito consigo mesmo. Teria ficado ainda mais se tivesse conseguido cavalgar mais rápido, e mais feliz ainda se Percy não tivesse notado, mas se contentou com o que tinha.

— Encontre uma árvore onde possamos amarrar os cavalos — disse Kit depois que Percy desmontou.

Assim que Percy ficou de costas, Kit começou o processo lento e constrangedor de sair do cavalo. Conseguiu descer sem cair, então estava contando isso como mais uma vitória.

— O que devemos fazer — começou Kit, depois que os cavalos estavam presos — é encontrar um lugar onde possamos ver a estrada, mas nos manter escondidos. Está vendo aquela curva? É perfeita. Minha nossa, é deslumbrante.

Ele sorriu para Percy, que o olhava com uma expressão aturdida.

— Deslumbrante — repetiu Percy.

— Olhe para a estrada, não para mim. Escute — avisou Kit, enquanto ouvia o barulho de cascos se aproximando.

Ele puxou Percy para trás da árvore. Percy estava usando roupas que pareciam estranhamente normais — nenhum gibão de couro de gola alta, nenhum casaco de seda da cor de flores de estufa —, então eles tinham certa camuflagem. Durante o assalto teriam que dar um jeito no cabelo dele. Do jeito que estava, refletia luz demais.

— Agora — continuou Kit, aproximando-se para que sua boca ficasse perto da orelha de Percy —, quando a carruagem fizer a curva, você a verá por dez segundos antes que vejam você. Isso lhe dará tempo para entrar na estrada e se posicionar antes que eles possam sacar armas. Você e seja lá quem vamos contratar, muito provavelmente Tom, vão ficar na estrada. A atiradora... tenho o nome de uma arqueira que faz truques em feiras...

— Uma *arqueira*? Não é um pouco teatral? Por que usar arco e flecha em vez de um rifle?

— Tem melhor mira. E é mais silencioso.

— Certo — disse Percy, em dúvida.

— Enfim, ela vai ficar na árvore.

— Na *árvore*?

— Em uma árvore, ela consegue se esconder e ter uma mira precisa. E, se estiver numa boa posição, também consegue ter uma visão das duas direções da estrada e avisar se alguma outra carruagem estiver se aproximando.

Ele conseguia imaginar a cena com perfeição e sentiu o sangue vibrar de ansiedade enquanto a carruagem se aproximava.

— Um, dois, três e *pronto*. É aí que vocês entram na estrada e gritam. Primeiro você e Tom pegam as armas, depois os itens de valor. Meio minuto, essa é sua meta.

A carruagem passou pela estrada fazendo bastante barulho, fez a curva e saiu do campo de visão.

— Pensei que não atiraríamos em ninguém — disse Percy, ainda pensando na arqueira.

— Ela é uma precaução — assegurou Kit, e Percy ficou em silêncio. — Falei para não perder seu tempo nem o meu se não estivesse disposto a ferir pessoas.

— Eu sei, eu sei. É só que estou... reajustando meus princípios.

— Está fazendo o quê?

Percy mordeu o lábio e pareceu estar escolhendo as palavras. Kit nunca o vira com menos de cinco dúzias de palavras na ponta da língua.

— Bom, antes de tudo isso começar — disse ele, e Kit presumiu que "tudo isso" era o que o havia incentivado a contratá-lo —, nunca me vi como uma pessoa boa ou má, mas eu imaginava ser ligeiramente bom. Seguia a vida como sempre. *Comme il faul*, como todos os outros. — Ele lançou um olhar irônico para Kit. — Quando digo "todos os outros", estou me referindo a todos como eu, claro. Era a ordem natural das coisas, sabe? Não se rouba o próprio pai nem se coloca em risco a vida de cocheiros. — Ele engoliu em seco. — Mas o que estou fazendo é certo, à minha maneira, ou ao menos não é de todo errado. É fazer o certo pelas pessoas que amo e, se eu conseguir fazer isso bem, vou evitar muitos problemas.

Kit o observou. Até então, supunha que o objetivo de Percy era vingança, o que já era motivação suficiente, em sua opinião. Mas percebeu que não ficou surpreso ao descobrir que não era apenas isso.

— Em todo caso, o que eu via antes como princípios eram apenas bons modos, e são insuficientes para minhas circunstâncias atuais. Vivo me deparando com informações que me fazem ter que rever tudo o que eu pensava. Sabe quando alguém compra um livro novo e precisa mudar tudo de lugar na prateleira para acomodá-lo? —Percy pareceu lembrar com quem estava falando e soltou uma gargalhada. — É claro que não. Você só enfia o livro novo lá a esmo. Já vi o estado de suas estantes. Pessoas sensatas, por outro lado, tentam manter a ordem.

Kit teve a sensação vertiginosa de que Percy se daria bem com ninguém menos do que Rob. Ambos compartilhavam dos mesmos princípios flexíveis de certo e errado. Kit nunca tinha questionado de verdade se roubar era errado; Rob sempre achou que era perfeitamente normal se feito pelos motivos certos, mas Rob era um maluco.

Pelo jeito, Percy interpretou o silêncio de Kit como discordância.

— Percebo que choquei você — comentou ele, falando devagar e avaliando o rosto de Kit. — Era para eu ter dito que acho que somos homens muito maus?

Kit riu, sentindo vir à tona certa combinação de graça e alívio, embora não soubesse dizer o motivo.

— Não — respondeu ele, e então sua mão estava no queixo de Percy. — É só que às vezes você até que diz coisas que fazem sentido. Tenho o direito de me chocar.

As palavras saíram com delicadeza, uma impressão que deve ter sido agravada pela coisa que seu polegar estava fazendo na bochecha de Percy. Kit estava com medo de que fosse uma carícia, de que estivesse de fato acariciando lorde Holland. O lorde que defendera as virtudes do crime, o lorde que talvez achasse que Kit não fosse tão mau...

Kit não sabia dizer ao certo qual deles fez o primeiro movimento para encurtar a distância, mas essa era uma mentira, porque é claro que foi Kit quem colocou a mão na nuca de Percy e a manteve ali de modo muito delicado ao se aproximar. Ele se moveu devagar e com cuidado, como se desse a Percy a chance de pensar duas vezes.

Sua mão deslizou no cabelo de Percy assim que seus lábios se tocaram. Era uma sensação familiar — não o roçar de lábios, tampouco o fato de que ele pensou que Percy pudesse estar sorrindo —, mas todo o resto. O modo como o corpo deles se encaixou. O som da respiração de Percy. O aroma de limão e sabonete. O aperto firme da mão no quadril de Kit. As lutas tinham tornado os dois corpos tão familiares um para o outro, e Deus sabia o quanto estavam acostumados a se desejarem, de modo que a única coisa diferente era a realidade em que suas bocas se tocavam, despertando uma nova sensação.

Percy estava, *sim*, sorrindo, o sacana. Kit conseguia sentir em seus lábios. Devia ser aquele sorrisinho presunçoso do qual nem deveria gostar tanto, mas Kit estava disposto a repreendê--lo, estava mesmo, e foi por isso que abriu a boca. Mas então se distraiu com os dentes de Percy, que morderam seu lábio inferior de modo não muito delicado. Kit ofegou, como um idiota, como alguém para quem fosse necessário explicar a mecânica dos beijos e a anatomia das bocas, talvez com gráficos.

Percy movimentou a língua dentro da boca de Kit, e foi então que este percebeu que não estava nem um pouco no comando do beijo. E era bom, mas também era como se ele estivesse pulando de uma janela, então empurrou Percy contra uma árvore muito convenientemente localizada. Continuou com a mão na nuca de Percy para que não o machucasse. Percy pegou o chapéu de Kit e o jogou no chão.

— Está atrapalhando — murmurou ele, como se Kit precisasse de uma explicação, como se Kit desse a mínima para chapéus ou qualquer coisa que não fosse a boca de Percy.

O corpo deles se encostava um no outro, e Kit ficou ao mesmo tempo aliviado e envergonhado ao descobrir que estavam os dois rijos. Pensou que deveria estar catalogando todas as formas de como aquilo era diferente de beijar uma mulher, mas não era, na verdade. Pelo menos em nenhum dos sentidos que importava. Pensou que talvez estivesse às vésperas de algum tipo de revelação profunda quando Percy colocou a perna entre as dele, e todos os pensamentos de Kit se evaporaram, sendo substituídos apenas pelo *finalmente, finalmente, finalmente* que seu coração parecia dizer a cada batida acelerada.

Kit afastou a boca da de Percy e começou a trilhar beijos pela curva de seu queixo, depois pela curva suave de seu pescoço. Sentiu a vibração do pulso de Percy sob a pele fina. Mordeu esse ponto, então o acariciou com a língua. Percy gemeu.

Kit recuou para olhar para ele, para admirar a visão de Percy com os olhos semicerrados e os lábios inchados e úmidos, as bochechas vermelhas do contato com a barba por fazer.

— Eu deveria parar — disse Kit.

— Você deveria é me comer. Você pode, aliás.

Algo no tom de Percy nas últimas palavras fez Kit se agitar. Ele começou a ter um ataque de riso.

— Ah, maravilha. É isso mesmo que um homem quer ouvir no meio de um encontro amoroso. — Percy deu um empurrãozinho em Kit.

— Posso mesmo? Humm. Acho que qualquer um que tenha passado mais de quinze minutos no café no último mês sabe que eu posso mesmo. Você pode ser muitas coisas, mas sutil certamente não é.

— Eu sou bem sutil. Só não sou com você, porque não é um homem que entende de nuances. Imagino que não tenha interesse em me comer.

— Interesse tenho muito — retrucou Kit, com um gesto para seu pênis indicando a comprovação do que dizia. — Mas estamos no meio do mato.

— Está mais para um arvoredo — corrigiu Percy, encaixando um dedo na parte de cima da calça de camurça de Kit e o puxando para perto de novo.

— Ah, bom, se é assim.

Kit revirou os olhos.

— Você tem uma aranha do tamanho de um ovo de pato morando em sua escada. Pensei que se sentiria em casa.

— Não vamos foder e depois montar a cavalo. Tenho uma *cama* — disse ele, com firmeza.

O contra-argumento de Percy foi um beijo lento e obsceno enquanto se roçava em Kit.

Os dois foram interrompidos pelo som de cascos de cavalos e rodas de carruagem. Kit quase esquecera o que tinham ido fazer ali. Parou com a testa encostada na de Percy, enquanto recuperavam o fôlego.

— Sua vez — disse Kit, apontando para a estrada.

Afastando-se, Percy espreitou o veículo se aproximando.

— Eu sairia para a estrada em três, dois, *agora*.

— Muito bem. Você aprende rápido.

O elogio fez Percy ficar imóvel e a ponta de suas orelhas ficar rosada.

— Eu me esforço — disse ele, com leveza, mas sem encarar Kit.

Estavam a poucos passos de distância um do outro, e nenhum dos dois fez nenhuma tentativa de diminuí-la.

— Isso era tudo que eu queria mostrar. Queria que você visse com os próprios olhos, para que pudesse imaginar quando estivermos planejando a próxima etapa. O roubo em si não será aqui, claro, mas em algum lugar mais próximo do castelo Cheveril. — Ele engoliu em seco, e, por um momento, os únicos sons foram o farfalhar de folhas secas nas árvores ao redor e o canto de um pássaro distante. — Mas o princípio é o mesmo.

— Imagino que vamos voltar agora — comentou Percy, ainda sem encarar Kit.

Kit concordou e foi desamarrar os cavalos. Olhou ao redor em busca de um toco de árvore ou tronco caído que pudesse usar para montar, irritado por não ter pensado nisso antes. Ainda não se acostumara a considerar todas as mudanças que suas habilidades sofreram desde o ferimento e ficou impaciente consigo mesmo pela falta de planejamento.

— Aqui — disse Percy, juntando as mãos em concha, como faria com uma mulher ou uma criança para ajudá-las a montar.

— Sou pesado demais.

— Veja se aguento.

Por falta de uma ideia melhor, Kit resolveu testar. Descobriu que nem ficou surpreso por Percy não ceder sob seu peso. Depois de passar a perna sobre a sela, sentiu as mãos dele segurarem seu quadril com firmeza, estabilizando-o. Era humilhante.

Talvez alguns de seus pensamentos tenham transparecido em seu rosto, porque Percy apertou sua coxa.

— Vamos — disse ele, montando em seu cavalo rumo à estrada.

Kit o seguiu.

Capítulo 28

O sol estava se pondo quando a carruagem parou em frente ao café, ainda aberto. Percy se deu conta de que eles teriam que esperar antes de fazer qualquer coisa que envolvesse a tal cama que Kit prometera.

Na mesa mais próxima da porta estava um rosto que quase fez Percy tropeçar. Era Collins, e vê-lo fora dos aposentos de Percy era quase como vê-lo em um disfarce mascarado.

— Mas o quê… — começou Percy.

— Psiu. Sente-se — sussurrou o valete.

Percy fez um sinal para Kit seguir sem ele e se sentou.

— Sua Graça enviou uma mensagem — avisou Collins, tão baixo que Percy quase não o escutou.

— Certo — disse Percy, devagar.

Nenhuma mensagem que tivesse que ser transmitida de modo tão misterioso poderia ser uma boa notícia.

— Ela quer que o senhor vá ao baile dos Davenport hoje à noite.

— Já avisei que não vou. É essa a mensagem? — perguntou Percy, confuso.

— Creio que Sua Graça deseja lhe passar a mensagem pessoalmente no baile, milorde.

— Certo. Claro. Imagino que, se enviasse um bilhete como uma pessoa normal, ficaria com medo de que você fosse interceptado por salteadores e tivesse que comer o papel para evitar ser descoberto. Estamos numa comédia teatral, Collins, e temo que você tenha sido arrastado para o meio disso.

— Espero que milorde saiba que pode confiar em minha discrição.

Kit chegou com duas xícaras de café, colocando Percy na posição inusitada de precisar decidir se apresentava o valete para o dono de café que ele desejava transformar em amante. Não conseguia imaginar qual seria o protocolo para uma situação como aquela, então se contentou em ignorar Kit e torcer para que o homem entendesse que Percy não tinha a intenção de ofender.

— Como você sabia que me encontraria aqui?

— Sua Graça sugeriu.

— Entendi.

Percy olhou para o salão e viu Kit resmungando sobre o bule de café. Ele teria que sair naquele momento se quisesse se preparar para o baile. Não haveria a mínima chance de continuar o que ele e Kit tinham começado em Hampstead Heath. E ele não poderia avisar Kit sem alertar Collins da existência de uma relação entre eles.

Collins suspirou.

— Milorde talvez queira se despedir de quaisquer conhecidos com quem desejasse travar uma conversa esta tarde — disse ele. Então, quando Percy estreitou os olhos, o valete soltou um suspiro ainda mais pesado. — É minha honra trabalhar para vossa senhoria desde seus 17 anos. Vossa senhoria não é sutil em certas circunstâncias. — Ele deu um gole no café. — Além disso, eu o vi entrar no café com aquele homem.

— Parece que todos querem passar a tarde me dizendo como não sou nada sutil — comentou Percy, levantando-se. — Que depreciativo.

Ele saiu sem se despedir de Kit.

Como não tinha nenhum interesse no baile nem em nada que pudesse ver lá, Percy deixou que Collins o vestisse e arrumasse sua peruca como achasse melhor. No fim, estava adornado em um grande volume de cetim verde-água e um broche de diamante que imaginou ter que vender em breve com o restante de suas joias.

— Que bom que decidiu se juntar a nós — disse Marian, com a voz lânguida, quando Percy a conduziu para dentro da carruagem.

Ela usava quase dois hectares de damasco escarlate, uma cor que a deixava especialmente pálida. O duque aguardava na carruagem e mal ergueu os olhos para o filho.

No baile, Percy foi cumprimentado por um mar de rostos de que mal se lembrava, amigos de seus pais, pessoas que ele conhecia por alto como parasitas da família. Permitiu-se ser levado por uma onda de apresentações. Sim, ele dançaria com essa moça. Sim, sem dúvida convidaria aquela matrona. Sim, adoraria uma taça do que estivessem oferecendo.

O salão de baile cintilava com velas e joias, e o ar estava pesado com o aroma de perfume, pó e corpos superaquecidos. A canção, tocada por músicos ocultos atrás de uma tela, era quase inaudível por causa da conversa ensurdecedora. Percy se deu conta do quanto sua vida vinha sendo solitária desde o retorno a Londres. Era raro ele frequentar lugares tão cheios, exceto quando ia ao café de Kit, que, por mais que estivesse repleto de gente, não era nada comparado ao salão de baile dos Davenport.

Não era de todo desagradável. Mas as visões e os sons pertenciam a lorde Holland, assim como o pó e a peruca. Até a qualidade bruxuleante e cintilante da luz parecia pertencer a outro mundo. Ele se lembrou sem querer das sombras esfumaçadas no café de Kit, a iluminação vinda de um punhado de velas e lamparinas, e a pouca luz do dia que conseguia atravessar a névoa lá fora e as nuvens de tabaco lá dentro.

Marian esperou até a orquestra tocar um minueto para pegar a mão de Percy.

— O senhor me prometeu esta dança, milorde — disse ela, com a voz entediada.

— É uma grande honra, duquesa — respondeu ele, no mesmo tom que o dela.

— Você se lembra de Louise Thierry? — perguntou a mulher, sem qualquer inflexão quando a dança os trouxe perto o bastante para que ela falasse sem ser ouvida pelos outros.

— É difícil me esquecer dela — murmurou Percy.

Louise Thierry era a causa de todas as suas tribulações: o nome escrito no registro paroquial na igreja francesa, a mulher com quem seu pai havia se casado.

— Ficou evidente que era uma alcunha profissional ou talvez má ortografia. O verdadeiro nome dela é Elsie Terry.

Percy torceu para que a surpresa não tivesse alterado seu rosto.

— Que nome comum — disse ele, com a voz arrastada.

Havia suposto que o pai conduzira uma francesa ao altar porque era o único jeito de levá-la para a cama. Se ele tinha desejado se casar com uma inglesa, por que se dar ao trabalho de levá-la à França? E, se ela já tinha ido com ele até a França como sua amante, por que se dar ao trabalho de se casar?

— Pois é. Algumas pessoas na vila ainda se lembram do *beau Anglais* e da bela meretriz que ele levou a tiracolo.

— A investigação de Marcus foi muito meticulosa — comentou Percy, quando voltaram a estar próximos. — Como duvido que ele teria colocado tudo isso numa carta, devo imaginar que está em Londres agora.

— Creio que ele esteja jogando baralho em algum lugar por aqui — sugeriu ela.

Ele estava prestes a argumentar que poderia ter evitado o baile se Marcus tivesse feito uma visita à Casa Clare, mas concluiu que uma conversa no meio da multidão chamaria menos atenção e teria menos chance de ser ouvida pelos criados do duque.

A dança finalmente acabou. Percy a cumprimentou com a cabeça e Marian fez uma reverência, depois ele foi até as salas de carteado. Tudo que tinha que fazer era seguir o fluxo constante de homens que escapavam da pista de dança.

Encontrou Marcus em um escritório cercado por livros, a uma mesa com três outros homens, compenetrado no que parecia um jogo de uíste. Percy se recostou numa mesa próxima, esperando que Marcus o notasse. Marian de fato tinha herdado toda a astúcia da família... quando Marcus notou Percy, ele quase cuspiu o conhaque.

— Meu Deus, há quanto tempo! — Ele se levantou da mesa, ainda segurando as cartas, e abraçou Percy. Depois deu um passo para trás e o olhou de cima a baixo. — Olhe só para você, seu janota escandaloso. Como está bem-vestido!

— Mais do que você — retrucou Percy, franzindo o nariz ao observar o casaco de Marcus, que devia ter pelo menos dois anos. Eles se cumprimentaram com um aperto de mão. — Agora, querido, você vai deixar de lado este jogo. Temos que compensar o tempo perdido.

E puxou Marcus para a sacada do lado de fora.

— Não entendo. Se ela deu um nome falso, o casamento não é válido — disse Percy, alguns minutos depois.

Eles estavam no meio do jardim, onde o burburinho da festa estava distante e era possível ter mais privacidade. Percy aqueceu o peito apertando o casaco.

— Era um nome falso ou apenas o padre francês tentando transcrever um nome estrangeiro? — perguntou Marcus. — Aliás, mesmo que o nome fosse falso, não quer dizer que o casamento possa ser invalidado. No mínimo levaria muito tempo nos tribunais para esclarecer isso e projetaria uma longa sombra sobre o futuro do título. O que aconteceria se você abordasse seu pai e dissesse o que sabe? Duvido que ele deixaria você, Marian e a bebê morrerem de fome.

Percy olhou para o velho amigo, espantado.

— Ele me deserdaria, me botaria para fora e espalharia pela cidade que sou um louco. Eu teria sorte se não passasse o resto de meus dias num hospício.

Marcus suspirou.

— Nesse caso, acho que você e Marian precisam economizar todo o dinheiro possível. Vendam suas joias e as substituam por imitações, invistam o dinheiro e vivam disso. Guardem sua mesada por alguns anos e comprem uma casa modesta. Assim, quando a verdade vier à tona, vocês terão algo seu para continuar vivendo.

Percy tinha que admitir que era um plano prudente. Esse seria o conselho que daria a um amigo, então não se ressentiu com Marcus.

— E, enquanto guardo meus tostões, vivo com a espada de Dâmocles sobre a cabeça, é isso? Deixo que meu pai e o chantagista controlem meu destino.

— Quanto drama, não? — Marcus deu uma risadinha que fez Percy querer gritar. — É só um título e algum dinheiro... Certo, um título importante e uma grande fortuna. Mas você viveria muito bem com o dinheiro que conseguisse guardar no decorrer de alguns anos. Na verdade, viveria melhor do que quase todos neste país. Você não estaria aqui — ele apontou para o salão de baile distante —, mas seria rico e viveria com segurança.

Percy cerrou o maxilar, sabendo que Marcus estava certo mas também sem conseguir expressar que isso era inadequado, não porque Percy fosse ganancioso, mas porque permitiria que o pai vencesse.

— Não quero dar a ele a satisfação de me ver me encolher de bom grado. Ele desonrou Marian e minha mãe, e me criou para ser... para ser uma *mentira*, Marcus. Marian pensa o mesmo.

— Eu sei — concordou Marcus, com a exaustão de um homem que tinha ouvido longamente as opiniões da irmã sobre o assunto. — Não quero justificar as ações de seu pai — disse ele, parecendo estar prestes a fazer exatamente isso. — Nós dois sabemos que é um homem desprezível. Mas, quando se casou com Elsie Terry, ele tinha 20 anos. É possível que nunca tenha achado que fosse um casamento válido: aconteceu num país estrangeiro e numa igreja católica, e nenhum dos dois eram considerados maiores de idade na Inglaterra. Pode ter sido uma má escolha, mas não é inerentemente má.

— Não é inerentemente… — Percy perdeu a voz, gaguejando.

— Só estou dizendo que vingança nunca fez bem a ninguém.

Bom, é claro que não faria bem nenhum a ele. Percy não era tolo a ponto de achar que castigar o pai o deixaria feliz. O problema era que permitir que o pai saísse impune inviabilizaria qualquer paz. Mas não adiantava explicar isso a Marcus.

— Se faz você se sentir melhor, tenho total intenção de vender todo o possível dentro dos próximos dois meses.

— Marian está envolvida num projeto semelhante.

— Tenho mais uma pista. O antigo valete de meu pai tem uma estalagem perto de Tavistock. O nome dele é Denny.

— Percy — começou Marcus, com delicadeza —, não há dúvida de que seu pai se casou com aquela mulher. Tem gente em Bolonha que se lembra dela e que se lembra de onde ela veio. E, quando visitei a vila onde ela nasceu, tinha meia dúzia de membros da família Terry que ainda morava lá, incluindo uma velha que dizia que Elsie era sua neta. Elsie a visita a cada três meses.

— Eu sei. Eu sei, Marcus. A mulher está viva, o casamento é válido, e eu e Marian estamos fodidos. O que me preocupa agora é Cheveril. Você poderia, por favor, visitar o sr. Denny e ver se ele se lembra se houve uma criança? Preciso saber o que vai acontecer com Cheveril.

— Tudo bem. Sei que tudo isso parece pavoroso agora, mas há certas vantagens em ser plebeu. Você não terá que se preocupar com casamento ou herdeiros e, com sorte, talvez possa formar uma relação duradoura com uma pessoa de sua escolha. Sei que parece uma compensação pequena, mas...

Percy riu, amargo.

— Marcus, relações duradouras são a última coisa em minha mente agora.

Capítulo 29

Muito depois de fechar, Kit se sentou no café vazio e aproveitou o tamanho da mesa para abrir mapas da estrada de Londres a Oxfordshire e da região rural ao redor do castelo Cheveril. Nas margens, marcou informações de que ainda precisava. Teria que contratar alguém para fazer o reconhecimento daquele trecho da estrada com antecedência. No passado, ele mesmo teria ido e decorado a localização de todas as casas de campo e sebes, mas aparentemente ele poderia fazer a maior parte do planejamento sem sair de casa.

Foi interrompido por uma batida na porta.

— Entre — gritou ele, perguntando-se quando as pessoas tinham começado a aparecer em horários estranhos.

Levou a mão à faca, mais por hábito do que por achar que estivesse em perigo. Pessoas mal-intencionadas quase nunca batiam na porta.

Tinha esperança de que fosse Percy. Afinal, ele fora embora sem dizer uma palavra, apesar de terem feito planos para passar a noite juntos. Ao menos foi o que Kit havia entendido, mas, quanto mais pensava a respeito, mais dúvidas tinha.

Não era Percy. Era uma mulher, envolta da cabeça aos pés por um manto escuro e encapuzado. Só depois que a porta estava fechada e trancada ela deixou o manto cair de sua cabeça.

— Scarlett? — perguntou Kit, levantando-se. Daria para contar nos dedos de uma das mãos o número de vezes em que a vira fora do estabelecimento dela. — Qual é o problema?

— Você não avisou se Flora havia chegado em segurança na casa da tia.

— Eu me esqueci. Perdão. Mas não imaginei que isso valeria uma viagem clandestina ao outro lado da cidade — disse ele, apontando para o manto.

— Está frio. — Ela fungou. — Não há nada de clandestino nisso. E você não está exatamente do outro lado da cidade.

Ela olhou ao redor, sem se dar ao trabalho de esconder seu interesse, e Kit percebeu que ela nunca tinha colocado os pés ali.

— Sente-se. Vou pegar algo para você beber.

— Chá, por favor — pediu ela, sentando-se empertigada na ponta de um dos bancos que cercava a mesa longa. — Você levou lorde Holland na carruagem hoje.

Ele achou melhor não perguntar como ela sabia disso, imaginando que não gostaria da resposta.

— E daí? — perguntou ele, sem tirar os olhos da chaleira.

— Vim aqui para dizer que está descontrolado. Sem Rob para cuidar de você...

Kit riu, e o som saiu amargurado e assustado.

— Você sabe melhor do que ninguém que eu cuidava de Rob, não o contrário. Não me diga que o luto a fez esquecer o tipo de homem que ele era.

Kit passou metade da vida livrando Rob de problemas, e ele teria aberto mão da outra perna pela chance de voltar a fazer isso.

Os lábios de Scarlett formaram uma linha de descontentamento.

— Ele teria mantido você longe de Holland.

— Sei.

Kit dificilmente poderia negar. Rob teria preferido amarrar Kit a uma cadeira a deixar que ele se aproximasse de um lorde.

— Não, não sabe. Hoje, lorde Holland está num baile.

Kit se lembrou de como Percy havia saído de repente naquela tarde.

— Imagino que ele vá a muitos bailes.

— Não, não vai, porque passa o tempo tomando café aqui e fazendo o que nem posso imaginar no quarto dos fundos. Hoje, porém, ele fez uma exceção, porque um velho amigo estaria no baile, o irmão da duquesa, Marcus Hayes. Amigo de infância de Holland. Hoje, lorde Holland foi visto abraçando o sr. Hayes e depois saindo para passar uma hora a sós com ele nos jardins.

Kit olhou de esguelha para o relógio.

— Não são nem dez da noite. Adoraria saber como você já sabe disso tudo.

— Seja lá o que ele esteja fazendo com você, também está fazendo com nobres.

— Vou lembrar de parabenizá-lo na próxima vez em que ele aparecer.

— Betty está preocupada com você.

Kit suspirou e colocou uma xícara de chá na frente de Scarlett, empurrando o mapa para o lado para abrir espaço.

— Betty está sempre preocupada comigo.

— Quando eu era menina, me permiti me apaixonar por um homem que era bonito, rico e nobre, além de muito charmoso. Quando estávamos juntos, ele me fez acreditar que eu era a única pessoa no mundo que importava. Saí de casa e descobri tarde demais como ele não me dava valor. — Ela ergueu a xícara nas mãos, como se para aquecê-las. — Entenda. Não me arrependo do que aconteceu depois. Mas nunca vou me perdoar por acreditar que eu valia tão pouco quanto ele achava.

Kit sabia o suficiente sobre Scarlett para entender que era uma história comum. Mas também sabia que a moral da história de Scarlett não era que homens ricos abandonam suas conquistas; era que, quando você é maltratado, começa a acreditar que não merece nada melhor.

Ele não tinha como discordar. Não poderia dizer a Scarlett nem a si mesmo que achava que Percy faria diferente. A verdade era que não esperava nada diferente.

— Espero que saiba que sei a sorte que tenho por ter mulheres como você e Betty cuidando de mim.

— Diz isso como um homem prestes a ignorar bons conselhos — concluiu Scarlett, com tristeza.

Como não havia nenhuma resposta possível, Kit apenas ergueu a xícara de chá em um brinde silencioso.

Capítulo 30

Percy tinha que admitir que não estava exatamente tomando as *melhores* decisões.

Sua última tentativa de combate havia terminado em ferimento e humilhação. Em vez de detê-lo, a perspectiva de repetir o feito serviu como incitação. Ele pensou que mais um corte no braço poderia tirá-lo de seu humor desolado ou, ao menos, dar à sua melancolia algo para se focar além de seu futuro.

Além disso, queria uma espada na mão. E, por Deus, queria ganhar aquela bolsa. Queria saber que conseguiria conquistar alguma coisa por si mesmo.

— Milorde — disse Collins, da porta do quarto de vestir de Percy. — Tomei a liberdade de fazer algumas compras.

O valete segurava nos braços um conjunto de objetos pretos.

Percy observou-o colocar um par de botas de couro preto diante dele. Eram macias, provavelmente de pelica, e tinham laços na frente como certas botas femininas. Mas, ao contrário destas, eram tão altas que quase chegavam à altura dos joelhos.

Havia também uma calça preta de um couro ainda mais macio e fino do que a pelica das botas.

— Imaginei que vossa senhoria desejasse *facilidade de movimento* — afirmou Collins nos tons de um homem que acreditava que facilidade de movimento era um objetivo indigno para o filho de um duque. — Nanquim teria sido a escolha óbvia, mas inferi que vossa senhoria desejava certa proteção para o caso de... quedas. — A última palavra saiu em um sussurro frígido.

Após todos os *vossa senhoria* e os tons atormentados, Percy tinha certeza de que daria muitas tardes de folga a Collins no futuro próximo.

— Você é um gênio e um santo, Collins. Um orgulho à sua profissão e aos ingleses em geral — elogiou ele, já tirando a calça de camurça.

Deu certo trabalho entrar na calça de couro. Apesar de macia o bastante para permitir movimentos, também era bem justa. Percy ficou encantado.

As botas também serviram com precisão. Ele amarrou os cadarços de uma enquanto Collins amarrava os da outra, depois se olhou no espelho cheval.

Tirando o branco da camisa, usava couro preto do botão superior de seu gibão até a ponta dos pés. O cabelo estava preso com firmeza numa trança, como costumava usar para a esgrima. Por impulso, ele soltou o barbante de couro e deixou os fios caírem como uma cortina ao redor dos ombros, quase escondendo a cicatriz falsa que Collins mais uma vez havia afixado em sua bochecha.

O couro preto fazia um forte contraste com a pele clara, o cabelo claro e a camisa de linho clara. O cabelo cairia nos olhos enquanto ele lutava, o que era irritante, mas... Ele fez um giro rápido e se observou no espelho enquanto seu cabelo caía. Sim, estava bom. Afinal, o objetivo era entreter a plateia. Naquele dia, a esgrima teria que ser relegada a segundo plano em nome do espetáculo. Muito tempo atrás, isso o teria incomodado, mas chegara à conclusão de que, após ter jogado para o alto um bom número de princípios e reorganizado os restantes, estava ficando cada vez mais fácil abrir espaço para ideias novas.

— Olha só se não é o Barão — disse Brannigan quando Percy chegou, juntando-se aos outros homens ao lado do palanque. — Achei que não o veria de novo. Pensamos que você tinha se assustado depois que Meredith fez picadinho de você na última vez.

— Se por "picadinho" você se refere a um cortezinho de cinco centímetros, terei o maior prazer de deixar que vocês façam picadinho de mim se me derem o tipo de luta que Meredith me proporcionou.

— Meredith, acho que o Barão lhe fez um elogio.

— Ele que se foda, seja lá quem for — respondeu o homem que devia ser Meredith.

Percy ergueu a mão numa saudação.

— Ah, Deus, é você de novo. Consegue fazer com que cada luta dure mais de dois segundos agora? — disse Clancy.

Dessa vez, Percy entrou apenas na terceira luta, e a fez durar o máximo possível, embora isso fosse contra todos os seus instintos. Quando se encontrou numa posição perfeita para derrubar o oponente no chão, saiu girando e fez parecer que tinha conseguido fugir por um triz com elegância. Viu a multidão se sobressaltar, admirada. Deixou o oponente fazer a lâmina chegar a centímetros do braço de sua espada, e então desviou e saiu rolando como Kit havia ensinado. Seu mestre de esgrima florentino teria chorado por tamanha ineficiência, mas a plateia ficou em silêncio, o que era mais importante, porque, naquele momento, Percy estava mais preocupado com legumes podres do que com a habilidade de seu oponente com a espada. Continuou nesse ritmo por quinze minutos, até desarmar o adversário.

Antes do próximo combate, Clancy voltou ao palanque.

— Sangue — gritou ele no ouvido de Percy, fazendo-se ouvir apesar do barulho da multidão. — Eles vão querer sangue. Chega dessa merda de desarmar.

Se precisasse, Percy cortaria um oponente; estava habituado a lutar com espadas de treino que tinham pontas cegas, mas imaginou que poderia arranhar o braço de alguém de modo a derramar uma quantidade satisfatória de sangue sem causar nenhum ferimento grave. No entanto, não estava nada a fim de fazer isso. Pensou que, mais importante do que os escrúpulos habituais de não querer ferir os colegas, não queria correr o risco de desmaiar no meio de uma luta de espadas. Esse estava longe de ser o efeito desejado.

Na rodada seguinte, designaram como oponente um homem que se apresentava como Friedrich e falava com um forte sotaque continental. Para aquele combate, ambos teriam que usar sabres, segundo algum método ou capricho de Clancy. O melhor que Percy poderia dizer sobre o sabre era que gostava do som que a lâmina curva fazia ao cortar o ar. Em todos os outros aspectos, era inferior ao espadim e até ao florete deselegante.

A multidão soltou vários "oh" quando o oponente demonstrou a afiação de sua lâmina ao cortar um pedaço de lona. Percy revirou os olhos.

Enquanto lutavam, Friedrich murmurou em alemão. Ele era muito bom, talvez tanto quanto Percy, mas este percebeu que o homem estava acostumado a lutar com uma arma mais leve, porque logo começou a arfar.

Para dar ao outro tempo para recuperar o fôlego e fazer valer o dinheiro da plateia, Percy começou a guiá-lo pelo palanque, dançando para trás sem tentar nenhum tipo de ataque real. Percy se esquivou sob o braço do homem, saiu de seu alcance e girou com um floreio de sua espada.

Depois de um tempo, quando estava começando a ficar com medo de se cansar, desarmou o homem. Em vez de simplesmente pegar o cabo, jogou-a para o alto. Enquanto observava a espada se virar, torceu para que, da perspectiva da plateia, parecesse que a tinha sido lançada quando Friedrich a soltou.

Percy pegou o sabre pelo cabo, segurou as duas armas ao lado do corpo e fez uma reverência primeiro a Friedrich, depois à plateia.

Quando Percy lhe devolveu o cabo de sua espada, Friedrich disse algo que Percy desconfiava ser um palavrão em alemão.

— Sem sangue — disse Percy a Clancy, que não estava prestando atenção nenhuma nele, ocupado coletando moedas enquanto seu assistente recolhia as apostas.

Em seguida veio a espada de lâmina invertida, depois uma espada larga muito pesada que Percy teve que pegar emprestada de outro lutador. Depois foi a vez de um combate bastante divertido contra Brannigan com um espadim numa mão e uma adaga na outra. A última luta foi mais uma vez com espadins, e Percy fez com que durasse uma boa meia hora antes de jogar a espada no ar e a pegar com um floreio.

Ao receber a bolsa no fim da tarde, Percy imaginou que precisava conquistar certa boa vontade daqueles sujeitos se quisesse voltar a lutar com eles.

— Vi uma taberna na esquina. Vou pagar uma cerveja e um jantar a todos como agradecimento pelo maior entretenimento que tive em meses — disse ele, o mais alto possível.

Seu primeiro pensamento tinha sido dar um jeito de dividir igualmente a bolsa entre todos, mas pensou que soaria arrogante demais e — por motivos que não conseguia articular — queria que aqueles homens gostassem dele. Afinal, fazia muito tempo que Percy não desfrutava do que poderia ser chamado de uma noite com amigos. Todos os espadachins, exceto o alemão, e incluindo Clancy, que Percy não havia convidado, fizeram companhia a ele na taberna.

Percy gastou metade do prêmio com cervejas e filés naquela noite. O restante iria para Collins. No futuro, ele precisaria guardar o dinheiro. A ideia de economizar o que ganhara, mesmo que uma pequena soma como essa, era melhor do que vender joias e caixas de rapé clandestinamente.

Ele sentiu que havia conquistado algo. E percebeu que talvez fosse a primeira vez que tinha essa sensação.

Capítulo 31

— Você precisa vir *agora* — disse Betty, entrando na cafeteria em seu dia de folga.

— Talvez tenha notado que administro um café. Não posso simplesmente…

— Eu tomo conta. Sabe o palanque onde às vezes fazem lutas? Você precisa ir lá. Agora.

— Imagino que não adianta perguntar o porquê, certo?

Ele suspirou, já pegando a bengala e saindo de trás do balcão.

— Vá — insistiu ela, praticamente o empurrando porta afora.

A perna de Kit não estava de bom humor, por isso seu estado era lamentável quando ele chegou à esquina de Covent Garden que Betty tinha indicado. A praça estava cheia, com as pessoas aglomeradas na frente de um palco de madeira. A princípio, Kit pensou que estava assistindo a uma peça ou algum tipo de apresentação, e levou algum tempo confuso até entender que as pessoas que dançavam no palco eram espadachins. Um era grande, com o cabelo curto, e o outro era magro, com um cabelo loiro que caía sobre os ombros.

Apesar da multidão, os únicos sons eram o tilintar de lâminas e moedas, pontuados pelas exclamações da plateia quando um combatente quase cortava a garganta do outro.

— Saiam da frente — ordenou Kit, abrindo caminho pela multidão.

— Ei! — disse um homem que com certeza não gostou de ser empurrado, mas Kit não deu a mínima.

O mundo estava cheio de homens que tinham o cabelo daquele tom preciso de dourado, óbvio. Não havia motivo para pensar que aquele com uma arma enorme apontada para seu pescoço idiota era Percy.

Ainda não dava para ver o rosto deles, mas Kit conseguia notar a maneira como os lutadores se movimentavam. E ele conhecia o modo como aquele homem loiro estocava e se defendia, porque fazia quase a mesma coisa com os punhos. Kit conhecia o modo como aquele homem dava preferência ao braço esquerdo, conhecia aquele meio passinho insensato que ele dava com o pé de trás. Kit o mataria.

Quando chegou perto o bastante para ver os perfis, percebeu que ou aquele era Percy ou seu gêmeo idêntico. Os lutadores se rodearam, e Kit soltou uma exclamação patética quando viu que a bochecha de Percy estava riscada por um corte vermelho. Teve que dizer a si mesmo com firmeza para não invadir o palco, então percebeu que o corte era, na verdade, uma cicatriz. Ele tinha visto Percy no dia anterior, então era uma cicatriz falsa. Percy não estava ferido e Kit era um completo idiota.

Não sabia dizer nem se conseguia respirar enquanto a luta se desenrolava, nem na seguinte, nem na que veio depois. Quando Percy recebeu a bolsa e a multidão finalmente se dispersou, Kit resistiu ao impulso de se aproximar. Manteve-se afastado, depois seguiu Percy e todos os outros espadachins a uma taberna próxima, onde Percy gastou uma fortuna alimentando e brindando com os colegas de combate.

Kit pagou uma cerveja e se acomodou num canto escuro onde poderia ver sem ser visto. Pelo modo como Percy hesitava, dava para ver que ele não estava muito à vontade, mas Kit pensou que não teria notado se não soubesse como Percy agia quando estava à vontade — os membros relaxados e excessivamente falante. Foi assim que ele agira, na primeira ou segunda vez em que se sentou à mesa longa no café de Kit — um tom silencioso demais, como se tentasse aprender as regras que regiam as relações sociais de seus novos companheiros. Kit teria apostado qualquer coisa que, na próxima vez em que Percy comesse com aqueles espadachins, estaria à vontade.

Recostado numa parede, Percy se aproximou da mesa em que a maioria de seus camaradas estava reunida. Kit não apreciara propriamente a vestimenta de Percy durante a luta, uma vez que ficara distraído com as lâminas afiadas que chegavam a centímetros do rosto e dos órgãos vitais dele, mas então obteve uma boa visão da calça de couro justa que usava.

O colete de couro com todos os botõezinhos de metal já era ruim o bastante. A calça era uma atrocidade. Kit queria colocar um manto sobre aquele corpo. Não havia nenhuma chance de aquilo não ser legal. Onde estavam os magistrados quando se precisava deles? Dava para ver a curva perfeita e indecente de seu traseiro, o qual já chamava a atenção na camurça e na seda pomposa, mas que era de tirar o fôlego no couro preto.

Kit observou o lutador ruivo tentar tocar a bochecha de Percy.

— Deixe-me em paz, seu imbecil — disse Percy.

— Tire. Mostre seu rostinho bonito — insistiu o ruivo.

— Não, caramba, é um disfarce. Não preciso que minha laia descubra que ando me associando com rufiões como vocês.

Kit cerrou o maxilar de ciúme. Não gostava de ver Percy insultar ninguém que não fosse ele, o que devia ser um pensamento maluco, mas, se insultos e flertes não eram sinônimos para Percy, Kit não sabia o que eram.

— "Sua laia!" — repetiu o ruivo, rindo.

— Sim, minha laia. Não nasci do mar, com uma espada em mãos.

Mais do que isso Kit não podia aguentar. Ele se levantou e rodeou o canto do salão até estar ao alcance da mesa de Percy.

Colocou a mão pesada sobre o ombro dele, então observou, satisfeito, quando Percy virou a cabeça e o reconheceu.

— Vamos embora — disse Kit.

— Não. Junte-se a nós, sr. Webb. Estamos jantando como reis — respondeu Percy, com frieza.

— Vamos embora — repetiu Kit.

Percy olhou para ele, nem um pouco impressionado.

— Sinto muito, cavalheiros, mas estou sendo convocado.

— Este é da sua laia, Barão? — perguntou um dos homens.

— Minha nossa, não. Deus me livre. Vou acertar com o garçom — disse ele a todos, depois se levantou e se dirigiu ao balcão sem dar atenção a Kit.

Continuou a ignorá-lo enquanto deixava um montante de dinheiro no balcão, saía pela porta para o frio do anoitecer e atravessava a praça.

— O que pensa que estava fazendo? — grunhiu Kit, quase sem conseguir acompanhar o passo.

— Comendo e...

— As espadas, Percy. Estou falando sobre o fato de que, pelo jeito, você gosta de arriscar sua maldita vida na frente de uma plateia.

— Sim, bom, é evidente que gosto — respondeu Percy, parando e se virando para Kit. — Você tem algum problema com isso?

— Se eu... Sim, é óbvio que tenho um problema com isso.

Kit mal conseguia falar por causa da raiva incontrolável. Não conseguia esquecer a espada cortando o ar, a centímetros da garganta de Percy. Teve o impulso insano de puxar a gola dele para baixo e procurar por feridas.

— Foi assim que se machucou no outro dia! Você deixou algum patife...

— Faça o favor de baixar a voz — repreendeu Percy, pegando Kit pela manga e puxando-o para uma travessa.

Kit se lembrou da última vez em que entraram numa travessa escura e isolada, quando ele dera um soco em Percy. Na época, notara que Percy parecia saber como desviar de um golpe, e agora sabia muito bem por quê. Também sabia por que parecia saber lutar, mesmo sem nem ao menos conseguir fechar o punho da maneira correta.

— Não acha que seu talento com espadas poderia ter sido uma informação útil para mim antes que eu começasse a ensinar você a lutar?

— Ora, Kit, você me acha talentoso. Muitíssimo obrigado — disse Percy, observando Kit.

— Você sabe muito bem que é bom, então me poupe. Por que ensinei você a lutar se sabe usar uma faca e uma espada melhor do que ninguém? Poderíamos já termos finalizado esse roubo.

Kit só se deu conta de como estavam próximos quando Percy recuou.

— Peço desculpas por desperdiçar seu tempo, Kit. Apenas tinha me passado pela cabeça que talvez estivesse se divertindo, mas percebo que foi bobagem minha.

— Não seja assim. Minha nossa.

— Não seja como exatamente, Kit? — Os olhos de Percy brilhavam de raiva. — Irritado por você estar agindo de modo irritante? Nunca me perguntou se eu sabia lutar com uma espada. Deve ter notado que todos os cavalheiros desta cidade usam uma espada no cinto, mas não passou por sua cabeça que alguns de nós sabem usá-la? Nunca me perguntou, então como eu saberia que era relevante? Você só me jogou na frente de Betty e me falou para bater nela. Nunca presenciei assaltos na beira da estrada. Não sei o que envolvem em termos de armamento. É por isso que procurei você, se não se lembra. Foi sua ideia brilhante me ensinar a fazer o trabalho, então não pode me culpar por não conseguir ler sua mente idiota e teimosa.

Kit estava em choque com a saraivada de palavras. Quis se defender argumentando que qualquer idiota saberia que qualquer tipo de luta seria útil num roubo, mas se lembrou de como Percy estava hesitante e constrangido durante as primeiras aulas. Ele ficava até quieto, era inacreditável. Kit se lembrou de como o outro estava disposto a deixá-lo pegar seus punhos e os fechar; Percy tinha se colocado à mercê de Kit, considerando ser um novato absoluto.

— Peço desculpas. Você tem razão — disse Kit.

— Eu… como é que é?

Percy ficou confuso. Suas bochechas pareceram adquirir um tom avermelhado quase invisível à meia-luz.

— Fiz suposições demais. Você tem mais algum talento oculto? Lançamento de facas? Arco e flecha? Sei lá… malabarismo, talvez?

— Agora está caçoando de mim.

— Não. Não mesmo. Você foi… por Deus… incrível lá em cima.

— Sei bem — Percy fungou, parecendo um pouco mais tranquilo. — Costumo ser.

— Isso é fato.

Kit se aproximou um pouco mais.

— Eu estava fazendo novos amigos e você me arrastou para fora de lá — acusou Percy, voltando a olhar feio para Kit. Mas não havia nenhuma fúria real. Percy queria algo dele, fosse o que fosse, e Kit queria dar.

— Foi errado de minha parte.

— Você está perdoado.

— É mesmo?

Kit se aproximou ainda mais, até os peitorais de ambos se encostarem. Ele colocou a mão de leve na cintura de Percy, como se estivesse tentando atrair um gato vira-lata.

— E ontem à noite não pude ir para a cama com você. Tive que ir a um baile e ser repreendido por um ex enquanto virava picolé ao ar livre. Foi bem desagradável.

Kit se conteve para não apontar que foi Percy quem tinha saído sem dizer uma palavra. Em vez disso, colocou a mão nas costas dele.

— Você preferiria ter ido para minha cama?

— Claro que sim — disse Percy, soando um pouquinho indignado. Como se quisesse ser consolado.

Kit baixou a cabeça para beijar o queixo de Percy.

— Ainda podemos fazer isso — disse ele.

Era tudo tão excessivamente… terno, Kit pensou. Não era para ser assim. Ele tinha tentado dizer a si mesmo que apenas se divertiriam juntos. Mas ali, num beco escuro e úmido, ambos tinham entrado num terreno novo e perigoso.

Capítulo 32

Percy observou Kit franzir a testa para a porta do café.

— O que foi? — perguntou ele.

— Não está trancada. Pensei que Betty teria fechado e ido para casa, mas acho que esperou por mim.

Percy queria dizer que era óbvio que Betty o esperara. Os dois se preocupavam um com o outro em um nível que chegava a ser cômico. Eram criminosos infames e lutadores talentosos, mas agiam como se o outro fosse tão inofensivo quanto um filhote de gato.

Kit abriu a porta e gritou.

— Betty!

Não houve resposta. Percy viu que as velas e lamparinas estavam todas apagadas e o fogo na lareira, abafado.

— Talvez ela tenha deixado aberta para quem quer que esteja no andar de cima esta semana — sugeriu Percy.

Sempre parecia haver alguém ocupando o sótão, e ele teria apostado sua calça de couro nova que Kit nunca cobrava aluguel.

— Não há nenhum inquilino esta semana — assegurou Kit.

Dava para ver que ele estava prestes a insistir em confirmar a presença de algum invasor imaginário escondido em algum canto, então, para evitar isso, Percy agarrou o casaco de Kit e o empurrou contra a parede.

— Cale a boca — disse Percy, e o beijou antes que ele pudesse argumentar.

Kit Webb beijava de modo definitivamente desleal. Era uma injustiça. Era doce e hesitante e estava em total desacordo com a falta de cuidados pessoais e o passado criminoso. Ele o beijava como se não soubesse ao certo se tinha permissão, como se tivesse receio de ser acordado de um sonho.

Percy preferia manter seus amantes a uma distância segura e cordial, e era assim que ele tinha planejado que seriam as coisas com Kit, mas toda aquela doçura estava arruinando seus planos. Ele tinha certeza de que era isso que estava acontecendo quando beijou a orelha de Kit e sentiu o calafrio suave do homem contra sua pele. Foi assim que os planos de Percy foram por água abaixo.

— Preciso perguntar… — começou Kit.

— Cale a boca e continue me beijando — retrucou Percy. Ou tentou. Saiu mais como um ronronado, o que era culpa de Kit.

— … em nome de todos os santos, o que é isto que você está usando. Nunca vi tanto couro numa pessoa só. É obsceno — repreendeu Kit, com os lábios tocando o canto da boca de Percy. Segurou seu traseiro e depois desceu para as coxas.

— Acho que você deveria tirar. Mas já vou avisando que tem quase dez quilômetros de cadarço e mais botões do que uma pessoa sã poderia imaginar.

Kit soltou um murmúrio frustrado, depois subiu as mãos para o peito de Percy e voltou a descer para a bunda, como se pudesse fazer as roupas evaporarem ao toque.

— Antes de nos despirmos, deveríamos ir para aquela cama que você me prometeu — sugeriu Percy, passando a unha sob a cicatriz falsa e a enfiando num bolso.

Kit os guiou em direção à escada. Um deles devia ter se distraído no meio do caminho, porque Percy se viu sendo beijado de novo. Eles trombaram na parede perto do primeiro degrau, o peso de Kit esmagando Percy de modo bastante agradável. Percy estava começando a duvidar se conseguiriam mesmo chegar ao quarto e a considerar se a escada seria tão ruim assim, até que Kit mudou de rumo e eles de fato foram para o quarto dos fundos.

— Minha perna está ruim demais para a escada. — Foi tudo o que ele disse a título de explicação.

O fato de que o quarto dos fundos não tinha nada que se assemelhasse a um colchão de verdade, que dirá uma cama, normalmente teria provocado uma forte objeção, mas, naquele momento, Percy só conseguiu aprovar com um gemido.

— Nossa, como eu quero você — disse Kit, seu olhar deslizando pelo corpo de Percy de cima a baixo. — Não consigo parar de pensar nisso.

Percy praticamente o arrastou para o quarto dos fundos e fechou a porta com o pé. Estava se sentindo atrevido e exultante por causa do combate, da vitória e por saber que Kit tinha assistido a tudo.

— Como você me quer? — perguntou Percy.

Sua ereção apertava dolorosamente o couro inclemente da calça. Ele se apalpou numa tentativa inútil de se ajeitar e ouviu Kit sussurrar:

— Bote para fora.

Com dedos desajeitados e frenéticos, Percy conseguiu obedecer e soltar os laços. Voltou a si por um mísero segundo apenas para se envergonhar de sua reação quando Kit fechou a mão em torno dele. Percy soltou um soluço engasgado. Até aquele momento, não tinha se dado conta do quanto queria aquilo, do longo tempo que vinha desejando o toque de Kit. Ele empurrou o quadril contra o punho de Kit, o rosto afundado em seu pescoço quente e os lábios roçando a pele áspera, inspirando o cheiro dele.

Com uma das mãos ele começou a desamarrar a calça de camurça de Kit até finalmente a abaixar. Quase soluçou de novo quando seus dedos tocaram o pau de Kit, grosso e quente em sua mão.

Seria melhor não apressar as coisas. Percy queria tirar peça por peça das roupas de Kit e tocar toda a pele exposta. Fazia tanto tempo que pensava naquilo que queria fazer jus à sua imaginação.

Mas ele também sabia que não duraria. Na melhor das hipóteses, a demora serviria apenas para aliviar a tensão. Eles poderiam agir de modo mais sensato na próxima vez, com mais tempo e menos roupas. A próxima, inclusive, poderia ser dali a meia hora. Naquele momento, ele só precisava gozar e, a julgar pela respiração errática e pelo pau latejante, Kit estava num estado semelhante. Roçando no quadril de Kit, enquanto ainda deslizava a mão por seu pau de cima a baixo, Percy segurou a bunda dele com a mão livre e o puxou para perto, na esperança de que ele entendesse.

Kit recuou com um resmungo e um palavrão.

— Espere — disse ele, e virou de costas para Percy, com as mãos apoiadas na parede. Com a voz rouca e ofegante, pediu: — Me fode. Por favor.

Foi o "por favor" que acabou com Percy. Ele tinha certeza em seu coração, e em outras partes do corpo, que seria fodido naquela noite, mas quem era ele para negar um pedido feito com educação, ainda mais por um homem lindo com as calças na altura da coxa.

— Tem certeza? — perguntou Percy, pensando na perna de Kit.

— Por favor. Não consigo parar de pensar nisso. O óleo está no armário perto da porta.

Percy abriu o armário e tirou a rolha do frasco com a mão agitada. Voltou e pressionou Kit contra a parede. Deixou o pau deslizar pela bunda de Kit enquanto beijava seu pescoço. Estava se tornando obcecado demais por aquele pescoço em um tempo curto demais.

— Assim?

— Se não parar de fazer perguntas e me foder, nunca mais vou falar com você — ameaçou Kit, empinando a bunda.

— Certo. — Percy riu. — Acalme-se.

Percy colocou um pouco de óleo na mão e lambuzou os dedos. Voltando a beijar o pescoço de Kit, deslizou os dedos pela abertura da bunda dele, demorando-se sobre a entrada.

Kit soltou um palavrão e encostou a testa na parede.

— Por favor — repetiu ele, e Percy o penetrou com a ponta de um dedo.

Nossa, como aquele homem era apertado. Percy não conseguia enfiar mais, muito menos colocar um segundo dedo.

— Deixe-me entrar — pediu Percy, e a única resposta de Kit foi uma profanação incompreensível. — Certo, podemos ficar assim a noite toda, com meu dedo quase fora, ou você pode me deixar meter, Christopher.

Kit riu, era um som grave e profundo, que não combinava nem um pouco com o que Percy esperava naquele momento.

— Eu sabia que você seria assim.

— Assim como? — perguntou Percy.

— Impaciente. Falante. Um pouco maldoso.

— E você gosta disso? — perguntou ele, sem parar para pensar.

— Tem alguma coisa muito errada comigo.

Percy não sabia se estava se sentindo ofendido ou não, mas então Kit relaxou um pouco e o dedo de Percy penetrou mais.

— Isso. Assim mesmo. Mais, agora — disse ele, traçando círculos no quadril de Kit com a mão livre.

— Eu disse para você. — Kit arfou. — Nunca fiz isso antes.

— Você... como é?

— Não transo com homens. Ou não transava. Eu te disse.

— É, mas os homens sempre me falam que não transam com outros homens, logo antes ou depois de transarmos, então me perdoe se eu levar essas declarações com certo ceticismo.

Percy pressionou o peito nas costas de Kit, pegou a ereção dele e o masturbou lenta e languidamente enquanto movia o dedo dentro de Kit com cuidado.

Ele tentou se lembrar da última vez que fora o primeiro de alguém daquele jeito, e achou que devia ter sido quando ainda estava na escola. Muito provavelmente, tinha sido descuidado e ignorante, e não queria ser assim com Kit. Queria ser cuidadoso, queria que fosse bom, queria que fosse algo que fizesse Kit se sentir bem quando se lembrasse daquele momento no futuro.

Sussurrou incentivos e instruções gentis próximo ao pescoço de Kit e só depois de um tempo percebeu que estava falando como Kit havia falado durante as aulas de luta.

— Tem certeza de que não quer ir para o chão? — perguntou ele quando enfiou outro dedo em Kit.

— Não posso. Minha perna. Puta que *pariu*. Por favor, Percy, vá logo — murmurou Kit.

Percy se lambuzou com o óleo e puxou o quadril de Kit para trás para que ele se curvasse um pouco na altura da cintura. Então enfiou a cabeça do pau na entrada de Kit. Como ele esperava, Kit ficou tenso, é óbvio, mas então se forçou a relaxar.

Percy se moveu devagar, mais lento do que já tinha feito alguma vez na vida. E continuou falando, incentivando e tranquilizando Kit sem parar. Não conseguia se segurar, embora soubesse que Kit zombaria dele depois por não conseguir calar a boca. Percy disse como estava gostoso, como Kit era lindo, como estava indo bem, como queria que Kit pudesse ver. A palma das mãos de Kit estava na parede, os dedos curvados como se buscasse algo em que se segurar, então Percy colocou as mãos sobre as dele e entrelaçou seus dedos.

Quando Percy estava totalmente dentro, Kit repousou a bochecha na parede, e Percy por fim conseguiu encontrar seus lábios para mais um beijo. Continuou tagarelando — *Céus, maldição, olhe só para você*. Falou as palavras nos lábios e na orelha de Kit, em seu pescoço, transformou as palavras em beijos e os beijos em palavras.

Eles estavam próximos e num ângulo ruim demais para fazer qualquer coisa além de roçar um no outro. Percy deslizou o pau de um jeito que fez os xingamentos de Kit assumirem um tom desesperado. Era tudo demais para uma foda no quarto dos fundos, para uma rapidinha contra a parede. Era tudo demais para quem eles eram um para o outro.

E, durante todo esse tempo, Percy não conseguia parar de falar, não conseguia parar de dizer coisas que eram verdadeiras na mesma medida em que eram imprudentes. Deveria estar se concentrando em tornar a experiência melhor para Kit em vez de repetir como Kit era *lindo*, como estava sendo maravilhoso com ele. Uma voz dentro da cabeça de Percy disse para ele parar de ser assim — fraco, carente e desesperado —, mas então ele viu a forma como Kit reagia e pensou que não devia ser tão ruim assim.

Tirou uma das mãos e a levou ao pau de Kit, que gemeu ao contato, contraindo-se em torno de Percy de modo que o fez quase soluçar. Algumas estocadas, e Kit estava gozando, dizendo o nome de Percy em um suspiro estrangulado, com o corpo quente e tensionado contra o seu. Percy tirou e gozou na própria mão, em um clímax tão intenso que quase o desequilibrou. Ele caiu contra Kit e poderia ter ficado lá para sempre, se não tivesse se lembrado da perna.

— Como está sua perna?

— Como está minha *perna*? Você acabou de meter o pau no meu cu e está me perguntando como está minha *perna*?

— Era para ser uma pergunta geral sobre seu bem-estar, mas se deseja me dar uma lista detalhada das condições variadas de seu corpo, por favor, fique à vontade — disse Percy, com elegância.

Os ombros de Kit começaram a tremer, e Percy percebeu que o filho da puta estava rindo.

— Ah, quem liga para sua perna. Ou seu cu, aliás. Vá para o inferno.

Percy fungou. Mas se afastou apenas para tirar uma coberta do armário, jogá-la no chão e fazer sinal para Kit se deitar.

— O quê…

— Ah, cale a boca — disse Percy, afastando-se.

Ele entrou no café para encher um jarro de água ainda morna da chaleira e pegar alguns panos, então os umedeceu e os levou para Kit, que estava apoiado em um dos cotovelos.

— Isto é para qualquer parte de seu corpo que você ache que esteja precisando — declarou Percy, estendendo o pano com elegância. — Ou você pode usá-lo para lustrar os móveis, estou pouco me lixando. Por favor, não se sinta obrigado a…

Kit puxou a ponta das botas de Percy de uma forma que o fez tropeçar. Percy se equilibrou a tempo de cair na coberta ao lado de Kit.

— Aff, não sei por que gosto de você — comentou Percy, mas logo se arrependeu.

Um segundo depois, permitiu-se se questionar por que seria algo ruim de admitir. Além da última meia hora, que naturalmente poderia ser explicada por uma série de outras coisas nem um pouco tão ternas quanto *gostar*, foram várias as semanas de risos e conversas. Admitir isso não deveria ser nem sequer relevante.

Por sorte, ele foi poupado de refletir mais sobre esse tema tão entediante e infrutífero, pois a boca de Kit encontrou a sua. Foi diferente dos beijos anteriores, mais lento e menos urgente. Preguiçoso até. Uma das mãos de Kit deslizou pelo cabelo de Percy, que se arqueou ao toque. Quando Percy estava prestes a se perguntar se aquele era o momento ideal para tirar o restante das roupas que, por alguma razão inexplicável, ainda estavam usando, Kit ficou imóvel.

A princípio, Percy não entendeu o que havia acontecido. Pensou que talvez ele tivesse machucado a perna. Então Kit se levantou, empurrando-o para trás de si. Sacou a faca que mantinha no cinto e rosnou "Mostre a cara" para um vulto que havia surgido no batente da porta que Percy tinha deixado aberta.

Percy estava calculando quanto tempo levaria para chegar ao estojo de armas que tinha abandonado feito um idiota perto da porta da frente.

— Ora, sim, pretendo mostrar, Kit. Acalme-se, por favor.

Naquele momento, algo estranho aconteceu com o rosto de Kit. Ele ficou tão pálido que Percy pensou que talvez tivesse, sim, se machucado. Então deixou a faca cair ao lado do corpo enquanto abria a boca.

— Rob? — murmurou Kit.

Capítulo 33

— Que interessante me deparar com uma cena destas ao voltar para casa — murmurou Rob, alternando o olhar entre Kit e Percy. — Quero saber *tudo*.

— Ele não é importante. O que quero saber é em que diabo de lugar você estava e por que me deixou pensar que estava morto por um ano?

— Eu também estava com saudade. — Rob entrou no quarto dos fundos e olhou ao redor. — Lar, doce lar.

— Eu perguntei onde você estava.

— É uma longa história, querido, e acho que deve ser guardada para quando estivermos sozinhos. Por falar nisso, sinto muitíssimo por interrompê-lo. Parece que aprendeu muitas coisas interessantes enquanto eu estive fora.

— Não é o que parece.

— O que parece é que estava transando com um fidalgote.

Kit sabia que Rob estava tentando distraí-lo, mas também não conseguia suportar a ideia de ver o amigo voltar e pensar que Kit tinha abandonado todos os seus princípios e ido para a cama com o inimigo.

— Cale a boca. Onde você estava?

— Vou interromper por um instante — disse Percy, lançando um olhar ácido para Kit. — Prazer em conhecê-lo — falou para Rob, executando uma reverência elegante. — E você, vá à merda. — Ele passou trombando por Kit, parando apenas para pegar o casaco e a bolsa. — Isto foi esclarecedor, cavalheiros.

A porta se fechou com um baque quando ele saiu.

Kit sabia que deveria ir atrás de Percy. Falara algo errado, algo que sem dúvida lhe ocorreria muito tempo depois e pelo que se sentiria devidamente arrependido, mas no momento tudo em que conseguia pensar era Rob. E, verdade seja dita, estava irritado com Percy por tê-lo distraído.

— Acho que você não foi muito gentil — comentou Rob, balançando a cabeça com tristeza.

— Não é *disso* que vamos falar. Pelo amor de Deus, Rob, faz um ano.

Rob suspirou como se tudo aquilo fosse terrivelmente entediante. Foi até a lareira e pegou um atiçador, então o usou para reavivar as chamas.

— Sabe, eu tinha esquecido que havia uma lareira à lenha aqui. Pensei neste lugar mil vezes no último ano e me esqueci completamente de seu preconceito infundado contra o carvão.

— Estraga os grãos — retrucou Kit de modo automático, como fizera todas as outras vezes em que ambos tiveram aquela discussão, depois desviou os olhos para não ver se Rob estava sorrindo.

Rob olhou dentro da lareira para ver se havia água suficiente para duas xícaras de chá, então a pendurou sobre o fogo.

— Fui ferido naquele último serviço.

— Você levou um tiro no peito. Vi você cair.

Tinha sido um mar de sangue. A última coisa que Kit vira antes de perder a consciência fora sangue. Depois que ele fugiu da cadeia, Janet e Tom explicaram que fugiram assim que os tiros foram disparados e que, quando voltaram, não havia nem sinal de Rob. Todos então presumiram que ele estava numa cova de indigente.

— Acertou meu ombro. Um tiro certeiro, e não me incomoda mais em nada — disse ele, franzindo a testa para a bengala de Kit. — Tive que me esconder por alguns dias, e, quando voltei a Londres, havia uma mensagem de minha mãe esperando por mim. Levei várias semanas para, ah, lidar com isso.

— Sua mãe sabia?

— Não, por Deus, não. — Pela primeira vez, Rob pareceu angustiado. — Fiquei furioso com ela. Confie em mim quando digo que era melhor que não ficássemos no mesmo país. Não planejei fingir minha morte e desaparecer por um ano, Kit. — Seu maxilar estava cerrado. — Acredite em mim quando digo que tive que partir. Espero que me conheça o bastante para acreditar que eu não teria feito isso se tivesse outra escolha.

Kit queria acreditar, queria mesmo.

— E essa carta dizia o quê?

— Queria poder lhe contar. — Rob soava sincero, o filho da mãe. — Há certas coisas que não desejo colocar sobre suas costas, meu amigo.

Kit passou a mão pelo cabelo e se sentou numa das cadeiras perto do fogo.

— Você vai precisar contar algo, certo? Achei que você estivesse *morto*. — Kit havia sofrido pela morte daquele imbecil. — Betty *chorou*.

— Bem, isso é terrível. Ouso dizer que as plantas sob os pés dela murcharam e morreram. Lágrimas de puro vitríolo. Então, quem é aquele sujeito de cabelo amarelo, e há quanto tempo isso está acontecendo? Devo dizer que estou ofendido que você nunca tenha tentado comigo. Sabe muito bem que meus gostos são vastos. Estou magoado, vou lhe dizer, magoadíssimo.

— Você voltou dos mortos para reclamar que estou trepando com um homem que não é você? Está falando sério?

— Claro. Esse assunto precisa ser tratado.

— Não, não precisa mesmo. Posso ir para a cama com quem eu quiser, sem ter que dar satisfação para você.

— Você quase nunca vai para a cama com ninguém. É porque não gosta de mulheres?

— Não — disse Kit, esforçando-se para permanecer calmo. — Quase nunca vou para a cama com ninguém porque quase nunca conheço alguém com quem eu queira ir para a cama. O fato de ele ser um homem não importa.

Tarde demais, Kit se deu conta de que havia falado mais do que devia.

Rob soltou um assobio.

— Você... gosta dele, então?

A negação estava na ponta da língua de Kit, mas, pela cara de Rob, seria em vão. Além disso, ele já havia falado de Percy com desprezo naquela noite e não queria repetir.

— Gosto, não que seja de sua conta. E isso é tudo que desejo dizer sobre o assunto. Agora, se o que você vai me contar é que sua mãe lhe deixou uma mensagem misteriosa que exigia que seus amigos *e sua mãe* pensassem que você estava morto, imagino que eu tenha que fazer uma visita a ela.

— Eu não faria isso, meu velho amigo. Talvez ela não esteja se sentindo lá muito hospitaleira. Você está recebendo a notícia muito melhor do que ela.

Kit deu um gole no chá que Rob colocara ao lado dele. Como sempre, Rob tinha posto açúcar demais. Kit se contraiu.

— Se faz você se sentir melhor, não foi minha intenção fazê-lo pensar que eu estava morto. Não a princípio, pelo menos. Pensei que *você* estivesse morto. Os jornais informaram tudo errado, se não se lembra.

— Desgraçados.

Os jornais que tinham chegado a Kit enquanto ele estava na cadeia foram uma mistura confusa de boatos. Alguns dias depois de sua prisão, outro roubo ocorrera mais ou menos na mesma região e acabou com o salteador morto a tiros. Os detalhes sobre os dois incidentes se misturaram, e, como sempre, ninguém tinha certeza da identidade dos criminosos, então os jornais haviam reportado que Jack Mão Leve havia morrido. Na época, Kit presumiu que Rob estivesse morto e decidiu que Jack Mão Leve morreria com ele.

— Só descobri que você estava vivo muito depois — disse Rob.

— Aonde você foi? Pelo menos isso deve poder me dizer.

— França — respondeu Rob, franzindo o nariz. — Pretendo nunca mais pôr os pés num barco de pesca pelo resto da vida.

— E terminou o que queria fazer?

— Não, ainda não. Mas receio que precise terminar — disse Rob, contemplando o fogo.

Havia uma determinação sombria em seu tom que fez Kit relembrar os primeiros meses que passaram na estrada depois que suas vidas foram destruídas e tudo o que conseguiam enxergar era raiva e tristeza. Kit sentiu os pelos dos braços se arrepiarem.

Rob soltou uma risada abrupta.

— Mas você realmente fez besteira com seu cavalheiro. Meu Deus, isso me lembra de quando Jenny jogou todas as suas roupas no jardim. O que tinha feito daquela vez?

— Deixei o cachorro entrar em casa, e ele comeu um presunto inteiro — disse Kit, sorrindo de modo involuntário. — Ainda não sei se Jenny ficou mais irritada com o presunto ou com o cachorro doente.

Rob riu de novo, e a luz do fogo iluminou seu rosto. Havia rugas que não existiam um ano antes, e parecia fazer tempo que ele não tinha uma boa noite de sono ou um prato de comida cheio. Estava muito magro e exausto.

— Seus antigos aposentos no terceiro andar estão vazios. Encaixotei suas coisas e as coloquei no sótão, mas vou te ajudar a descê-las amanhã.

— Você ainda está dando uma cama de graça a todos os vadios e vagabundos da região metropolitana de Londres?

— Só aos vadios e vagabundos de que gosto e em quem confio — respondeu Kit, sorrindo enquanto bebericava o chá.

— Seu cavalheiro é um desses?

— Se eu gosto e confio nele? Eu gosto dele. Confiar já é demais.

— Que bom.

— Ele me procurou há um mês e me pediu para fazer um serviço para ele. Eu não conseguiria, por causa desta filha da puta — ele deu um tapinha na perna —, mas estou ensinando como ele próprio pode fazer.

— Um cavalheiro? — perguntou Rob, em aparente incredulidade. — Transar com ele é uma coisa, mas...

— O que *achou* que eu faria enquanto estava se fingindo de morto? Achou que eu ficaria feliz em passar os dias fazendo café? Ou achou que eu seguiria como sempre, só que sem você?

— Tentei não pensar nisso. Por que estamos tendo esta conversa sóbrios?

Rob tirou um frasco do que Kit sabia ser gim e serviu um pouco em seu chá. Kit cobriu sua xícara com a mão.

— Sério? — perguntou Rob, mas tampou o frasco e o devolveu ao casaco. — Sóbrio, transviado, amigo de figurões. Mais alguma coisa que eu deva saber sobre como passou o último ano?

— Não se esqueça de aleijado — acrescentou Kit com ironia, depois se sentiu mal quando Rob pareceu preocupado.

— É muito ruim?

Kit percebeu que o amigo o vira dar apenas alguns passos.

— É. Muito ruim.

Kit se deu conta, porém, de que as palavras não tinham saído amarguradas. Um mês antes, ele não conseguia pensar em seu ferimento sem sentir que havia perdido uma parte de si mesmo.

Mas começava a sentir que ainda era Kit Webb, só que com uma perna que não funcionava bem.

— O que aquela aranha está fazendo? — perguntou Rob, levantando-se e caminhando até a escada. — Você ficou cego também?

Ele ergueu a mão para limpar as teias.

— Não se atreva. Apenas baixe a cabeça quando subir a escada. — repreendeu Kit, levantando-se. Rob se virou e o encarou. — Ela só está levando a vidinha dela, certo?

Rob o encarou como se Kit estivesse falando em outra língua, mas então ergueu as mãos em sinal de rendição. Por fim, serviu mais uma xícara de chá para os dois.

Capítulo 34

Kit acordou com o corpo todo em franca revolta. Toda a andança pela cidade no dia anterior não havia feito bem nenhum à sua perna, e ele devia ter se apoiado mal na bengala porque sentia o ombro e as costas num estado deplorável. Passou um minuto com os olhos fixos em uma rachadura no teto, temendo a perspectiva de se arrastar para fora da cama, até lembrar que Rob estava de volta.

Agora ele podia incluir um enjoo à lista de reclamações. Rob estava aprontando algo, o que era basicamente seu estado natural, mas dessa vez não envolvia Kit. Ele conseguiu pensar em poucos motivos para Rob não revelar um segredo e não gostava de nenhum.

Resmungou e soltou palavrões enquanto se lavava e se vestia. Quando chegou ao topo da escada, perguntou-se se seria muito ruim… escorregar de bunda, talvez. Sem dúvida não doeria mais do que descer andando e proporcionaria algo de novo a seu dia.

— Aí está você! — gritou Rob, ao pé da escada.

Dava para sentir o cheiro de café queimado e mais alguma outra coisa igualmente queimada: torrada ou bolo de aveia. Rob conseguia queimar tudo o que preparava. Durante os meses que haviam passado na dureza, ele conseguira esturricar até sopa; pelo jeito, um ano dado como morto não tinha melhorado em nada suas habilidades culinárias.

— Tive um probleminha com o café da manhã. Acho que vou sair e comprar um pão pra gente. Por que está parado aí?

— Estou tentando convencer minha perna a se mover.

— Precisa de ajuda? — perguntou Rob, um pouco animado demais.

— Não — respondeu Kit, fechando a cara para não demonstrar a dor enquanto descia o primeiro degrau. — Só vá embora e pare de me olhar.

— Irritadinho — protestou Rob, mas saiu.

— Você vai matar Betty de susto quando ela chegar — comentou Kit quando finalmente desceu a escada.

— Ah, eu a vi ontem. Foi ela que me deixou entrar. Cerca de dois minutos depois de chutar minhas bolas e me dar um soco na barriga. Sério, você está levando isso melhor do que ninguém.

— Não acredito que contou para Betty antes.

— Vim aqui para contar a você *e* a Betty. Mas por acaso eu a encontrei antes porque você estava ocupado sendo apalpado por cavalheiros. Quem é ele, afinal?

Kit se lembrou do que ele e Percy fizeram. Teve receio de que seria estranho e diferente com um homem. E é óbvio que era diferente, mas no fim das contas era gozar com alguém de quem ele gostava — e muito, aliás. Quando se lembrou de Percy em seu ouvido, alternando palavras reconfortantes e repreensivas, quase conseguia sentir o corpo dele ainda encostado no seu.

— Kit? — repetiu Rob, trazendo-o de volta ao presente. — Ele tem nome?

— Percy.

Kit não sentiu nenhuma necessidade de explicar quem Percy era, muito menos quem era o pai dele. Rob já acharia que Kit estava fora de si por se aproximar de um aristocrata, e seria bem pior se soubesse que o pai de Percy era o duque de Clare.

— Quem quer que seja, não pareceu nada contente com você ao sair ontem à noite. As pessoas não gostam muito de ser chamadas de desimportantes.

Kit se retraiu, lembrando-se das próprias palavras. Mas, se Percy tinha ficado chateado por isso, era praticamente uma admissão de que queria ser importante para Kit. E o pensamento fez o coração de Kit saltar, esperançoso. Ele quis encontrar Percy naquele mesmo minuto e pedir desculpa, mas teria que esperar sua perna melhorar um pouco.

Ao longo da manhã, embora fosse um domingo e o café estivesse fechado, algumas pessoas apareceram depois que a notícia da volta de Rob se espalhara. Ao cair da noite, havia um clima festivo no café, com gente que Kit não via fazia mais de um ano chegando para ver o amigo. Toda vez que a porta se abria, Kit se virava, na esperança de que fosse Percy, embora soubesse que era improvável. Estava cercado por quase todos que conhecia, mas a pessoa que mais queria ver estava do outro lado da cidade, numa linda casa, a um mundo de distância.

Até Janet apareceu, com um bebê aconchegado nos braços. Kit soube que ela havia engravidado, mas ver a prova viva foi surpreendente. Ela parecia bem — cansada, e mais roliça do que ele jamais vira.

— Imagino que você não se interessaria por um serviço — disse Kit, pegando o bebê no colo e aninhando-o junto ao peito.

A criança era tão leve que parecia que um vento forte poderia levá-la embora. Ele posicionou a mão com mais firmeza nas costas do bebê.

Janet lançou um olhar sisudo para ele.

— Eu lá pareço capaz de subir numa árvore? E eu adoraria saber como atirar uma flecha com estes aqui na frente — disse ela, apontando para os seios. — Falei para você conversar com Hattie, da feira.

Kit concordou com um murmúrio e voltou o nariz para a cabeça do bebê, inspirando o aroma de leite e roupas limpas e o que mais fazia os bebês terem aquele cheirinho peculiar.

— Como ele se chama?

— Sam. Ainda não tivemos tempo de batizá-lo.

Hannah também não tinha sido batizada. Kit não conseguira fazer aquilo sozinho, não com Jenny na prisão. E, depois de tudo, aquela se tornou a menor de suas preocupações.

— É um nome bonito — ele se obrigou a dizer. — Vá lá e me deixe cuidar dele um pouco. Se ele precisar, imagino que você vá escutar o berreiro.

Janet, que talvez soubesse sobre o passado de Kit, ou talvez tenha notado algo na expressão do rosto dele, ou talvez apenas estivesse grata por alguns minutos sem o bebê, aproximou-se e deu um beijo na bochecha de Kit e desapareceu na multidão.

Alguém trouxe uma garrafa de gim, e outra pessoa chegou com uma pilha de tortas. Ainda com o bebê no ombro, Kit se sentou com cuidado numa cadeira. A criança se assustou um pouco com o movimento, e Kit deu uns tapinhas nas costas dele, sussurrando em seu ouvido para acalmá-lo.

Betty se aproximou com uma caneca de cerveja.

— Você está bem?

— Ainda não superei o choque. E você?

— Rob tem sorte por eu não ter quebrado o nariz dele. Ele contou onde passou esse tempo todo, além de que era segredo?

Kit fez que não.

— Vou falar uma coisa: não estou gostando nada disso.

Kit ficou em silêncio por um tempo, pensando apenas na respiração lenta da criança em seus braços.

— Eu também não — disse ele, por fim.

Queria dizer mais, mas não sabia expressar sua gratidão por ter Rob de volta nem sua apreensão com isso. De repente, passou-lhe pela cabeça que o que ele realmente queria era conversar com

Percy; Kit tinha certeza de que Percy entenderia a sensação de ter uma gota de desconfiança em um mar de amor. Imaginou como seria se pudesse desabafar com ele, e se Percy pudesse fazer o mesmo. Parecia uma ideia inalcançável, a quilômetros do que tinham feito na noite anterior.

Mas era o que Kit queria, e se perguntou se Percy também queria. Não sabia se conseguiriam, mas pretendia tentar.

Capítulo 35

Percy estava começando a pensar que aquele roubo seria apenas o começo de sua vida criminosa, porque também teria que tentar a sorte no mundo do sequestro. Não se surpreenderia se o duque tentasse manter Marian longe de Eliza. O problema não era sequestrá-la — por mais barulhenta e propensa a se contorcer que ela fosse, poderia ser escondida sob um manto e então… Bem, Percy não tinha a mínima ideia do que fazer com crianças, mesmo se fosse uma adquirida por meios mais tradicionais do que sequestro.

— É admirável como você é portátil. Pelo menos temos isso a nosso favor — disse ele.

Como de costume, ela fez um barulhinho que soava como "fffff" e apertou o dedo dele em seu punhozinho gordo.

— Isso, exatamente — concordou ele.

Percy tinha mandado a ama de volta para a cama e, pela porta fechada, conseguia ouvir seus roncos baixos. Poderia simplesmente sair da casa com a bebê. Antes que alguém notasse que a criança tinha desaparecido, ele estaria do outro lado da cidade. É provável que até tivesse tempo de passar em seus aposentos e encher os bolsos com um punhado de itens de valor.

Os dois poderiam viver disso por algum tempo, se Percy conseguisse desvendar como as pessoas viviam com pouco dinheiro. Ele poderia perguntar a Kit como alugar quartos e adquirir comida e leite. Estava irritado com o salteador no momento, mas tinha certeza de que ele não recusaria ser cúmplice de um sequestro — não sob aquelas circunstâncias, ao menos. Que humilhante precisar pedir aulas de como viver como uma pessoa normal.

Eliza soltou um barulho grosseiro, e Percy ergueu as sobrancelhas.

— Sim, terrivelmente vulgar, concordo.

Ele se sentiu envergonhado por pensar em mergulhar a irmã na obscuridade. Porque mesmo a filha ilegítima do duque de Clare e de lady Marian Hayes deveria viver, no mínimo, como uma dama, não como uma órfã anônima num apartamento em algum fim de mundo onde eles nunca seriam descobertos.

Depois de devolver a bebê ao berço, Percy começou a reunir um conjunto de objetos para Collins vender. Três broches, sua caixa de rapé menos favorita, uma espada ornamental que era tão desbalanceada que Percy se irritava só de olhar para ela. Não fazia ideia do quanto conseguiria por aqueles objetos, tampouco se lembrava do quanto havia pagado por eles, mas tinha a impressão de que não ajudariam muito a sustentá-lo da forma como estava acostumado. Acrescentou um anel de safira, um jogo de pistolas de duelo cravejadas de joias e um espelhinho dourado.

Coube tudo numa bolsa pequena e ainda sobrou espaço. O cômodo estava cheio de bugigangas e quinquilharias. De quantos objetos daqueles Percy realmente precisava? Aceitara a perda de sua caixa de rapé menos favorita, mas e as outras cinco? Nem gostava de rapé. E de quantos anéis um homem precisava? Percy tinha uma certeza terrível de que a resposta era nenhum.

— Milorde? — chamou Collins ao encontrar Percy ajoelhado diante de uma pequena montanha de objetos brilhantes.

— Por acaso sabe quanto custa alugar um apartamento decente?

— Milorde? — repetiu Collins, dessa vez em um tom de espanto.

— Em breve vou me encontrar em circunstâncias menos avantajadas — explicou Percy, com cuidado. — Separei alguns objetos sem os quais creio que eu possa viver. Você por acaso sabe como se vendem essas coisas?

Se Collins achou que era uma pergunta ignorante, não demonstrou.

— Sim, milorde. Estou correto em supor que milorde e seu pai…

— Pode falar abertamente, Collins. E pode se sentar também.

— O duque vai deserdar o senhor?

— Por enquanto, não — disse Percy, porque essa parte era verdade. — Mas acho melhor me preparar.

— Muito prudente.

— É segredo, Collins.

— Claro, milorde.

— Você precisa saber que… — Percy engoliu em seco. Aquilo era mais difícil do que havia previsto. — Talvez não seja bom para você se manter sob meu serviço. Algumas verdades inconvenientes estão prestes a vir à tona. Eu continuaria com você, mas, para seu próprio conforto, talvez seja bom procurar outro emprego.

— Acredito que a atitude costumeira é ir para o continente, milorde.

— Como assim?

As bochechas de Collins ficaram coradas de vergonha.

— Quando se teme perseguição pelo tipo de atividade que pode ser descrita como…

— Ah. Fato.

Se Collins pensava que Percy estava prestes a ser perseguido por sodomia, era melhor ainda.

— Conseguimos chegar ao paquete para Calais antes do cair da noite, milorde.

Percy o encarou.

— Se meu navio vai afundar, não há motivo para você estar nele. Posso encontrar um lugar para você com um cavalheiro respeitável, Collins. As pessoas estão tentando roubá-lo de mim há anos.

— Não, obrigado, milorde.

— Collins...

— Se o senhor deseja dispensar meus serviços...

— Não. Não é isso — Percy apressou-se a dizer.

— Se posso fazer uma sugestão, talvez milorde pudesse se animar ao vestir algo diferente de roupas sujas de equitação? Esta calça bastaria para colocar qualquer pessoa num estado de espírito melancólico.

Percy baixou os olhos e viu que de fato ainda estava usando as roupas de montaria daquela manhã.

— Bem pensado, Collins.

Percy se permitiu ser vestido com um de seus conjuntos mais elegantes: cor de ameixa com bordados lilás, comprado em Paris por um valor expressivo. Admirando-se no espelho cheval, teve um pensamento preocupante.

— Creio que terei que vender algumas roupas também.

— Parte delas, milorde. Mas qualquer que seja o destino que o aguarda, o senhor precisará enfrentá-lo usando algo que não sejam trapos ou aniagem.

Era um conselho sensato e reconfortante. Quando o valete saiu, Percy refletiu sobre o que faria pelo resto do dia. Fazia algum tempo que não visitava Kit usando algo respeitável. Poderia dar uma passada no café e proporcionar uma pequena excitação a ele ao permitir que olhasse para seus tornozelos discretamente. Mas ele tinha se comportado de modo abominável no dia anterior, e Percy não estava disposto a recompensá-lo.

Se Percy se permitisse deixar de lado a raiva e a humilhação que impregnavam a lembrança, talvez conseguisse entender que Kit tinha sido surpreendido. Surpreendido poderia até ser um eufemismo para a sensação de ser confrontado por alguém que voltou do mundo dos mortos. Talvez fosse mesquinho da parte de Percy dar valor demais ao que Kit dissera naquele momento.

Normalmente, se um amante o tratasse com um comportamento abaixo da civilidade perfeita, ele sairia andando e nunca mais olharia para trás. Tratava seus casos com o mesmo sangue-frio com que lidava com todo o resto. Fora ensinado a manter as pessoas a certa distância e, por precaução, deixava-as ainda mais longe.

Essa regra se aplicava não apenas a amantes, mas a todos. Marian era a única exceção, e Percy sempre suspeitara que ela tinha entrado em sua vida por uma brecha que só existia porque os dois tinham se conhecido antes que ele aprendesse a dominar as emoções. *Afetuoso é apenas outra palavra para fraco*, era o que sua mãe sempre dizia.

Percy tinha acreditado nela. Ainda acreditava. Sua mãe o ensinou a sobreviver apesar da fraqueza dentro dele. Ela o ensinou a se proteger com uma couraça de orgulho e poder.

Agora, ele queria ir rastejando até Kit e exigir garantias de que não tinha falado sério. Queria admitir o quanto gostava dele e repetir de novo e de novo até Kit dizer que sentia o mesmo. O que era pior, queria contar todos os seus problemas a Kit — desde a bigamia do pai e o conteúdo do livro ao destino de sua irmã e de Marian —, não porque pensasse que Kit poderia fazer algo a respeito disso, mas porque queria que um amigo lhe dissesse que tudo ficaria bem.

Era patético. Percy pensava ter dominado havia muito tempo aquela necessidade deplorável de consolo e afeto.

Naquela noite, quando ouviu batidas na janela, não ficou surpreso.

225

— Recebi sua mensagem — disse Marian, entrando no quarto e deixando uma sacola no chão. O conteúdo tilintou. — O que aconteceu?

Ele serviu dois copos de conhaque e se sentou numa das poltronas diante da lareira, fazendo sinal para que Marian ocupasse a outra.

— E se desistirmos do roubo?

Ela deu um longo gole na bebida e tamborilou no braço da poltrona.

— Estava me perguntando quando você sugeriria algo assim.

Ele ficou quase zonzo de alívio. Era óbvio que os dois estavam malucos; todo aquele plano não era nada além de uma *folie à deux*.

— Então você concorda.

— É claro que não, Percy. Nem um pouco. Seu pai fez algo imperdoável contra nós dois e não sei se consigo viver sabendo que ele não foi castigado por isso.

— Pessoas seguem em frente o tempo todo — disse Percy, pensando em Kit. — Vivem a vida, sabendo que alguém que as prejudicou está vivo e bem.

— Mas temos uma chance de tirar algo dele também. — Ela se inclinou para a frente, com brilho nos olhos. — Temos uma chance de tornar as coisas... não justas, nem igualitárias, mas um pouco menos injustas. Sei que é pequeno e mesquinho, e sei que estou sendo rancorosa, mas rancor é tudo o que tenho agora.

Ele concordou, lembrando-se de sua conversa com Kit.

— É uma questão de honra.

— Estou longe de me sentir honrosa agora, Percy.

— Essa sensação que eu e você temos de que algo foi tirado de nós... É nossa honra. A necessidade que temos de fazer o duque pagar não é nem um pouco diferente de chamar um homem para um duelo. Não é pequeno nem mesquinho. Fui criado ouvindo histórias sobre a honra dos Talbot e a honra dos

226

Percy, e todas essas histórias se resumem a pessoas assumindo riscos inexplicáveis para defender o que e quem valorizam.

Percy poderia pegar todos os seus broches e anéis, vender até o último metro de seda em seu guarda-roupa e levar uma vida simples. Marian poderia morar com Marcus ou talvez até ficar numa das propriedades menores do duque. Os dois poderiam ser felizes, apesar da sensação incômoda de incompletude de quando lembravam que o duque ainda tinha seu nome, sua fortuna e sua nobreza.

Mas os Talbot não deixavam a honra ser manchada, e os Percy também não.

Percy se deu conta de que errou quando disse a Kit que honra era apenas rancor mascarado; rancor era honra quando era a única arma que se tinha contra alguém mais poderoso.

— Você está certa — disse Percy, devagar. — Só fiquei com medo. — Ele estendeu a mão, e Marian a segurou por um longo momento, até que se levantou e abriu a janela. — A casa toda está dormindo. Você poderia ir até seus cômodos como uma pessoa sensata.

— Poderia mesmo — respondeu ela, olhando para trás, com um pé já no batente —, se não tivesse assuntos para tratar em outro lugar ainda hoje.

— Hoje? Já passou das duas da manhã.

— Aliás — disse ela, apontando para a sacola que havia largado —, pode vender aquelas coisas para mim, por favor?

Percy nem teve tempo de protestar, pois Marian já tinha ido embora.

Capítulo 36

Levou mais um dia para Kit sentir que conseguia andar por mais do que alguns metros, mas, mesmo assim, teve que alugar um cavalo para ir até o parque.

Sabia que Percy saía para cavalgar todo dia de manhãzinha, e não teve dificuldade para encontrá-lo. O parque ainda estava quase vazio, exceto por vultos escuros voltando sabe-se lá de que travessura haviam aprontado na escuridão. O terreno estava coberto por uma névoa que vagava sobre a grama. A maioria das pessoas veria isso como um sinal de que era necessário mais cautela, mas Percy era descuidado com a própria segurança, portanto Kit seguiu o som de trotes de cavalos até avistá-lo correndo pela trilha, desaparecendo na névoa e então reaparecendo quase em um passe de mágica.

Percy cavalgava do mesmo modo com que lidava com tudo — com uma elegância que fazia a vida parecer fácil. Era rápido e ágil, e observá-lo era um prazer. Mesmo com roupas largas e o cabelo preso e escondido sob o chapéu, era possível ver as linhas longas de seu corpo.

Kit já sabia que Percy era bonito — sabia disso desde a primeira vez que o filho do duque entrara no café, e todos os encontros posteriores eram apenas provas supérfluas. Mas o prazer que Kit sentia em observá-lo não era só porque Percy era bonito nem mesmo porque era talentoso. Era porque Percy era *Percy*.

Kit gostava de olhar para Percy pelo mesmo motivo que tinha morrido de medo ao vê-lo lutar com uma espada: simplesmente porque gostava daquele homem.

Disse a si mesmo que gostava de muita gente, embora soubesse que não era verdade. Disse a si mesmo que era normal gostar de uma pessoa, mesmo que, em tese, tudo nela se opusesse às suas convicções profundas sobre como alguém deveria ser.

Disse a si mesmo que gostar não significava que nutrisse sentimentos mais ternos, e beijar também não, aliás.

Disse tudo isso a si mesmo e não acreditou em uma única palavra. Apertou o pacote que segurava na mão livre e, quando a névoa se dissipou, aproximou-se da trilha do cavalo de Percy.

— Cuidado por onde anda, por favor — gritou Percy, ofegando e puxando as rédeas. — Receio que eu não esteja com paciência para derramamento de sangue nesta manhã.

Pelo comentário, ele devia ter reconhecido Kit, porque sua expressão se fechou por completo.

— Vim para implorar seu perdão — disse Kit.

— Pelo quê? — perguntou Percy, depois de hesitar por um segundo.

— Por dizer que você não era ninguém. Por dizer que não era importante.

— Está pedindo desculpas por magoar meus sentimentos com uma verdade desagradável ou por mentir?

— Por magoar seus sentimentos com uma mentira.

A resposta devia ter sido satisfatória, porque Percy desmontou e se aproximou até ficar cara a cara com Kit.

— Por que disse aquilo?

— Não queria que Rob soubesse que eu estava... que estou me afeiçoado a uma pessoa como você.

— E o que exatamente é uma pessoa como eu?

— Um riquinho dos infernos.

Percy soltou um riso surpreso e um tanto amargurado.

— E foi nisso que pensou quando viu que seu amigo, aquele que você passou um ano achando que estava morto, estava vivo e bem? Achou melhor não deixar que ele pensasse: "Estou próximo demais deste homem com quem rolei no chão".

Kit não sabia como dizer que Percy parecia ocupar a parte principal de seu cérebro nem sabia explicar quando isso havia acontecido.

— É. — Foi tudo o que ele disse.

E então, enquanto os olhos de Percy perscrutavam seu rosto à procura de algo que Kit não tinha nem esperança de esconder, ele acrescentou:

— Não sei como não pensar em você. Não sei como parar, e nem quero.

Ele engoliu em seco. Havia se sentido daquele jeito apenas uma vez na vida, e o resultado tinha sido ele e Jenny diante de um padre assim que os proclames foram lidos. Kit sabia o que era aquilo, e sabia que não era tolo a ponto de dizer em voz alta.

— Trouxe algo para você.

Kit estendeu um pacote embrulhado em papel pardo.

Uma expressão de satisfação perpassou o rosto de Percy. Kit sorriu porque era óbvio que Percy era o tipo de pessoa que ficaria contente com presentes.

— O que é?

— Nada de mais.

Kit colocou o pacote na mão estendida de Percy, depois observou o rosto dele enquanto ele o abria.

— É um bolo — disse Percy, não como se tivesse esperado por uma caixa de rapé dourada ou algo assim, mas como se não houvesse nada melhor no mundo do que aquele doce. Ele o dividiu em dois pedaços, dando um para Kit e colocando o outro na boca. — Ah, é muito bom.

— Achei que poderia gostar.

Na verdade, Kit tinha entrado na padaria assim que abriram as portas e escolhido o que parecia menos complicado. A filha sonolenta do padeiro informara que aquele bolo tinha casca de laranja, água de rosas e diversas especiarias. Custava o dobro do preço dos outros do mesmo tamanho. Kit soube na hora que seria o favorito de Percy.

— Onde o comprou?

— Numa padaria.

— Que padaria? — replicou Percy, impaciente.

— É segredo meu. Vai ter que me deixar comprar outro bolo para você em breve.

— Se ainda não entendeu que vou deixar que me compre quantos bolos quiser, com a frequência que quiser, você é mais burro do que parece.

Vindo de Percy, a resposta era quase uma declaração, e Kit perdeu o ar.

— Eu também.

Percy desviou os olhos e alisou a crina do cavalo.

— Se minha mãe soubesse que estou agindo assim, ela se reviraria na cova — disse ele, evitando o olhar de Kit.

— O que incomodaria sua mãe? O fato de eu ser homem ou que estamos prestes a roubar seu pai? Não faltam motivos para ela se incomodar.

Percy soltou uma gargalhada escandalosa, e Kit encostou o ombro no dele. A névoa era densa e o rosto de Percy estava triste, então Kit ajeitou um fio de cabelo atrás da orelha do outro, que estremeceu, como se o contato fosse demais, mas não se afastou.

— Uma das primeiras lições dela foi nunca agir como se eu precisasse da aprovação, da companhia ou do afeto de nenhum ser na face da terra.

Por essa Kit não estava esperando.

— Todo mundo precisa dessas coisas.

— É, mas não se deve demonstrar. Esse é o perigo. E ela tinha razão.

Com qualquer outra pessoa, Kit poderia ter argumentado que não era apenas perigoso, mas era o único modo de viver. No entanto, dava para perceber que Percy acreditava na lição da mãe como um princípio básico da existência.

— Sim, mas você gosta de perigo.

Percy riu.

— Não, não gosto. Você está muito enganado.

— Como define luta de espadas, então? E não me diga que é talentoso demais para se machucar, porque já tratei de ferimentos seus.

— Ferimento, no singular.

— E como define se envolver com homens se não como perigoso?

— Não é minha culpa se as leis são o que são. Você não pode esperar que eu me mantenha celibatário.

— E se associar a criminosos perigosos?

— Com que criminosos perigosos eu... Ah, imagino que esteja se referindo a si mesmo.

— Sim. Tinha se esquecido? — disse Kit, rindo.

— Criminoso perigoso faz parecer alguém que sai por aí assustando velhinhas, sendo que na verdade você não passa de um querido.

— Já assustei dezenas de velhinhas.

— Não, não assustou. Você as encantou. Já ouvi a canção, lembra?

Kit franziu a testa.

— Talvez elas tenham se encantando depois, mas acho que muitas dessas histórias são de pessoas que só ficaram aliviadas por terem saído com vida. Juro que ficaram assustadas quando as carruagens pararam. Vi a cara delas. Eu adoro essa parte.

Percy olhou para ele com delicadeza.

— É uma pena que não dê para fazer com que as carruagens de vilões estejam sem nenhum inocente. Bom, meu pai não terá ninguém na carruagem além dos capangas dele, e *eles* eu não tenho nenhum escrúpulo em assustar.

— Como eu disse, você não parece ter nenhum problema com perigo. — Kit tirou o resto de bolo da mão de Percy, dividiu um pedaço e o levou aos lábios do outro. — Eu diria até que você vai atrás do perigo. Portanto, não vai ter problema nenhum em demonstrar que precisa de mim.

Percy o encarou, e, por um minuto, Kit pensou que ele protestaria. Mas Percy se inclinou para a frente e comeu o pedaço de bolo que Kit segurava.

Capítulo 37

No café da manhã no dia seguinte, o duque anunciou seu plano de visitar o castelo Cheveril dali a dois dias.

— Certo — disse Percy, fingindo um ar de tédio enquanto cortava seu presunto em pedaços cada vez menores. — Marian vai acompanhar o senhor?

— *A duquesa* — corrigiu seu pai, severo — deve visitar a fabricante de mântua dela e, por isso, precisa ficar na cidade.

Durante todo o tempo, Marian ficou imóvel, e Percy inferiu que não tinha sido fácil para ela negociar sua estadia em Londres sem supervisão. Se tudo corresse como o planejado, ela só precisaria suportar mais dois dias de refeições frias silenciosas e o olhar atento do duque. Mais dois dias. Percy não sabia que era possível sentir medo e alívio ao mesmo tempo.

Ele pediu licença da mesa e foi direto para o café de Kit. Quando chegou, Kit estava no lugar de sempre, próximo à cornija, mas ergueu os olhos ao ouvir a porta. Não chegou a sorrir, mas uma expressão de surpresa e prazer perpassou seu rosto, seguida por uma observação cuidadosa do traje requintado de Percy.

Sentado num banco próximo estava Rob, que encarava Percy de um jeito que lhe tirava toda e qualquer esperança de não ter sido reconhecido como o homem com quem Kit estivera naquela noite. Sentindo que seria mais constrangedor fingir não perceber a presença dele, e também possuído por um impulso deplorável de se comportar o melhor possível perto dos amigos de Kit, Percy inclinou a cabeça para Rob.

Ele não retribuiu o aceno. Em vez disso, o encarou com astúcia, mas não exatamente antipatia, depois voltou os olhos para Kit, e então para Percy de novo. Percy não sabia ao certo se era sua imaginação ou se notara uma centelha de loucura nos olhos do sujeito. Teria que ser um pouco maluco para deixar os amigos acreditarem por um ano que você estava morto. Mas não importava; Kit gostava daquele homem. Kit também parecia gostar de Percy, o que não apenas dava a ele e Rob algo em comum, mas provava que Kit era um péssimo julgador de caráter.

Rob aparentava ter algo entre a idade de Kit e a de Percy, o que seria por volta de 25 anos, com um cabelo que só poderia ser descrito como cor de cenoura e uma constituição ainda mais esguia do que a de Percy. Mesmo sentado, ele parecia impregnado de uma tensão perigosa, como um chicote erguido e prestes a açoitar. Parecia familiar num sentido que Percy não sabia direito como identificar, mas, antes que conseguisse pensar melhor a respeito, Rob abriu a boca.

— Não sei se fico mais surpreso por ele ser rico ou por ser um homem — disse Rob, os olhos ainda em Percy, mas dirigindo-se a Kit.

Era uma impertinência falar como se ele não estivesse presente, e Percy ficou chocado ao perceber que não se incomodava. Talvez fosse porque, com todas as outras coisas com que se preocupar, as pompas mesquinhas de hierarquia e cortesia não mereciam tanta atenção. Talvez fosse porque estava disposto a ser generoso com os amigos de Kit. Nenhuma explicação lhe agradava.

— Preciso falar com você. Em particular — disse Percy, lembrando-se do motivo que o levara ao café e tentando ignorar as chamas de medo e ansiedade que tomavam sua mente.

Kit apontou para a porta do quarto dos fundos e, então, parecendo pensar melhor, dirigiu-se à escada. O escritório, concluiu Percy, era um lugar muito mais adequado para uma reunião com lorde Holland.

Quando fecharam a porta, Percy pigarreou.

— Deve estar muito em cima da hora para organizar o roubo, mas meu pai vai viajar a Cheveril daqui a dois dias.

Kit franziu a testa.

— Dois dias dá tempo de sobra. Você já sabe seu papel. A principal dificuldade sempre foi descobrir a rota de seu pai com antecedência, e então separá-lo da escolta e das outras carruagens do grupo. Agora que temos tudo resolvido, e com Rob aqui, a segunda parte vai ser brincadeira de criança.

— Você contou para ele?

Percy não sabia por que se sentia traído. Era óbvio que Kit teria contado a Rob quem Percy era e o que havia planejado. Era óbvio que a lealdade de Kit seria a Rob, e não ao filho do duque. Percy sabia disso, tinha consciência de que não deveria presumir o contrário. Ele mesmo não teria dado mais valor a um mero amante, ou nem isso, apenas alguém com quem se envolvera num quartinho sujo, do que a alguém de seu círculo íntimo. Estava sendo infantil e ingênuo por achar que Kit se comportaria de outra forma.

— Não — respondeu Kit, com o olhar suave, como se soubesse o que se passava na cabeça do outro. Ele estendeu a mão como se fosse tocar o ombro de Percy em um gesto tranquilizador, mas então recuou. — Não ainda, digo. Ele não sabe que seu pai é o alvo, mas vai ter que saber para fazer o serviço.

— Certo. Você mencionou que já entrou em contato com as outras pessoas de que preciso?

Os dois haviam discutido sobre uma atiradora e outro homem para assaltar a carruagem ao lado de Percy.

— Uma moça chamada Hattie Jenkins será nossa atiradora. Quanto ao outro homem, decidi que eu mesmo farei o serviço.

— Mas você não pode — disse Percy na mesma hora, depois se arrependeu quando Kit tensionou o maxilar. — Nós dois sabemos que você não vai conseguir fugir rápido o bastante se for necessário.

— Não será necessário.

— Você não tem como saber.

— Não pode fazer escolhas por mim — retrucou Kit, com a voz baixa e ameaçadora por motivos que Percy não entendeu. — Não estou sendo pago por você nem estou a seus serviços.

— É claro que não! Essa era para ser a *minha* função. Quando tentei contratá-lo, você não quis! Essa era a ideia principal do acordo.

Kit parecia querer discutir, mas apenas balançou a cabeça.

— Não preciso me explicar. Digamos apenas que quero ter a certeza de que o trabalho seja bem-feito.

— Nunca me disse o que faz você ter tanto interesse na derrocada de seu pai.

— Você também não.

Ora, é óbvio que Percy não tinha contado. Não poderia sair por aí tagarelando sobre sua ilegitimidade. No entanto, em poucos dias, ele e Marian veriam o segredo se tornar público. O único risco de contar a Kit agora era que Percy ainda não tinha falado para ninguém sobre sua situação e não queria começar naquele momento. Queria pegar seu segredo — o que expunha todas as facetas de sua existência como uma ficção — e enterrá-lo sob camas de papel de seda, como Collins havia embrulhado todos os tesouros mais frágeis de Percy antes de levá-los para serem vendidos.

Kit o encarava com um olhar severo que não estava lá minutos antes. Percy não deveria dar a mínima para aquele olhar, nem o de Kit, nem o de ninguém.

Todo dia é dia de feira de segredos, dizia sua mãe. Segredos poderiam ser trocados por favores, por apoio, por confiança. Segredos poderiam ser guardados pelo mesmo preço.

Às vezes um segredo era compartilhado para que deixasse de ser segredo. Às vezes um segredo era compartilhado para tirar uma parte do poder dele. Talvez fosse isso que Percy estaria fazendo se contasse a Kit sobre o pai.

Mas segredos também poderiam ser trocados para demonstrar confiança no ouvinte. *Tome, fique com isso, sei que você não vai quebrar*, dizia a mãe de Percy quando lhe entrava uma bugiganga de vidro delicada. E ele ficava tão imóvel que se esquecia de respirar.

— O casamento de meu pai com minha mãe não é válido porque ele já era casado. Alguém que sabe disso está chantageando Marian. Você entende o que isso quer dizer. — Percy sabia que estava tagarelando, mas não conseguia se conter, porque parar de falar exigiria olhar para Kit. — Sou ilegítimo, e a filha de Marian também. Não estou preocupado comigo, nem com a perda de meu nome, minha posição social e minha fortuna, mas não posso perdoar meu pai por fazer isso com Marian. Esse é o motivo por que preciso do livro: vamos exigir resgate dele até que meu pai pague o suficiente para Marian, a bebê e eu vivermos bem.

Kit permaneceu imóvel, apoiado na porta como estava desde que entrara no cômodo.

— Seu nome, sua posição social e sua fortuna. Meras ninharias.

— Não finja que se preocupa com ducados e propriedades.

— Não me importo — disse Kit, de pronto. — Mas me importo que tenha perdido coisas que são importantes para você.

— Coisas que você odeia.

— É.

— Não quero que tenha pena de mim.

— Não tenho. Não consigo.

Kit disse as últimas palavras sem nenhum traço de afeto — o que Percy pensou que não conseguiria encarar sem se sentir mal — mas com um sorriso sarcástico. Não sabia o que aquele sorriso significava, mas o colocou em um terreno familiar.

— Um amigo sugeriu que eu visse o primeiro casamento de meu pai como um pecado juvenil sem qualquer importância. E que minha busca por vingança era mesquinha.

— O mundo é cheio de pessoas que decidem se esquecer dos casamentos que fizeram na juventude, quando eram imaturas demais. Às vezes essa é a única chance de serem felizes. Mas seu pai não é um faz-tudo viajante. Ele tinha uma responsabilidade.

— Com a nobreza.

— Foda-se a nobreza — retrucou Kit, irritado. — Ele tinha uma responsabilidade com você. Deixou que acreditasse em uma mentira sobre quem você é e qual é o seu lugar. Deixou que se preparasse a vida toda para um propósito que não é o seu.

— O que mais ele poderia ter feito?

— Além de contar a verdade? Bom, em vez de deixar que você acreditasse que seu valor depende de seu lugar numa hierarquia inventada pelos homens há séculos, uma hierarquia insana, infantil e totalmente prejudicial, diga-se de passagem, ele poderia ter recusado tudo. Poderia ter aberto mão da riqueza, renunciado a seu título e vivido como o restante de nós. Poderia ter levado a vida que você terá que levar agora.

— Não creio que se possa renunciar a um título — disse Percy, porque essa era a única parte do discurso de Kit com que ele conseguia interagir. O resto era não apenas radical, mas soava como uma blasfêmia, talvez até alta traição.

— Era o que ele deveria ter feito mesmo assim.

Havia momentos na vida em que o mundo parecia ganhar um novo contorno. Percy já havia passado por isso uma vez naquele ano, quando descobriu a traição do pai. E agora estava acontecendo de novo — as costuras de tudo se desfazendo, para então serem refeitas de modo a formar uma peça totalmente diferente. O mundo que ele enxergava naquele momento era o mundo de Kit, um mundo em que era possível se recusar a aceitar a ordem existente das coisas, um mundo em que antigas verdades poderiam ser descartadas e novas poderiam ser colocadas no lugar.

Percy se sentiu vulnerável, recém-nascido num mundo em que não sabia como agir. Ele se aproximou de Kit por instinto e só percebeu quando este estendeu o braço e o puxou para perto. Percy fechou os olhos e apoiou a testa na dele.

— Desculpa — disse Percy, depois de um tempo, sem saber pelo que estava se desculpando, mas com a certeza de que estava tomando o tempo de Kit.

— Cala a boca — retrucou Kit, e então o beijou.

Capítulo 38

— Fique — pediu Kit, falando com a boca encostada na de Percy.

Ele tinha passado semanas comprometido a se lembrar de todos os detalhes das insuportáveis vestimentas de Percy e queria remover cada costura do que usava agora. A fita de ouro por si só poderia, e deveria, ser arrancada e vendida por dinheiro suficiente para colocar pão na mesa das crianças de Saint Giles por uma semana, e aqueles botões pagariam o aluguel de um apartamento decente. Mas ele também queria traçar a linha daquela fita de ouro com os dedos aquecidos, depois abrir cada botão com os dentes.

Decidiu não questionar demais nenhum desses impulsos.

— Só tenho uma hora — disse Percy, recuando, mas deixando as mãos no quadril de Kit. — Preciso acompanhar Marian em suas visitas.

— Ela é importante para você — comentou Kit, envolvendo os braços ao redor do pescoço de Percy. — Você queria se casar com ela?

Devia ser uma pergunta indelicada, considerando com quem ela era casada, mas Kit queria saber assim mesmo, e o motivo, ele havia decidido, não era ciúme.

Percy franziu a testa.

— Pensei que talvez viesse a ser necessário, embora eu torcesse para que Marian se casasse com alguém que pudesse ser um marido de verdade.

— Você não gosta de mulheres? — perguntou Kit, escolhendo as palavras com cuidado.

— Ah, não. Nunca nem me dei ao trabalho de me iludir a esse respeito. Imagino que você, hum, tenha a mente mais aberta em suas preferências.

— Humm. — Kit se distraiu quando Percy começou a beijar seu pescoço. — Mas não tão aberta para deixar que você continue com esta peruca enquanto beija meu pescoço assim.

Percy obedeceu sem tirar os lábios do pescoço de Kit, jogando a peruca em cima da escrivaninha. Kit soltou a trança de Percy e então passou os dedos pelos fios de seda, aliviado.

— O que mais você quer que eu tire? — perguntou Percy.

— Só temos uma hora. Provavelmente o tempo que leva para vestir toda essa roupa.

— Você não está errado.

Então Percy tirou um lenço de dentro do casaco e o abriu no chão, depois se ajoelhou. Kit reparou que estava muito entusiasmado com a ideia de Percy continuar vestido, desde a marca de nascença em forma de coração à espada no quadril.

Kit estendeu o braço atrás de si para fechar o trinco na porta.

— Faz tempo que quero fazer isso — disse Percy, com naturalidade, enquanto abria os cordões da calça de camurça de Kit.

— Ah — disse Kit de modo nada articulado, com as palmas das mãos abertas segurando a porta atrás de si. — Fique à vontade.

Tentou pensar em algo mais para dizer, mas então Percy puxou sua ereção para fora e a segurou com delicadeza na mão frouxa. Os pensamentos de Kit saíram dos trilhos outra vez.

— Não tive a chance de olhar direito para você na outra noite — Percy movia a mão tão lenta e languidamente que Kit queria gritar. — Estava escuro, estávamos com bastante pressa. Mas agora… — começou ele, mas parou de falar ao passar a língua pela cabeça do pau de Kit.

Kit ficou completamente duro. Duro, úmido e com vontade.

— Na próxima vez, vamos fazer sem roupa — disse ele.

Não devia ser presunçoso falar sobre a próxima vez; os dois obviamente gostavam disso. Talvez o problema fosse que Kit estava pensando numa série de próximas vezes no futuro.

A única resposta de Percy foi chupar de leve a ponta da ereção de Kit, que gemeu e deixou a cabeça cair para trás contra a porta. Percy estava fazendo algo com a língua que fez Kit querer gritar, avançar, mas as mãos de Percy estavam firmes em seu quadril, imobilizando-o.

— Na próxima vez — repetiu Kit, torcendo para que Percy não conseguisse ouvir a súplica esperançosa em sua voz.

Percy foi mais fundo, e Kit observou seu pau desaparecer naquela boca linda, obscena e fascinante. Algo deve ter transparecido no rosto de Kit, porque Percy lhe lançou um olhar que conseguia ser um sorriso sarcástico apesar do fato de sua boca estar ocupada.

Kit não queria nem piscar para não perder nem um segundo daquilo. Queria memorizar o modo com que o cabelo de Percy caía sobre o rosto, o fio de seda em seu casaco refletia a luz e a pinta absurda estava a meros centímetros de onde seus lábios se abriam ao redor da ereção de Kit. Sabia-se lá como, ele parecia angelical, com o cabelo dourado e o brilho semelhante a uma auréola que vinha das roupas, e o fato de que estava chupando o pau de Kit não diminuía isso em nada. Kit tirou uma das mãos da parede e, com cuidado, afastou alguns dos fios de cabelo do rosto de Percy para vê-lo melhor.

— Seja lá o que estiver fazendo — Kit conseguiu dizer com a voz rouca, mas parou quando sentiu a cabeça do pau cutucar o fundo da garganta de Percy. Nesse momento, tudo que conseguiu soltar foi um palavrão. — Pare — disse ele por fim, puxando Percy pelo cabelo para demonstrar sua urgência, enquanto apertava a base de sua ereção com a outra mão.

Percy se afastou com um barulho obsceno e voltou um olhar confuso para Kit.

— Está tudo bem? — perguntou ele, com a voz rouca e falha que fez Kit sentir um calafrio.

— Está — afirmou Kit, enfático. — Só quero que dure. Você é bom demais nisso. Nunca senti nada como sua boca. Nunca fiz assim antes.

Percy estreitou os olhos.

— Como? Com competência?

Kit soltou um riso desesperado e passou um polegar pela bochecha de Percy.

— Vai me deixar terminar? — perguntou Percy, com um ar exagerado de paciência foçada.

Kit murmurou que sim e então gemeu quando Percy o engoliu de novo.

— Porque — disse Percy, quando voltou a se afastar, no mesmo tom sarcástico que tinha usado antes —, permita-me lhe dizer, isso não é nem um pouco habilidoso. Eu nem sequer consideraria meus talentos acima da média.

Então ele voltou a chupar, lamber e fazer coisas milagrosas com a língua.

Kit se sentiu — não havia uma palavra melhor — dominado. Achou que sua perna boa cederia a qualquer minuto. A boca de Percy não era apenas quente, úmida e maravilhosa, mas debochada, impaciente e um pouco maldosa. Não que Kit gostasse que Percy fosse maldoso — bem, não, na verdade gostava, o que era algo para refletir em algum outro momento —, mas Percy era assim mesmo. A pessoa que estava proporcionando aquele prazer a Kit era o mesmo homem que empunhava uma espada como uma extensão do próprio braço e que lhe contara segredos como se fossem pactos de sangue. Kit estava apaixonado.

— Eu adoro você — disse Kit, e a pior parte era que ele havia parado um segundo antes para escolher as palavras e isso foi o melhor que conseguiu com sua mente confusa pelo tesão. Não podia nem justificar sua franqueza na sensação que atingia um homem logo antes do orgasmo. — Eu adoro você — repetiu, por via das dúvidas.

Percy ergueu os olhos, claramente cético e talvez com certa pena, mas sua única resposta foi pegar uma das mãos de Kit e levá-la para a parte de trás de sua cabeça e tirar as mãos do quadril dele.

Kit abriu a boca para perguntar se Percy tinha certeza, mas este deve ter previsto aquela reação porque o encarou. Kit moveu o quadril para a frente, com a palma da mão envolvendo a nuca de Percy, que ergueu um joelho e apoiou a mão na porta. Kit se ouviu soltar um som enlouquecido e desesperado.

Depois, houve apenas prazer, atenuado pelo receio de estar machucando Percy e pela vaga sensação de que ele ficaria bravo se Kit expressasse essa preocupação em voz alta. Kit suspirou um alerta e gozou com os olhos bem fechados e os punhos cerrados no cabelo de Percy.

Percy continuou, diminuindo a velocidade, movendo-se quase com ternura, até Kit não conseguir aguentar mais e tentar puxá-lo para cima. Infelizmente, foi nesse momento que sua perna cedeu, e ele teria caído estatelado se Percy não o tivesse segurado com um braço.

— Você é forte — disse Kit ao se sentar na cadeira mais próxima.

As palavras saíram suaves e doces, sendo que Kit pretendia dizê-las como nada mais do que uma observação.

— Você está louco — zombou Percy.

Kit o pegou pela barra do casaco e o puxou para um beijo. Sentiu a satisfação de surpreender Percy, o homem que quase nunca se permitia mostrar nada além de sua face calma e controlada.

— Sua vez — disse Kit, atrapalhando-se com a abertura complicada da calça de Percy. Sob o tecido sedoso, ele sentiu o contorno rígido da ereção. — Como é que se tira essa coisa?

Percy suspirou e abriu a calça com um movimento hábil do punho e ficou diante de Kit, com a ereção na mão. Kit, de cara com a virilha de Percy, nunca tinha estado tão perto do pau de outro homem, e desejou que o cômodo não fosse tão mal iluminado. Encaixou um dedo na cintura da calça de Percy, pensando em puxá-lo para mais perto e retribuir o favor.

— Acho melhor não — disse Percy, ácido. — Se você acha que o que fiz foi tão maravilhoso, tremo só de imaginar que mediocridades você planeja ao visitar minha rola.

Kit sorriu.

— Covarde.

Percy estreitou os olhos.

— Está bem, então. Como queira.

Antes que conseguisse pensar em qual dos dois havia convencido o outro, Kit baixou a calça de Percy com firmeza e segurou a curva da bunda dele, puxando-o para mais perto.

Era quase certeza que o que quer que ele fizesse seria, na melhor das hipóteses, medíocre, mas Kit compreendeu o básico. Colocou os primeiros centímetros do pau de Percy na boca, usando uma das mãos para acariciar a base. Não devia estar tão ruim, porque não demorou para a respiração de Percy acelerar e seus dedos se enroscarem no cabelo de Kit.

Quando Percy gozou, Kit engoliu, porque não conseguiu imaginar outra forma de evitar estragar as roupas de Percy, e ficou tão chocado com suas prioridades que quase se engasgou ao rir.

— Que bom que achou isso divertido. Nós nos esforçamos para entreter — comentou Percy, fechando a calça.

— Eu realmente adoro você — disse Kit, erguendo os olhos para ele com uma expressão que deixou Percy muito interessado nos botões do próprio casaco.

— Pois não deveria.

— Não pode me impedir, sabe? Vou gostar de você o quanto eu quiser.

Percy pressionou os lábios e saiu do escritório sem responder.

Capítulo 39

Ao descer a escada, Percy encontrou Betty atrás do balcão.
— Preciso pedir um favor. Tem a ver com sua outra linha de trabalho — disse ele.

A garota estreitou os olhos.
— Kit sabe que não deve falar sobre isso.
— Dê um voto de confiança a Kit. Dê um voto de confiança a *mim*, na verdade. Estou aqui quase todos os dias há mais de um mês. Percebi algumas coisas.

Ela fungou.
— Passe para cá e vou dar uma olhada depois.

Ele entregou a sacola em que havia guardado todas as colheres de chá e outras quinquilharias que Marian tinha evidentemente afanado. Percy concluiu que Marian se transformar numa ladra não estava na lista nem das dez coisas mais perturbadoras com que ele estava lidando no momento e, portanto, não se preocuparia com isso.

— Sabe — começou Betty, olhando de esguelha para a bolsa —, com certeza você está aprontando alguma coisa, e não costumo recriminar isso num homem, mas, se ferir Kit, eu vou atrás de você. Está me ouvindo?

— Não duvidei nem por um minuto. Falando nisso, Kit está achando que vai comigo ao, hum, serviço que vou fazer. Você acha que consegue convencê-lo a ficar em Londres?

— Acho que eu não conseguiria mantê-lo longe de você a menos que o trancafiasse. Mesmo assim, ele encontraria uma saída. E acho que você sabe disso.

— Ele deve saber que é uma má ideia, com a perna dele e tudo o mais.

— Kit faz muitas coisas que são más ideias — disse Betty, lançando um olhar enfático para Percy.

— Sério, Betty, ele dá ouvidos a você.

— Isso é verdade. Ele dá. E você também deveria. Quando terminarem o trabalho, deixe-o em paz. Ele merece coisa melhor. Há coisas que você não sabe sobre ele, e Kit já sofreu demais na vida sem você para piorar tudo.

— Entendi — respondeu Percy, porque, embora não gostasse de receber ordens, também não gostava de discordar de nada que Betty dizia.

Ela parecia estar prestes a falar mais alguma coisa, mas então algo às costas de Percy chamou a atenção dela.

— Ah, puta que pariu — disse ela.

Percy se virou e viu uma mulher entrar no café. Ela usava um manto de veludo preto e estava com o cabalo ruivo sem pó. À primeira vista, Percy pensou se tratar de Flora Jennings, tamanha era a semelhança, mas então se deu conta de que a mulher era muitos anos mais velha, no mínimo uns quarenta.

— E quem seria aquela? Kit tem uma regra de só permitir a entrada de mulheres de cabelo ruivo no café?

— Aquela é Scarlett — respondeu Betty. Quando Percy bufou, incrédulo, ela acrescentou: — É óbvio que esse não é o nome verdadeiro dela, mas ela é a madame Scarlett, se é que me entende.

— Ah.

— Também é…

Betty foi interrompida por Rob, que saiu dos fundos. Ele foi até Scarlett e a abraçou, praticamente a levantando do chão.

— Mãe, querida.

— Ela é *mãe* de Rob? Então Flora é irmã dele? — perguntou Percy, chocado.

Betty olhou para ele com desconfiança.

— Isso já não sei. Pode ser só uma semelhança extraordinária.

Percy observou a dupla e tentou se lembrar do rosto de Flora. Rob e Scarlett não eram tão parecidos, exceto pelo cabelo ruivo e certos traços aquilinos no queixo e no maxilar. Flora, na verdade, parecia-se mais com Scarlett do que Rob. Ele se parecia mais com... Percy inclinou a cabeça e vasculhou a memória, mas não conseguia se lembrar.

Em meio aos barulhos e à algazarra do café, Percy ouviu um passo arrastado e irregular na escada e se virou automaticamente a tempo de ver Kit baixar a cabeça sob a teia de aranha. Percy tinha visto que aquela coisa maldita crescera a proporções chocantes nas últimas semanas, e Percy se encarregaria de se livrar dela se não fosse pelo fato de que Kit parecia gostar daquilo. Dessa vez, parte da teia se prendeu no cabelo dele — o que, considerando o estado do cabelo de Kit, não era lá muito surpreendente —, mas ele se desvencilhou com cuidado. Em seguida, murmurou algo que se parecia demais com um "perdão" para a aranha.

Percy ficou encarando, e uma combinação de emoções que ele preferia não identificar se revirando em seu coração. Então atravessou o salão.

— Você é um monstrinho muito engenhoso — disse ele à aranha. Aquele inseto havia feito algo horrível com um de seus troféus embalados com capricho. Percy decidiu não pensar nisso também. — Teceu uma linda teia, mas não foi nem um pouco prática. É compreensível. Aqui é um péssimo lugar para servir de casa, por mais adorável que tenho certeza de que seja.

Ele ergueu a mão na direção da criatura.

— O que está fazendo? — perguntou Kit, irado.

— Ela vai acabar se perdendo em seu cabelo, e isso não é vida para uma aranha honesta. Vou levá-la a um lugar onde você não vai incomodá-la e ela possa comer todos os mosquitos e moscas que bem entender. Certo? — Como Kit não fez nenhuma objeção, Percy deixou a aranha subir em sua mão, tentando não desmaiar nem gritar. — Certo, senhora, vamos lá — disse ele, carregando-a para as estantes. — Você vai fazer sua casa na prateleira mais alta, lá onde o proprietário acha que deve guardar o sr. Hume. Ninguém tem a mínima chance de incomodar você lá.

Feito isso, ele espanou as mãos na calça e viu que Kit o observava de modo estranho, mas escapou para a rua antes que conseguisse entender o porquê.

— O que é isso? — perguntou Rob, enquanto Kit e Betty arrumavam o conteúdo do pacote que Percy havia deixado.

O café estava fechado, e os dois trabalhavam à luz de uma lamparina a óleo, separando os itens que poderiam ser vendidos de imediato daqueles que precisariam ter monogramas ou outras marcas raspados.

Kit não respondeu na hora, porque era óbvio que estavam recebendo mercadorias roubadas. O conteúdo sobre a mesa era composto de uma gama variada de prataria, guardanapos, brincos e botões. Kit não tinha ficado surpreso por Percy querer levantar um dinheiro rápido — nas circunstâncias dele, vender alguns botões de camisa era, na verdade, algo que ele deveria ter feito antes. O que o surpreendeu era a variedade de prataria: Kit tinha contado colheres com pelo menos oito monogramas distintos. Talvez Percy viesse afanando todas as mesas de jantar que visitava, mas, considerando os brincos, deduziu que ele teve a ajuda da misteriosa Marian.

— O que sua mãe queria? — perguntou Betty a Rob.

— Me repreender, que é tudo o que todos querem comigo esses dias.

— Coitadinho. Imagine só, as pessoas ficarem bravas depois do golpe que você deu.

— Já disse mil vezes que foi a única saída. Pensem em como estou magoado por não acreditarem em mim. — Curvando-se sobre a mesa, Rob pegou uma colher e a ergueu sob a luz. — Monogramada — disse em tom de desaprovação, em seguida olhou para uma escova de cabelo prateada. — Isso aqui também. Esse é o brasão do duque de Clare. Querem me dizer o que estão fazendo com a escova de cabelo do duque de Clare?

— Acredito que pertença à duquesa — comentou Kit, com a boca seca. Sabia que alguma hora teria que contar a Rob, mas vinha adiando várias e várias vezes. — Sabe o serviço que mencionei? O alvo é o duque de Clare.

Das respostas que Kit esperaria de Rob, com certeza não era o silêncio. Também não era Rob colocando a mão em seu ombro e se sentando ao lado dele. Kit manteve a atenção numa colher de sopa de prata ornamentada. Não queria olhar para Rob nem para Betty.

— Eu ia contar antes do serviço. A situação é um pouco complicada — disse Kit.

— Você vai assaltar a carruagem do duque de Clare. Sim, eu diria que é complicado, ainda mais considerando que está transando com o filho dele.

Kit derrubou a colher com um estalido sobre a mesa.

— Eu… o quê? Você o reconheceu? Você sabia? — Kit ficou confuso. Rob e Betty olhavam um para o outro, e Kit alternou o olhar entre eles. — O que eu perdi?

— Falei para ele não se envolver nesta confusão. Mas você acha que ele ouviu? — disse Betty a Rob, que colocou a cabeça entre as mãos.

Quando ergueu os olhos logo depois, ele parecia ter chegado a algum tipo de conclusão.

— Você está apaixonado pelo filho do duque de Clare.

— Eu não disse… — começou Kit, mas Rob o interrompeu.

— E vocês vão assaltar o pai dele juntos. E por que, exatamente, o filhinho lindo do duque está tão interessado em roubar o papai?

— Há um objeto que ele quer. Creio que pertencia à mãe dele. Percy disse que podemos ficar com todo o resto.

— Seu idiota. Ele pretende matar o pai e deixar que você seja enforcado por isso.

— Acho que não.

— Pois acharia se estivesse pensando direito. Para enganar você, ele usou uma combinação de sedução e conhecimento de tudo o que o duque fez. Até um bebê juntaria as peças.

— Quando ele veio aqui pela primeira vez, não sabia que eu tinha qualquer motivo para odiar o pai dele — argumentou Kit, mas a desculpa soou frágil até para os próprios ouvidos.

— Onde ele conseguiu seu nome, Kit? Tem alguém que saiba que você é Jack Mão Leve que não saiba que o duque de Clare mandou deportar sua esposa? Porque não consigo pensar em ninguém. Ele sabe quem você é, e está armando para você.

— Se Percy quisesse matar o pai, não acho que escolheria uma forma tão enviesada. E não acho que ele seria capaz...

Kit parou. Estava prestes a admitir que não achava que Percy fingiria estar afeiçoado a ele, mas era provável que Percy pudesse fingir o que quisesse. No entanto, não dava para imaginar que estivesse fazendo isso.

Quando Kit havia dito a Percy que o adorava, estava falando a verdade. E a única resposta de Percy tinha sido que Kit não deveria fazer isso. O comentário não soara como um alerta, mas como a objeção de uma pessoa que não achava que merecia ser amada. Poderia ser tudo fingimento, e a recusa de Kit a acreditar nisso talvez fosse porque não dava para confiar que seu pau — ou, ainda pior, seu coração — fosse racional.

Ele não saberia exatamente quando aconteceu, nem por quê, mas Kit percebeu que tinha passado a confiar em Percy, a acreditar naquele homem. Sabia que o plano de Percy não se resumia às informações que dera: ele percebera como Percy medira as palavras ao falar da bigamia do pai, escolhendo cada uma a dedo para garantir que não revelasse demais. Havia muitas coisas que deixou de dizer, mas Kit tinha certeza de que não era nada que faria mal a ele.

— Minha mãe me contou que alguém andou perguntando de você. Eu apostaria que foi seu fidalgote — afirmou Rob.

— Sua mãe ficou surpresa quando eu disse que estava fazendo um trabalho para o filho do duque de Clare. Tentou me convencer a não aceitar.

— Se você acha que minha mãe não é uma atriz talentosa, ficou ainda mais fraco da cabeça do que imaginei, e acredite em mim: sua falta de bom senso é aterradora. Mande Tom fazer o serviço. Fique fora dessa.

— Preciso estar lá.

— Ah, claro. Você precisa ver Clare ser punido.

— Não — retrucou Kit. — Quero, sim, que Clare seja punido, e vou ficar feliz em ver isso acontecer. Óbvio. — Ele sentiu o rosto aquecer enquanto falava, sabendo o quanto estava revelando. — Mas preciso estar lá para garantir que Percy fique bem.

Rob passou as mãos no cabelo e grunhiu. Betty praguejou e se retirou da mesa.

Pensando que valia mais a pena dar a seus amigos tempo para reclamar dele pelas costas, Kit pegou a bengala e subiu a escada devagar até seu quarto. Sentou-se na beirada da cama, com o coração acelerado e o estômago embrulhado.

Mesmo pela porta fechada, dava para ouvir Betty e Rob falando. Sobre ele, sem dúvida.

Kit apalpou distraidamente o quadril em busca de um frasco que não estava lá fazia um ano. Estendeu um braço para pegar o jarro de água no lavatório e tomou um gole.

Demorou um tempo até ouvir passos na escada. Era Rob, claro.

— Posso entrar? — perguntou ele, entreabrindo a porta, com uma xícara na mão.

Kit fez sinal para ele entrar, e Rob se sentou na cama ao lado dele e passou a xícara de chá.

— Foi Betty quem fez, então está bom.

— Obrigado.

— Então, o que precisa que eu faça para ajudar nesse serviço?

Kit não perguntou se aquilo era uma oferta de paz ou um jeito de garantir que Kit não enfrentasse nenhum problema.

— Só as coisas de sempre. Fazer com que algo aconteça na estalagem para atrasar quaisquer outras carruagens no grupo do duque, tipo um eixo solto ou um cavalo que precise de uma troca de ferraduras. Ver se tem alguma pistola escondida embaixo das almofadas da carruagem. Quanto mais você conseguir embebedar o cocheiro e a escolta, melhor. Se tiverem alguma arma, veja se consegue roubar. Depois que a carruagem do duque sair da estalagem, cavalgue à frente para onde eu e Percy estaremos esperando.

— É Percy agora?

— Eu é que não vou chamá-lo de lorde Holland.

— Imagino que não. — Rob suspirou.

— Sei que você e Betty acham que estou sendo ingênuo, mas planejei esse serviço tão bem quanto todos os outros. Melhor até, porque é inacreditável como se pensa com mais clareza quando não se passa metade do tempo embriagado. Visitei os estábulos do duque e sei que os cavalos dele são ariscos e que seus criados são discretos. Ele vai viajar com os próprios cavalos, mesmo que isso diminua seu ritmo, porque não confia em estranhos.

— Só quero que fique a salvo e, quanto mais sentimental é um serviço, menores são as chances de sair ileso. Você perde o instinto de recuar.

Kit teve a impressão de que Rob falava de si mesmo.

— Tem certeza de que não quer me contar o que está incomodando você? — perguntou Kit.

— Não tem nada me incomodando.

— Não vou me intrometer, mas nós dois sabemos que não está sendo você mesmo desde que voltou. E tudo bem. É óbvio que o quer que tenha mantido você longe foi sério o bastante para… enfim, para manter você longe. Mas, se quiser conversar com alguém, sabe que não vou revelar seus segredos. — Kit engoliu em seco, assolado pela sensação de que estava perdendo o melhor amigo que já tivera. — Nunca revelei, você sabe.

— Eu sei. Sei mesmo. Mas não posso. Confie em mim quando digo que isso complicaria sua vida mais do que pode imaginar.

— Mesmo assim, Rob. Quando não estivemos dispostos a complicar nossa vida um pelo outro? É assim que funciona a amizade.

Pelo menos, era o que Kit sempre havia pensado.

Capítulo 41

Percy achou o clima estranhamente bom. Era o tipo de dia de outono fresco e sem nuvens que fazia o verão parecer uma memória distante e ligeiramente vulgar, e o inverno iminente quase implausível. A menos de oitenta quilômetros de Londres, não havia névoa nem fumaça em lugar nenhum do interior de Oxfordshire.

Percy não poderia ter escolhido um dia mais agradável para o roubo.

Antes de partir, Kit havia lhe mostrado um mapa, apontando o indicador calejado para um lugar entre Tetsworth e uma região marcada simplesmente como "pasto".

"Está vendo esta curva na estrada? Tem um arvoredo bem ali", havia dito Kit, com um brilho de entusiasmo nos olhos. "Não é muito diferente do lugar que lhe mostrei em Hampstead. Esteja lá ao anoitecer."

Eles viajaram separados, Kit e a atiradora juntos num coche, Percy a cavalo, e Rob pelos próprios meios.

De manhãzinha, Percy vestiu seu melhor traje de equitação e pediu para Collins não esperar acordado, na esperança de que o valete interpretaria isso como um sinal de que Percy planejava uma noite de libertinagem. Em seguida, cavalgou até uma estalagem, pagou uma rodada de bebidas para os fregueses e anunciou em alto e bom som seu plano de comprar um cão de caça de um homem em Kent cuja cadela tinha dado à luz uma ninhada de filhotes fazia pouco tempo. Depois, voltou para a estrada em direção a Oxfordshire, trocou-se, vestindo roupas discretas e tirando a peruca, e chegou ao arvoredo combinado bem antes do anoitecer e com um cavalo que tinha a aparência de ter sido injustiçado.

Levara consigo um pão e um frasco de cerveja, mas estava nervoso demais para qualquer coisa além de destroçar migalhas da casca e rolá-las entre os dedos. Verificou a posição do sol no céu. Ainda não estava anoitecendo propriamente, mas estava quase, e ainda não havia algum sinal de Kit.

Uma parte vergonhosa dele torcia para que Kit e a garota não aparecessem. Assim, Percy não teria como levar o roubo adiante.

Outra parte dele ainda mais vergonhosa precisava desesperadamente que Kit aparecesse, senão Percy saberia que tinha sido abandonado.

Quando ele estava prestes a definir qual expectativa era pior, ouviu passos leves e se virou. Kit se aproximava. A seu lado, estava uma figura esguia de calça que Percy não teria imaginado que era uma menina se Kit não o tivesse informado antes.

Percy tinha certeza de que conseguira manter uma expressão neutra, mas, mesmo assim, Kit o cumprimentou com um olhar demorado e uma mão calorosa no ombro. Em seguida, tirou da bolsa pendurada no ombro as roupas de couro preto que Percy usava para lutar e que foram entregues a ele no dia anterior.

— Troque-se — disse Kit.

Movido mais pelos vestígios de uma antiga sensação de decoro do que propriamente por princípios, Percy pensou em se opor sob a justificativa de que havia uma menina por perto. Mas obedeceu e foi para trás de uma árvore trocar de roupa. Trançou o cabelo e o escondeu num dos tricórnios decrépitos de Kit, em seguida tirou a cicatriz falsa, que ainda estava em bom estado, e a fixou no rosto.

Ao sair, Kit olhou para ele de cima a baixo.

— Bom — disse ele, então tirou um frasco da bolsa e o entregou para Percy. — Beba.

— Hoje só vale se comunicar com uma palavra de cada vez? — perguntou Percy e, só depois de falar, deu-se conta de que essas eram as primeiras palavras que saíam de sua boca desde que Kit havia chegado.

Ele abriu o frasco e o cheirou, decepcionado ao descobrir que continha gim. Estava cheio até a borda, então imaginou que Kit também não deveria gostar muito da bebida. Deu um gole e, depois, outro. Quando fez menção de devolvê-lo a Kit, o homem balançou a cabeça.

— Pode ficar.

— Meu pavor é tão óbvio assim? — perguntou Percy, mantendo a voz baixa o bastante para que a jovem, que estava sentada no chão examinando o rêmige de suas flechas, não escutasse.

— Não. — Kit o encarou. — Você sempre o esconde bem. Lembra o que eu disse sobre o segredo para um bom assalto?

— Não se importar se vai viver ou morrer — respondeu Percy.

— Eu menti.

Percy olhou para Kit com atenção. Ele não mentia tão mal quanto Percy havia imaginado. Só estava enferrujado e não tinha um bom controle das expressões faciais. Naquele momento, por exemplo, seus olhos estavam um pouco abertos demais, como se estivesse fazendo um esforço para não parecer suspeito. E suas mãos estavam cerradas ao lado do corpo, como se estivesse tentando não se mexer.

Percy decidiu não admoestar Kit por causa dessa mentira. Não tinha por que discutir sobre isso naquele momento. Além do mais, era o jeito de Kit pedir para Percy tomar cuidado, o que era apenas mais uma forma de Kit dizer que gostava dele.

Em vez de responder, ele se aproximou e deu um beijo na bochecha de Kit.

Toda vez que passava um coche, Percy achava que iria vomitar, mesmo sabendo que não era o do pai. O plano era Rob cavalgar à frente e alertar Kit e Percy quando o duque saísse de sua última estalagem.

Mas o sol se pôs, e não houve nenhum sinal de Rob. Hattie subiu numa árvore e se posicionou.

— Ei, Kit, estou vendo um coche e seis cavaleiros subindo a estrada. Tem um desenho pintado na porta — disse ela, depois de um tempo.

— Inferno. Algo deve ter atrasado Rob — reclamou Kit.

— Quer ir à estalagem e ver se ele está bem? — perguntou Percy.

— Não, quero ir para a estrada e assaltar aquela carruagem.

— Nem sabemos se é meu pai.

— Um coche e seis cavaleiros na estrada certa e na hora certa — disse ele, com uma calma que Percy teria achado impossível naquelas circunstâncias. — Você tem um minuto para decidir. A escolha é sua.

No silêncio, Percy conseguiu ouvir os cascos dos cavalos ao longe, indistinguíveis das batidas de seu coração.

— Certo — disse ele, tirando do bolso o lenço que pretendia usar como máscara. — Vamos lá.

Kit pegou o lenço e deu um nó habilidoso para prendê-lo atrás da cabeça, depois repetiu a ação em si mesmo. Entregou uma pistola ao parceiro, deu um tapinha no ombro dele, e então Percy entrou na estrada.

Ele esperou, sentindo-se exposto e sozinho no meio da estrada empoeirada. Quando a carruagem se aproximou, reconheceu os cavalos e o cocheiro. Embora tivessem repassado o plano inúmeras vezes, ele ficou chocado quando a carruagem parou.

— Seu dinheiro ou sua vida — gritou Percy, forçando a voz a ficar mais grave para não ser reconhecido e esforçando-se muito para não prestar atenção no fato de que um dos membros da escolta, um homem que ele sabia ser um dos guardas enormes do pai, tinha sacado uma pistola. — Mas prefiro o dinheiro.

Ao sinal, Kit pigarreou e ergueu a pistola, deixando que o luar cintilasse ameaçador no aço. Hattie disparou uma flecha direto sobre a cabeça dos cavalos.

Percy ouviu um movimento dentro da carruagem e se aproximou como se não estivesse aterrorizado.

Mas, quando abriu a porta, o que viu não fazia sentido. Porque não era seu pai que estendia uma bolsa de moeda, e sim Marian.

— Pegue isso e vá — disse ela, com altivez, com o rosto voltado para Percy de modo que ele conseguisse vê-la com clareza sob o luar, enquanto seu pai permanecia semiescondido pelas sombras.

— Sou um salteador, não um varredor de rua. Eu decido o que pego e quando saio. Esvazie os bolsos, senhor — ordenou ele ao pai.

Por um momento, Percy pensou que seu pai não obedeceria, mas então, com um suspiro, ele tirou um dos anéis e o entregou a Marian. Em seguida, levou a mão ao bolso do casaco.

Era possível ver o contorno do livro através do casaco. E, quando seu pai se mexeu, deu para ver um pedaço dele pela ponta do bolso. Percy poderia estender o braço e pegá-lo. E foi o que fez. Ao estender a mão, olhou nos olhos do pai.

A última coisa de que se lembraria era o som da pistola sendo disparada.

Capítulo 42

Kit repassou os eventos daquela noite inúmeras vezes, tentando entender quando exatamente ele deveria ter percebido que havia algo de errado.

A ausência de Rob deveria ter dado a dica, claro, mas isso ele tinha conseguido racionalizar.

O tremor nas mãos de Percy podia ter sido um indício.

Mas depois tudo correu como o planejado. Percy disse suas falas, a carruagem parou. A escolta sacou as armas, mas nenhum deles mirou com nada semelhante a determinação. Estava tudo como esperado.

Só que havia uma mulher na carruagem, e isso estava fora dos planos. Era para a duquesa estar na cidade, e Percy não mencionara que o pai talvez viajasse com uma amante.

Antes que Kit entendesse a presença da mulher, um tiro de pistola soou, um dos cavalos se assustou e, enquanto o cocheiro tentava tranquilizar os animais, veio o som de outro disparo. Nesse momento, Percy saiu da carruagem, coberto de sangue.

Kit se moveu para ir até ele, mas então um dos membros armados da escolta desmontou e apontou a pistola para a cabeça de Percy. De onde estava, Kit conseguia ver os olhos de Percy, arregalados e sombrios.

— Vá ver o duque! — gritou o homem para o cocheiro.

— Fique onde está! — berrou Kit.

Ele sacou sua arma. Do alto, uma flecha passou voando, errando o braço do cavaleiro da escolta por centímetros.

Então a voz da mulher soou, em alto e bom som entre os gritos da escolta e as lamúrias dos cavalos:

— Volte para seu cavalo, imbecil. Você não ajuda o duque em nada parado aí. Devemos levar o duque para um lugar seguro. Vamos, Higgins! Rápido!

A carruagem disparou pela estrada numa nuvem de poeira, acompanhada pelo relinchar dos cavalos.

— Onde foi o tiro? — perguntou Kit. Percy estava andando, pelo menos, então não deveria ser tão ruim, mas, mesmo sob o luar, dava para ver que ele estava pálido. — Hattie!

— Acho que não pegou em cheio. Não tenho certeza — respondeu Percy, com a voz fraca.

Dava para notar que ele estava em choque.

— A lanterna, Hattie!

— Peguei o livro — disse Percy.

— Dane-se o livro. E danem-se todos esses botões — esbravejou Kit com urgência na voz.

Parecia que tinha apenas polegares enquanto tentava abrir o colete encharcado de sangue.

— E peguei a bolsa de moedas de Marian — completou Percy, com uma risada ligeiramente histérica.

— E o que é que ela estava fazendo ali?

— Não sei.

Hattie chegou com a lanterna.

— Kit, temos que tirá-lo daqui.

— Ele está ferido.

— Ser levado à forca não vai melhorar as coisas. Precisamos tirá-lo daqui.

Ela estava certa.

— Fuja. Leve isso. — Ele tirou a bolsa de moedas da mão de Percy e a jogou para Hattie em troca da lanterna. — Fuja. Vou cuidar dele. Quando chegar a Londres, conte a Betty o que aconteceu. Você sabe como voltar para a cidade?

Ela assentiu e saiu em disparada.

— Kit — disse Percy, baixando os olhos para o próprio corpo e as roupas encharcadas de sangue iluminadas pela lanterna. — Nossa — sussurrou ele, e desmaiou.

— Peguei você — falou Kit, embora tivesse mais impedido a queda de Percy do que o segurado propriamente. — Acorde. — Ele chacoalhou os ombros de Percy. — Inferno, agora não é a hora. Vou levar você… Jesus e todos os malditos santos, não sei para onde levar você nem como chegar lá.

Kit ergueu a lanterna, enquanto apalpava Percy com a outra mão, tentando descobrir de onde o sangue estava saindo.

Por fim, encontrou um rasgo no tecido, um buraco na calça de couro do tamanho de seu polegar. Percy soltou um silvo quando Kit o tocou, o que ao menos queria dizer que ele estava voltando a si. Mesmo com a luz da lanterna, não dava para ver se a ferida era grave, e ele não se atrevia a perder mais nenhum minuto naquele local, correndo o risco de serem encontrados a qualquer momento. Kit arrancou o lenço do próprio pescoço e o amarrou em torno da coxa de Percy, torcendo para que ao menos retardasse o sangramento. Apertou o nó e contou até dez. Quando tocou o ponto sobre a ferida, seus dedos voltaram secos.

— Percy, por favor, estou implorando para você acordar. — Ele tirou o frasco do bolso de Percy e espirrou um pouco de gim no rosto do homem. — Por favor.

As pálpebras de Percy começaram a tremer, e Kit soltou uma respiração trêmula.

— Meu pai.

— Depois. Agora, veja se consegue ficar em pé.

Kit se levantou e estendeu a mão, apoiando o próprio peso na bengala.

Quando Percy estendeu o braço, sua mão estava fria, mas ele conseguiu se levantar com certo esforço.

— Como eu disse, não sei se estou ferido.

— O sangue em você diz o contrário.

— Acho que o sangue não é meu. Mas, quanto menos falarmos de sangue agora, melhor.

Kit percebeu pela primeira vez que Percy não estava com a pistola na mão.

— Cadê a arma?

— Acho que ficou na carruagem.

— Você precisa montar no cavalo.

Percy fez algumas tentativas falhas, e, no fim, Kit teve que praticamente empurrá-lo para a sela. Ainda não conseguia dizer se era a perda de sangue ou o choque que estava afetando Percy. Tudo que sabia era que precisavam sair agora daquele lugar, mas tinham apenas um cavalo e duas pernas boas.

E era por esse motivo que Kit deveria ter contratado outra pessoa para fazer o serviço. Ele tinha que ter ficado em Londres, porque, em suas condições, era inútil para Percy. Bom, ele poderia se repreender depois; precisava levar Percy a um lugar seguro. Se lembrava corretamente daquela região de Oxfordshire, uma caminhada curta pela floresta o levaria à casa da avó de Jenny. A perna de Kit estava num estado deplorável, e ele pagaria por isso no dia seguinte, mas ainda tinha um pouco de força.

— Monte atrás de mim — disse Percy.

— Seu cavalo não consegue aguentar os dois — respondeu Kit. Deus, o cavalo também parecia estar precisando de água e comida. — Vamos.

Percy nem sequer perguntou aonde estavam indo, o que não deveria ser um bom sinal. Deixou que Kit o guiasse pela floresta, quieto e quase dócil. A cada poucos minutos — na verdade, a cada poucos segundos —, Kit passava as mãos na perna machucada de Percy e olhava os dedos para ver se havia sangue. Não demorou para voltarem a ficar vermelhos.

A lua estava alta no céu quando chegaram à parte da floresta que Kit conhecia. Depois de um poço antigo, passando por um córrego raso, lá estava a cabana. A luz do fogo bruxuleava pelas janelas e havia fumaça saindo pela chaminé.

Era possível que a avó de Jenny nem morasse mais lá. Kit não tinha mantido contato. Bom, mesmo se estranhos atendessem a porta, era melhor do que dormir ao relento ou levantar suspeitas em alguma estalagem onde a notícia do roubo já poderia ter se espalhado. A cabana era a melhor opção no momento.

Quando ele ergueu os braços para ajudar Percy a descer da sela, Percy bufou e tentou desmontar sozinho, e teria caído se não fosse pelo braço de Kit em volta de sua cintura.

— Vamos parar nessa cabana — disse Kit, no ouvido de Percy. — Você é Edward Percy. Não tem nenhuma relação com o duque. É um amigo meu de Londres.

Quando Kit bateu, uma mulher com uma trança branca comprida surgiu à porta. Kit levou tempo demais para se dar conta de que era a avó de Jenny.

— Vovó Dot — começou Kit, depois se corrigiu. — Sra....

— Christopher. Eu deveria ter imaginado que, se colocasse os olhos em você de novo, seria numa noite enluarada na companhia de um estranho encharcado de sangue. Dennis!

Um menino de cerca de 8 anos apareceu atrás das saias da velha, a boca aberta num bocejo.

— Monte uma cama de palete no celeiro e acenda o braseiro — ordenou ela, e então se virou para Kit. — Ele é o caçula de John.

— E como está John?

John era o irmão mais velho de Jenny.

267

— Morto — respondeu Dorothy, curta e grossa. — Estão todos mortos, exceto você, eu e Dennis.

Kit percebeu que Percy alternava o olhar entre ele e Dorothy.

— Este é o sr. Percy. Ele caiu do cavalo e se machucou. Precisamos de um lugar para dormir por uma ou duas noites, algo para jantar e um pouco de palha para o cavalo, se não lhe fizer falta.

— Você é bem-vindo para ficar o quanto quiser, mas imagino que tenha seus motivos para não ficar mais. Imagino que sempre tenha — disse Dorothy, sem maldade.

O garoto voltou e os guiou até o celeiro, que era pouco mais do que um barracão que talvez tivesse abrigado uma vaca leiteira em algum momento. Kit mal conseguia olhar para o garoto de tanto que ele se parecia com Jenny, e um fantasma de como Hannah poderia ser.

— Sente-se — disse Kit para Percy, depois que o menino os deixara para cuidar do cavalo. — E tire a roupa. Preciso dar uma olhada nas feridas.

— Está maluco? Está um gelo aqui dentro.

Havia uma corrente de ar no celeiro, que cheirava a palha velha e úmida, mas não era o pior lugar em que Kit já havia passado a noite e, depois que o braseiro fosse aceso, ficaria ótimo.

Kit tirou a adaga da bainha no quadril.

— Tire a roupa ou vou cortar sua calça.

Percy ergueu as sobrancelhas.

— Em outro contexto, teria sido um jogo muito divertido.

Era um bom sinal que Percy estivesse falando daquela forma. O que não era um bom sinal, porém, era que ele parecia não conseguir desamarrar o cadarço das botas. Kit, ignorando os protestos da perna manca, conseguiu se ajoelhar diante de Percy e então as descalçou e desamarrou o lenço ensanguentado.

— Levante o quadril — instruiu ele, e puxou a calça de Percy, que prendeu o fôlego quando o couro se descolou da ferida, mas ficou parado e não reclamou. — Beba — ordenou Kit, passando o frasco de gim.

Percy obedeceu, e depois, antes de fechá-lo, Kit entornou uma dose generosa sobre o ferimento.

Percy se contraiu e praguejou.

— Você poderia ter me avisado.

Sem o sangue no caminho, Kit conseguia ver os contornos da ferida. Tinha quase cinco centímetros de comprimento na parte externa da coxa, como se Percy tivesse tentado sair do caminho da bala da pistola e quase houvesse conseguido. Kit não percebeu que estava segurando o ar até aquele momento. Ele tirou um lenço limpo da bolsa e o amarrou ao redor da ferida.

Depois se abaixou, pousou a cabeça no joelho de Percy e se deixou banhar pelo alívio e pela exaustão.

— Shhh. Está tudo bem — disse Percy, acariciando o cabelo de Kit.

Kit abriu a boca para protestar que era óbvio que ele estava bem e que Percy deveria calar a boca, mas, quando tentou, tudo que saiu foi um soluço, e ele percebeu que suas bochechas estavam úmidas de lágrimas.

Então deixou que Percy acariciasse sua cabeça, pensando que ele não era tão ruim em consolar quanto Kit teria imaginado. Percy disse coisas como "calma, calma" e "estou aqui com você" de modo espontâneo.

— O que fiz com você? — questionou Kit.

— O que *você* fez *comigo*? — Percy bufou, a mão imóvel no cabelo de Kit. — Você entendeu tudo errado, seu pateta. Agora vamos dormir antes que diga algo ainda mais idiota.

E Kit ficou muito aliviado ao ouvir o tom habitual de Percy, mais tranquilo do que teria ficado se tivesse ouvido palavras gentis.

A noite estava fria, então Kit disse a si mesmo que era melhor que dormissem encostados um ao outro. Pegou no sono com a cabeça enfiada nos pelos finos da nuca de Percy e um braço ao redor da cintura dele. Mesmo tendo uma vaga noção de que Percy ainda estava acordado, Kit caiu em um sono profundo.

Capítulo 43

Percy nunca dormira no chão. Também nunca tinha levado um tiro. Tampouco havia passado uma noite inteira nos braços de outro homem. Era um dia de primeiras vezes, todas as quais se combinaram para colocá-lo num estado de insônia permanente. Ele fechou os olhos e deve ter cochilado uma ou duas vezes, mas os pios de corujas, o farfalhar de folhas ou a presença de Kit sempre o acordavam.

Ou talvez fosse tudo por causa da dor latejante em sua coxa.

Ele sabia que tinha sido apenas de raspão. Soube assim que aconteceu — antes até, porque se jogara para a lateral da carruagem a fim de não ser atingido diretamente. Sabia que não era pior do que o corte que sofrera no braço durante o combate, mas a existência daquele ferimento era um lembrete indesejado da situação em que ele se encontrava.

Todos os esforços de Percy foram em vão, mesmo estando em posse do livro. O problema central permanecia: um chantagista estava prestes a expor o duque como um bígamo. Se o duque estivesse morto, eles não poderiam ter esperanças de conseguir o dinheiro e, como seu filho ilegítimo e sua esposa falsa, não poderiam herdar nada do espólio. Se sobrevivesse, certamente não poderiam planejar nenhuma extorsão porque — Deus! — fora Marian quem atirara no duque. Percy mal conseguia acreditar.

Se o pai sobrevivesse, teriam sorte de escapar da forca. Ele entendeu que precisaria fugir.

Percy não sabia que rumo tomar. Não sabia qual seria o próximo passo, tampouco tinha alguma noção do futuro. Quanto menos pensasse no que Marian fizera e por quê, melhor. Ele tinha todos os motivos para estar arrasado. No entanto, sentia-se estranhamente... não sereno, tampouco resignado, mas algo entre os dois.

Kit começou a despertar antes do amanhecer. Tomando isso como um sinal de que era hora de desistir de dormir, Percy tentou se sentar, mas sentiu o braço de Kit segurá-lo. Kit resmungou algo como "Ainda não" e "Fique", e Percy ficou extremamente tentado. Contudo, sabia o que aconteceria em seguida e, com efeito, sentiu Kit ficar imóvel, ouviu uma inspiração abrupta. E pronto: Kit se lembrou de onde estava, com quem e o que os levara até ali.

— Sinto muito — disse Percy, porque não havia falado isso no dia anterior.

— Eu também. — A voz de Kit estava rouca de sono, e as palavras eram mais um grunhido do que qualquer outra coisa. No entanto, ele ainda não tinha soltado Percy, que se virou em seus braços.

— Como está sua perna?

— Como está *minha* perna?

— Percebi que você estava mancando muito ao fim da noite.

— Está doendo muito, mas nada pelo que eu já não tenha passado antes. Vai dar para andar.

Percy achou melhor adiar a discussão. Ele se levantou, tensionando o maxilar por causa da dor na coxa. A bala da pistola passara rasgando por cinco centímetros de músculo. A cicatriz seria desagradável, e ele temia que nada poderia ser feito para salvar aquela calça de couro, mas o tiro não tinha acertado nenhum osso ou artéria; ele se recuperaria bem se conseguisse escapar da febre. Com cuidado, vestiu a calça de montaria, pela primeira vez grato por ser larga.

A porta do celeiro se abriu, e o garotinho colocou a cabeça para dentro. Carregava um jarro e uma cesta.

— Vovó achou que vocês poderiam estar com fome. Não temos chá nem açúcar — acrescentou ele, passando o peso de um pé a outro.

Percy alternou o olhar entre Kit e o menino. Na noite anterior, mesmo em meio à névoa de dor e confusão, ele notara como Kit olhava para a criança. Era como se estivesse vendo um fantasma. Kit contara pouco sobre seu passado, e, pelas poucas peças que Percy tinha conseguido juntar, era mesmo repleto de fantasmas.

— Obrigado — disse Percy, pegando o jarro e a cesta do menino.

— Seu cavalo não gosta muito de mim — declarou o garoto.

— Balius não gosta muito de ninguém. Nem de mim. Mas ele é forte, rápido e me aguenta. Ele tentou machucar você?

O garoto lançou um olhar fulminante para Percy.

— Eu sei cuidar de cavalos.

— Ah. Tolice minha. Obrigado por cuidar dele, então.

— Dennis vem de uma longa linhagem de ladrões de cavalos. Então ele sabe mesmo cuidar de um — explicou Kit, depois que o menino saiu.

— Preciso me preocupar com a possibilidade de roubarem meu cavalo bem debaixo de meu nariz?

— Acho que aqueles dois não estão mais trabalhando — respondeu Kit, com secura.

Percy descobriu a cesta, que continha uma pilha de bolinhos de aveia. Não teria conseguido comer nem se tentasse, então passou-a para Kit e cheirou o conteúdo do jarro. Era cerveja, provavelmente feita em casa, e definitivamente não era algo que Percy teria escolhido, mas deu um longo gole mesmo assim. Era amarga e forte, e Percy desconfiava que, a julgar por seu estômago vazio, não demoraria para ele sentir os efeitos. Passou o jarro para Kit, que o recusou.

— A cerveja de Dorothy é demais para mim — comentou ele, e Percy percebeu que, tirando um ou outro gole de cerveja, nunca tinha visto Kit beber nada além de chá e café.

— Bom, já eu pretendo encher a cara. Você vai ter que me amarrar ao cavalo.

Kit riu. Estava sendo muito paciente e compreensivo ao não fazer perguntas demais a Percy sobre o que havia acontecido durante o roubo, e Percy não saberia dizer se Kit não queria saber ou se percebera que Percy não sabia o que dizer.

— Marian estava lá — disse ele, quando o jarro de cerveja estava meio vazio e seus pensamentos começaram a assumir uma textura diáfana. — Era para ela estar em Londres.

Kit parou enquanto chacoalhava a palha de um lençol.

— Imaginei.

— Acho que... — Mas Percy não sabia o que pensar ou, melhor, não queria saber, então deu mais um gole.

— Se houver alguma chance de ela identificar você como o homem que atirou no duque, precisamos nos esconder por um tempo.

Era um jeito generoso de interpretar, pensou Percy. Kit tinha evitado especular se Marian armara para Percy, embora certamente desconfiasse disso. Até o próprio Percy tinha cogitado a ideia durante a insônia, ao tentar entender o que tinha visto.

O instinto de Percy era proteger Marian. Era mentir sem pestanejar, caso fosse necessário para protegê-la.

Mas havia algo mais o incomodando, deixando-o com um aperto no peito, uma sensação de... dever, talvez, em relação a Kit. Percy o colocara naquela situação, então precisava explicar alguma coisa.

— Meu pai tentou atirar em mim. Ou melhor, atirou em mim — contou Percy, apontando para a perna.

Kit acenou devagar. Era provável que tivesse desconfiado.

— Mas ele me reconheceu. Antes de atirar, digo. Eu não deveria ficar surpreso. Não havia nenhum amor entre nós, e eu sabia que ele valorizava aquele livro mais do que tudo. Eu não deveria ficar surpreso. Não mesmo.

Kit o observou com atenção, e, por um minuto, Percy receou que ele planejasse consolá-lo, como se "Lamento por seu pai tentar assassiná-lo depois que você apontou uma pistola para ele" fosse algo razoável a ser dito, mas Kit permaneceu onde estava.

— E o segundo tiro?

Percy passou a mão no queixo, retraindo-se com a sensação estranha da barba por fazer.

— Marian tirou a pistola de mim e atirou em meu pai.

Ela atirara no peito do homem à queima-roupa, depois praticamente empurrou Percy para fora da carruagem e ordenou que o cocheiro seguisse em frente. Esses eram os fatos de que Percy tinha certeza, e agora Kit também sabia.

— Você acha que ela planejou matá-lo desde o começo? — perguntou Kit.

Essa, pensou Percy, era a maneira gentil de perguntar se Marian tinha armado para Percy.

— Não sei. Se quisesse apenas matá-lo, ela poderia ter feito isso de mil modos diferentes. Não havia motivo para me envolver na história.

Ele nem tentou dizer que Marian teria contado se tivesse qualquer plano, porque não era verdade. Fazia semanas que ele sabia que a mulher estava tramando algo, entrando e saindo da casa às escondidas, vestida daquela forma.

— Houve um momento, depois que meu pai atirou em mim, em que Marian pareceu aturdida. Acho que percebeu que meu pai me reconheceu. Posso estar enganado, mas acho que ela se deu conta de que, se meu pai estava disposto a matar um filho, a filha dela nunca estaria a salvo.

Percy engoliu em seco. Poderia não passar de um conto de fadas que ele inventara para se sentir melhor sobre ter sido traído não apenas pelo pai, mas por sua amiga mais próxima.

— Ela também deve ter entendido que *você* nunca estaria a salvo.

Foi a coisa mais gentil que Kit poderia ter dito. Percy se sentiu profundamente tranquilizado.

— Quando você quer partir? — perguntou Percy.

— Acho que você e seu cavalo, e eu também, na verdade, precisaremos de mais um dia de descanso. Queria ter certeza de que sua perna parou de sangrar antes de colocá-lo no dorso de um cavalo de novo.

— Certo — concordou Percy e, por um momento, deixou-se desfrutar da sensação nova de ser cuidado.

Quando Kit saiu para conversar com a velha, Percy revirou a bolsa até encontrar o livro. À exceção da capa respingada de sangue, estava exatamente como ele se lembrava. Percy passou um dedo na folha de ouro na capa, o couro gasto da encadernação.

Quando o abriu, viu que de fato era uma Bíblia, como seu primo havia insistido e Percy não acreditara. Era uma Bíblia, com uma lista de nomes, datas e locais escritos na letra miúda e esguia da mãe. Quando a folheou, viu o que pareciam ser palavras aleatórias sublinhadas e, com uma sensação vertiginosa, compreendeu que estava olhando para uma mensagem codificada ou para a chave de um código.

Capítulo 44

Dorothy olhava para Kit como se achasse que ele fosse desaparecer a qualquer momento. Quando Kit levou a chaleira para fora para enchê-la na bomba, pareceu surpresa por ele ter voltado, como se achasse que fosse fugir e levar a chaleira com ele.

— Vou mandar Dennis à vila para ver se há alguma notícia. Imagino que, seja lá o que o tenha trazido até aqui, deve ser o tipo de notícia que se espalha. Ele sabe que não deve falar sobre nenhum estranho que esteja dormindo no celeiro.

— Obrigado. Imagino que não… — A voz de Kit embargou e falhou. — Há alguém dormindo em minha antiga cabana?

Ela lhe lançou um olhar que era ao mesmo tempo suave e repreensivo.

— Ela desabou há alguns anos, Kit.

Ele engoliu em seco.

— Ah, é. Claro.

Ele então foi para o lado de fora, desesperado por ar fresco. Encontrou Percy arrastando baldes de água fria da bomba para encher a velha tina de metal que havia montado no celeiro.

— Vai esquentar a água? — perguntou Kit.

As bochechas de Percy ficaram rosadas.

— Não queria incomodar ninguém.

— Bom, se morrer congelado, aí que vai ser um incômodo mesmo. Dennis!

Kit tirou meio tostão da bolsa de moedas e o deu para o garoto pelo serviço, depois se recostou na parede do celeiro.

Percy veio se recostar a seu lado.

— Sabe — começou ele, em tom de confidência e com a testa franzida —, vi aquele menino passar mais cedo com um par de faisões. Acho que estas pessoas são caçadoras ilegais.

Kit riu.

— Isso eles são mesmo. E eu também era. E minha esposa também. Assim como muita gente que morava na terra de seu pai. As pessoas precisam pagar as contas

Depois que as palavras saíram de sua boca, ele segurou a respiração, sem saber como Percy reagiria.

— Eu me perguntava por que você odiava meu pai. Se já foi um dos inquilinos dele, isso explica tudo — disse Percy, com certa amargura.

Não perguntou sobre Jenny, mas pegou a mão de Kit e a apertou, como se soubesse que não era uma história feliz.

Depois que a tina estava cheia, Kit fechou a porta do celeiro para bloquear as correntes de ar mais fortes. Observou com um sorriso enquanto Percy tirava um sabonete branco límpido da bolsa, seguido por uma esponja e um lençol de linho.

— O que mais tem aí? Uma cama de plumas?

— Garanto que, se tivesse uma cama de plumas, eu a teria tirado ontem à noite. Não que esteja reclamando da hospitalidade de sua amiga — acrescentou ele rápido.

Kit olhou sem nem disfarçar enquanto Percy se despia. Primeiro, porque queria confirmar que Percy não estava escondendo nenhum ferimento — ele não tinha conseguido ver muito à luz da lamparina na noite anterior. E segundo, bom, porque queria.

Percy tirou a camisa por sobre a cabeça e olhou ao redor, obviamente à procura de um lugar para colocá-la, e então resolveu enfiá-la na bolsa, sem dobrar. Era provável que sempre tivesse um criado à disposição para lidar com coisas como roupas para lavar. Kit se perguntou quais eram os planos de Percy para o futuro. Se o duque estava morto, o que aconteceria com o plano de extorsão? Percy saberia viver sem sabonetes caros e banhos quentes? Kit se sentiu idiota por se questionar — é claro que Percy daria um jeito. Tinha passado de filho mimado de uma família nobre a associado de criminosos e lutadores. Kit sentiu uma vontade profunda de estar por perto por tempo suficiente para ver Percy reencontrar seu caminho.

Percy tirou as botas e a calça de camurça e entrou no banho.

Kit sabia que Percy era forte, mas era diferente ver o músculo esguio sob a pele clara. E ele sabia que Percy era bonito, mas era diferente ver a envergadura de seus ombros e a curva de sua bunda.

Percy olhou para trás em direção a Kit e mergulhou na tina.

— Se for para ficar, você deveria vir aqui.

Sem pensar duas vezes, Kit puxou um banquinho para o lado da tina e se sentou.

— Quer alguma coisa?

Kit não estava no clima, mas havia coisas mais estranhas do que se excitar com fugas arriscadas.

Percy engoliu em seco e balançou a cabeça, sem encarar Kit.

— Não, é só que tomei cerveja demais e estou sentimental. Acho que ter você por perto vai me impedir de chorar no banho enquanto lavo o sangue de meu pai das mãos, quase literalmente.

— Às vezes é preciso chorar no banho.

— Não sei por quê, mas duvido que você faça isso — comentou Percy, ensaboando os braços.

O corte em que Kit havia colocado um curativo uma semana antes tinha se transformado em uma linha quase invisível que em breve estaria escondida por espuma de sabão.

— Você ficaria surpreso. Quer dizer, não no banho. Eu afogava as lágrimas no gim, mas a ideia é a mesma.

Percy se afundou mais na tina, molhando o cabelo e passando a espuma pelos fios.

— Collins vai ficar indignado por eu usar sabonete comum no cabelo. É provável que fique dias sem falar comigo e deixe frascos de tônico capilar pelos meus aposentos em retaliação. Isto é, se eu não for forçado a fugir para salvar minha vida. Uma vida de exílio anônimo não deve envolver muito tem termos de tônico capilar.

Kit poderia tê-lo tranquilizado dizendo que era quase certo que o duque estava morto, mas não era isso que Percy precisava ouvir.

— Você vai se virar. É inteligente e forte.

Percy lhe lançou o olhar mais incrédulo de que um homem com a cabeça coberta de espuma seria capaz.

— Sou o oposto de forte. É tudo uma fachada. É atuação.

Kit sentiu o coração apertar com um carinho indescritível e inconveniente. Percy ainda era jovem ou ingênuo o bastante para acreditar que havia diferença entre ser forte e parecer forte. De novo, Kit se pegou querendo estar presente quando Percy entendesse, quando descobrisse o próprio valor.

Quando Percy se atrapalhou tentando lavar as costas, Kit pegou a esponja dele em silêncio e assumiu a tarefa.

— Meu pai costumava me deixar ganhar no xadrez — disse Percy, enquanto Kit passava a esponja em sua nuca. — Eu pensava que era porque ele não queria que eu me sentisse mal por perder, mas depois entendi que era porque queria terminar a partida mais rápido.

No começo, Kit não entendeu por que Percy estava contando aquilo, por que esse fato importava mais do que outros detalhes que ele pudesse recordar do pai naquele momento. Mas então se deu conta de que Percy estava compartilhando um momento de profunda decepção, quando um gesto que tinha pensado ser de amor havia se revelado de indiferença. Ele tinha levado um tiro do pai, que era indiferente ao filho. E estava tentando entender como — ou se — sofreria a perda de um homem que não dava a mínima para ele.

Kit mergulhou a esponja na água morna e lavou a curva da orelha de Percy. Não conseguia imaginar como alguém conseguiria ser indiferente àquele homem. Odiá-lo, talvez. Amá-lo, sem dúvida. Mas a indiferença parecia simplesmente impossível.

Percy enxaguou o cabelo e se levantou. Kit observou a água escorrer de um corpo que estava praticamente intacto, exceto pelo ferimento do dia anterior, e sentiu uma onda de alívio por nada de pior ter acontecido. Ele chacoalhou o lençol de linho e o estendeu para Percy entrar e ser envolto pelo tecido e por seus braços, então o segurou ali, apenas por um momento.

A água ainda estava morna, e Kit achou que era melhor aproveitar, então tirou as roupas e entrou na tina. Sentiu o olhar de Percy sobre ele e não precisou confirmar para ver que ele devia estar encarando a cicatriz em sua perna. Era uma teia de marcas vermelhas viscosas que se estendiam da lateral da coxa até acima do quadril. Seu instinto era se esconder na água, mas ele se obrigou a virar para olhar para Percy.

— Não é tão ruim quanto parece.

— Tenho certeza de que você está mentindo.

— Bem. Não adianta nada reclamar.

Ele se sentou, consciente da dor que sentia até em dobrar o quadril para entrar na tina.

Ainda enrolado apenas no lençol, Percy se sentou no banco que Kit tinha ocupado.

— Já considerou não andar tanto?

Kit bufou.

— Todo dia. Na maioria das tardes, Betty só quer me amarrar na cadeira. — Ele se encheu de espuma, usando o sabão que Percy havia trazido. Cheirava a flores. — Nossa, quanto isso custou? Não, nunca me conte. Veja, antes de me machucar, eu vivia ou em pé ou a cavalo. Ainda estou tentando entender como ficar parado, como... como ser eu, imagino, mas com uma perna que não funciona. Ainda não cheguei lá.

Os olhos de Percy estavam fixos nele, claros e arregalados, em uma expressão que Kit não se atrevia a nomear.

— Você é bom em dar um jeito nas coisas. Nós dois somos.

Kit concordou, e, evidentemente, Percy decidiu que não aguentava mais tanta sinceridade, porque passou o resto do banho de Kit alternando entre insultar seu cabelo e comê-lo com os olhos.

— Era algo que eu queria melhorar — comentou Percy, depois que os dois estavam limpos, vestidos e comendo queijo duro e maçãs. — O cuidado com os inquilinos, digo. Quando herdasse o ducado, eu queria ser mais justo com os aluguéis e talvez construir uma escola. — Suas bochechas coraram. — Sei que é tudo irrelevante agora. Posso falar o dia todo sobre as coisas boas que planejava fazer, mas não vai dar em nada. E nunca vou saber se eu teria sido um senhorio melhor do que meu pai.

— Não existe senhorio bom — disse Kit, com a boca cheia de maçã crocante.

— Como assim?

— Existem os horríveis, como seu pai. E há aqueles que conseguem evitar cometer maldades. Mas nunca ouvi falar de nenhum bom.

Percy estava repensando no que ele dissera, em vez de dar logo uma resposta, o que já era mais do que Kit esperara.

— Vamos. Consegue andar cinco minutos? — perguntou Kit, quando terminou de comer. Não sabia nem se *ele* conseguia andar cinco minutos, mas tentaria mesmo assim.

Guiou Percy por uma trilha que lhe era familiar pela floresta, com a grama muito mais alta do que estava dez anos antes, quando ele, Jenny ou um dos outros a percorriam todos os dias. Depois de tanto tempo, ele pensou, Dennis e Dorothy ainda deveriam percorrer aquela trilha para chegar à vila, senão já teria desaparecido em meio à floresta.

Ficou grato por Dorothy ter alertado que a casa havia desabado, porque a ausência dela desnorteava Kit a tal ponto que a princípio ele pensou ter pegado uma curva errada. Algumas mudas já estavam crescendo onde antes havia o piso. A maioria das pedras tinha sido levada para consertar paredes ou construir casas.

— Foi aqui que morei quando me casei. Tínhamos 18 anos — contou ele, como se fosse uma explicação. — E depois… as coisas deram errado. — Ele não contaria tudo. Faria esse favor a si mesmo, ao menos ali, diante dos escombros que um dia foram a sua esperança. — O pub tinha sido fechado e meus pais morreram. Aconteceu tudo muito rápido. E então Jenny teve um bebê. — Ele engoliu em seco, tentando se recompor, sabendo que era o foco da atenção de Percy. — Era um inverno rigoroso. Ela atirou num cervo. A família dela era toda de ladrões de cavalos, ladrões de ovelhas, caçadores ilegais, lascadores de moeda. Acho que um tio era falsificador.

Kit não entraria em detalhes e não revelaria o tanto que pedira para ela não fazer aquilo, implorara, na verdade. Não era essa a questão, e ele não queria fazer parecer que se preocupava demais com a lei, sendo que havia passado os dez anos seguintes desmentindo essa ideia.

— Ela foi pega, e o duque de Clare a sentenciou à deportação. Ela morreu no navio.

Kit tentou não se ater à lembrança do dia que a levaram à força para longe dele e de Hannah; tentou não imaginar as últimas semanas dela naquele navio. Mas, estando ali, era difícil evitar esses pensamentos. Ele apertou a ponta da bengala até sentir cãibra nos dedos.

— E a bebê? — perguntou Percy, numa voz que não era muito mais alta do que o som da brisa passando por folhas mortas sobre o chão da floresta.

Kit apontou para o pé de carvalho antigo que ainda estava a leste do que tinha sido sua casa.

— Pensei que a árvore daria uma boa lápide, mas eu estava meio fora de mim e talvez não estivesse fazendo as melhores escolhas. Rob cavou — acrescentou ele, embora não soubesse por que esse parecia um detalhe importante.

— Qual era o nome da bebê?

— Hannah. Tinha 6 meses. Fiz o melhor que pude depois que Jenny se foi, mas...

Ele não conseguiria continuar a menos que quisesse começar a chorar, e não achava que aguentaria lamentar sobre tudo que havia acontecido mais uma vez. Não depois de tanto tempo. Não ao lado do filho do maldito duque de Clare.

Mas, quando se atreveu a olhar para Percy, percebeu que o homem estava fazendo um péssimo trabalho em conter as próprias lágrimas. Algo na tristeza empática de Percy arrancou Kit do passado, e ele viu o próprio luto ao longo de dez anos, tão distante que conseguia sentir pena da pessoa que ele tinha sido ao perceber quem era agora.

— Pensei que você ficasse mais bonito ao chorar — comentou Kit, na esperança de cortar a tensão, mas sem sucesso por conta da voz embargada. — Percy, querido, você não quer ser esse homem. Não quer ser o homem que distribui sentenças, que destrói vidas. Sua vida não é o que você pensou que seria, mas...

Ele não sabia como completar a frase. Não sabia como dizer que estava feliz em saber que Percy jamais teria o tipo de poder capaz de destruir vidas por capricho.

Percy concordou com a cabeça.

— Sinto muito. E obrigado por me contar.

Eles voltaram à cabana de Dorothy em silêncio.

Capítulo 45

— Preciso ver Marian — disse Percy naquela noite, quando não conseguiu mais se conter.

— Você não sabe se está sendo procurado pelo assassinato de seu pai — argumentou Kit.

Estavam deitados no chão do celeiro, encolhidos sob uma única coberta, olhando fixamente para as vigas do teto como se fossem algo muito interessante de se apreciar.

— Você pode esperar aqui. Ou pode voltar para Londres. Ou fazer o que quiser. Vou voltar ao castelo Cheveril e falar com Marian.

— Você sabe que ela pode ter dito que *eu* atirei no duque, certo? Ela pode não ter armado para você, mas para mim. — Kit soltou um grunhido e passou a mão no queixo. No escuro, Percy ouvia o som áspero do polegar calejado na barba rala. — Rob tentou me convencer de que você estava armando para mim, que tinha descoberto minha história com seu pai e estava tentando se aproveitar de mim. Falei que era impossível. Mas Marian pode ter feito isso. Como ela chegou ao meu nome?

— Não sei ao certo. Ela foi bem reservada nesse ponto. — Percy não queria aceitar que a amiga estivesse armando uma cilada, mas também não queria se estender nesse assunto. Ele virou a cabeça e olhou para Kit. — Fico feliz que você saiba que eu não faria isso.

Kit continuou olhando para o teto.

— Eu também.

— Em todo caso, não acho que precise se preocupar sobre ser incriminado pelo roubo ou pelo disparo. O cocheiro e a escolta viram um homem magro e loiro, com uma cicatriz e sem dificuldade para andar.

— Eu estava à beira da estrada.

— Você estava escondido nas sombras. A única coisa visível era a pistola. Além disso, se estiver preocupado em estar envolvido no roubo, é mais um motivo para voltar para Londres e fingir que nada aconteceu.

— É mais um motivo para eu continuar com você. Se ela tiver tramado algo, então estar com você é o melhor álibi que posso ter. E, se ela não tiver, estou na merda mesmo assim.

Percy olhou fixamente para o perfil de Kit.

— Bom, eu vou ao castelo Cheveril. Fica a apenas alguns quilômetros daqui.

Dava para perceber que Kit estava bravo com ele, mas, quando Percy se virou para dormir, Kit colocou um braço em volta dele e deu um beijo no topo de sua cabeça. Era algo que Percy nunca tinha sequer considerado — a possibilidade de que alguém pudesse estar bravo com ele, mas também apaixonado. Percy estava irritado com Kit — por que o maldito não voltava para Londres como qualquer pessoa razoável faria? —, mas pensou que nunca estivera tão apaixonado por alguém como estava por ele. Pegou a mão que repousava sobre sua barriga e a levou à boca, dando um beijo nos nós dos dedos dele.

— Kit — sussurrou Percy, depois que se passaram alguns minutos.

Os sons noturnos da floresta pareceram cada vez mais altos, e o espaço ao redor deles, escuro e vazio. Percy se sentiu pequeno e perdido, e sentiu como se Kit fosse a única coisa sólida e segura no mundo.

— Está acordado?

— Estou — respondeu Kit, grave e baixo.

Percy sabia que era patético buscar conforto, mas nunca necessitara tanto daquilo.

— Como consegue olhar para mim depois de me contar o papel que meu pai representou em sua vida? — Sua voz tinha um tom mais triste do que ele gostaria. — Você não o vê toda vez que olha para mim?

— Vejo. É claro que vejo.

Mas ele não tirou o braço, e o fato de que estava ali apesar de tudo que poderia ter se interposto entre os dois era mais reconfortante do que qualquer palavra que pudesse ter pronunciado.

— Mas também vejo você — concluiu Kit.

Percy adormeceu sentindo-se mais seguro do que vinha se sentindo em semanas.

De manhã, Percy observou enquanto Kit abraçava Dorothy. A idosa parecia pequena e frágil ao lado dele. Em seguida, Kit se ajoelhou e disse algo para o garoto.

Percy montou em Balius, que parecia indignado por ter viajado quase oitenta quilômetros para dormir num barracão. Kit, com a ajuda de um tronco de árvore, montou numa égua baia que Dorothy afirmou ter pegado emprestada de um vizinho. Percy guardou todos os seus pertences nos alforjes da sela, exceto o livrinho verde, que manteve no bolso, ao alcance da mão, e que parecia mais pesado conforme ele começava a desconfiar do propósito do objeto.

Ao meio-dia já conseguiam ver o castelo Cheveril, depois as torretas e a casa de guarda surgiram gradualmente.

Era apenas um edifício, Percy disse a si mesmo. Pedra e cascalho, reboco e argamassa. Ele sabia que fora sua mente que o transformara em algo mais — um legado, uma identidade. Mesmo assim, olhando para a silhueta de seu lar contra o céu cinza de outono, vendo-a pela primeira vez em anos e possivelmente pela última vez na vida, ele teve que cerrar os dentes para conter o choro.

— Vou na frente — avisou ele. — Quer esperar aqui?

Kit lançou um olhar seco para Percy e avançou rumo ao portão.

Quando o guarda disse a Percy que o duque e a duquesa não estavam na residência, ele quase pediu para o homem repetir o que tinha dito, de tão impactado que ficou com aquela informação. Conseguiu perguntar onde estavam, e o guarda explicou que a criadagem estava esperando eles dois dias antes, e só lhes restava supor que haviam mudado de planos.

Percy sabia que deveria dar meia-volta e retornar a Londres para ver se o duque estava vivo, falar com Marian e planejar o próximo passo.

Mas estava perto demais de Cheveril e era possível que nunca mais voltasse a colocar os pés ali — ao menos não como seu herdeiro, então atravessou os portões. Se Kit ficou surpreso, não transpareceu, apenas continuou a cavalgada a seu lado.

A estradinha do portão até a entrada tinha sido feita para proporcionar ao visitante a melhor visão da fachada, que fora construída no tempo do avô de Percy. Para chegar à entrada principal, era preciso atravessar hectares de áreas verdes e jardins, e em seguida passar por duas fontes importadas da Itália.

Era assim que Cheveril aparecia nos sonhos de Percy — uma dezena de torretas, incontáveis janelas e paredes brancas que estavam sempre impecáveis. Era assim que ele via o castelo quando era sua casa.

Também era arte. O lugar era resultado do trabalho de dezenas de arquitetos e sabe Deus quantos artesãos, jardineiros, criados e trabalhadores. A quantidade de ouro envolvida na construção do castelo Cheveril não era nada comparada ao número de vidas que tinham sido devotadas a torná-lo o que, na opinião de Percy, qualquer pessoa com a cabeça no lugar admitiria ser o melhor exemplo da arquitetura do período quinhentista da Inglaterra e, talvez, de todo o mundo.

— Foi construído há duzentos anos no local onde tinha sido o priorado Cheveril. Antes se entrava na casa pelo lado sul, mas meu avô encomendou uma fachada que melhorasse o teto no lado leste, e o resultado é o que você está vendo.

Percy não fazia ideia de por que estava se dando ao trabalho de dar uma aula de história, e sobre tetos ainda por cima, exceto que queria uma desculpa para ficar ali por mais um tempo. Não tinha a intenção de se apressar na última vez que visitava a casa.

— À esquerda, dá para ver os jardins italianos — continuou ele, praguejando-se por soar exatamente como um guia turístico. — Meu pai os instalou há uns dez anos.

A vista da fachada do castelo Cheveril eram agora canteiros de jardim, atrás dos quais havia uma faixa larga de área verde ininterrupta.

— Foi na primavera de 1739 — disse Kit.

— Sim, isso mesmo. — Percy estava confuso por Kit saber disso. — Era meu segundo ano na escola.

— Já se perguntou por que o castelo é chamado assim?

— Foi batizado em homenagem ao priorado que havia aqui.

— E como você acha que o priorado ganhou esse nome?

— Ah… havia uma vila, não?

Percy se lembrava da vila apenas vagamente como um lugar que visitava de vez em quando com sua ama, sempre em troca de um doce. Em algum ponto, a vila tinha deixado de existir, mas ele estava ocupado demais com a escola para perguntar o que acontecera, e, de todo modo, a conversa com seus pais não se estendia às melhorias que o duque fez à propriedade.

— Sim — respondeu Kit, inexpressivo, depois cavalgou à frente de Percy.

Deveriam dar a volta para o estábulo, mas Percy queria subir os largos degraus brancos pela última vez. Houve o constrangimento habitual que acompanhava uma chegada sem aviso prévio, mas Percy se aproveitou da confusão geral para evitar explicar a presença de Kit.

— Na verdade, estava torcendo para ver meu pai e a duquesa, mas, se eles não estão aqui, só vou ficar um pouco para descansar os cavalos — explicou Percy graciosamente. — E não se incomodem com o jantar.

Um tempo depois, ele e Kit estavam no grande salão, sozinhos exceto pelo pequeno exército de criados que sem dúvida estava por ali.

— Este é o Grande Salão — comentou Percy, com a enorme cornija e a galeria de menestréis. — E esta é a Grande Escadaria. Infelizmente nos falta criatividade quando se trata de nomear as coisas. Você nunca vai imaginar de que cor é a Biblioteca Azul.

Ele deu meia-volta e viu Kit parado no meio do salão, sem olhar para o teto com adornos esculpidos ou para a pintura a óleo de uma cena de batalha de tamanho impressionante, ainda que de uma feiura trágica, pendurada sobre a cornija, mas sim para o próprio Percy, e com uma expressão indecifrável.

— Consegue subir a escada? Francamente, não sei nem se eu consigo, e há uma grande chance de um criado ter que me carregar de volta para cá, mas gostaria de tentar? — perguntou Percy.

Kit deu de ombros. O ferimento de Percy repuxava um pouco a cada passo e, logo no primeiro patamar, ele já havia se arrependido da ideia.

No alto, ele guiou Kit em direção à galeria de retratos.

— Esta é minha avó. — Percy apontou para o retrato de uma dama de cabelo preto com um pug de semblante afrontado no colo, depois para um cavalheiro com uma enorme peruca preta, sentado no que seguramente era o Grande Salão: — Aquele é o nono marquês, pouco antes de ser decapitado. Ele tinha vários macacos de estimação. Macacos demais, para ser sincero. E aquela é minha mãe.

Percy não tinha planejado parar, nem encarar, mas era a primeira vez que via o rosto da mãe desde que saíra da Inglaterra. E, embora o retrato não fosse muito fidedigno, era parecido o suficiente para tirar seu fôlego. Tinha sido pintado pouco depois do casamento, portanto quando ela contava com cerca de 20 anos. O retratista tinha se esforçado para lhe dar um ar sonhador, que era muito distante da mulher perspicaz e de olhar atento que o filho amava.

— Você se parece com ela — comentou Kit. Eram as primeiras palavras que ele dizia desde que entraram na casa.

— Obrigado — disse Percy, embora não fosse exatamente um elogio, considerando como sua mãe tinha uma aparência tola naquele retrato. Mas ele sabia que Kit queria dizer que Percy se parecia com a mãe *também*. Ele se permitiu contemplar sem pudor o retrato por mais um minuto. — É uma pena que seja tão grande, senão eu o levaria dentro do casaco.

A maioria das pessoas nem sequer tinha a opção de roubar retratos das mães mortas, então deixá-lo para trás não seria uma grande perda, considerou ele. Com o tempo, a memória do rosto de sua mãe se apagaria. E tudo bem. Ele conseguiria lidar com isso, como todos os outros.

— E estes são meus aposentos. — Percy abriu uma porta pesada de carvalho.

Os cômodos tinham sido espanados e arejados, e estavam com um cheiro fresco de limpeza mesmo depois de ficarem desocupados por mais de dois anos.

— A tradição da família Talbot de dar nomes óbvios continua intacta, uma vez que estes cômodos são conhecidos como Quartos de Lorde Holland, desde que meu primeiro ancestral usou o título de cortesia.

Kit parou no batente, com o maxilar cerrado e a expressão sombria. Mais uma vez, olhava para Percy em vez de focar na impressionante coleção de estatuetas de porcelana sobre a lareira, ou no Caravaggio original pendurado ao lado da porta dos aposentos internos. Tampouco parecia interessado nos carpetes grossos ou nas cortinas de seda.

Percy passou pela antecâmara para entrar no quarto. Soube que Kit veio atrás apenas pelo som abafado da bengala batendo no chão acarpetado. Percy ergueu a mão para tocar os dosséis de seda azul. Algumas partículas de poeira se dispersaram, refletindo a luz de modo quase cintilante.

Então a poeira se assentou, e ele se deu conta de que devia estar encarando o cômodo por minutos. Sentiu as bochechas corarem, e se voltou para Kit, que estava apoiado no batente.

— Desculpa. — Sua voz ficou embargada e, se Percy não se conhecesse, pensaria que estava prestes a chorar. — O relógio acima da cornija é...

— Estou pouco me fodendo para o relógio.

— É óbvio que está, seu bárbaro.

A boca de Kit se contorceu.

— Do que você precisa? — perguntou ele, e Percy deve ter parecido tão confuso e perdido que Kit esclareceu: — O que precisa fazer aqui? Não podemos ficar. Sinto muito, Percy, mas temos que ir para Londres. O que precisa fazer antes de ir embora?

Na verdade, o que ele queria era encolher todo o Cheveril ao tamanho de uma das estatuetas de porcelana e o colocar no bolso para guardá-lo com segurança. Queria botar fogo em tudo para que ninguém mais pudesse tê-lo, ou talvez porque odiasse se importar tanto com tijolos e pedras.

Ele olhou de canto de olho para a cama, então para Kit.

— Você pode... você me comeria? — Sua voz era baixa e insegura, o oposto de sedutora. — O colchão é muito confortável — acrescentou ele, porque estava muito empenhado em agir feito um idiota.

— É disso que você precisa?

Percy fez que sim. Kit atravessou o cômodo, ainda sem encostar nele, ainda olhando para ele com atenção total.

— Está bem — disse Kit, e o beijou.

Capítulo 46

— Faça de um jeito que seja inesquecível — pediu Percy, enquanto eles se atrapalhavam para tirar as roupas um do outro.

— Você deve estar superestimando minhas habilidades

Mas Kit desejava conseguir aquilo. Desejava que bastasse um momento de luxúria para obliterar o castelo Cheveril e tudo o que ele representava para Percy. Quem Percy era.

Percy tirou as últimas peças de roupa e parou nu diante dos dosséis azuis que Kit desconfiava terem sido escolhidos para favorecer o ocupante. A ideia lhe pareceu ao mesmo tempo um pecado de tão extravagante e um uso admirável de fundos.

Kit descalçou as botas.

— Deite-se na cama.

Percy se posicionou sobre uma coberta da mesma seda azul-celeste.

— Ah, tem óleo no bolso de meu casaco.

— Estava otimista, hein?

Kit despiu o casaco e a camisa, deixando que caíssem no chão.

— Cale a boca e faça seu trabalho — disse Percy, abrindo as pernas e passando a mão por si mesmo.

Rindo — e não era maravilhoso estar rindo naquele lugar, com aquele homem? —, Kit pegou o óleo e o jogou para Percy.

— Você sabe que nunca fiz isso antes, certo?

— Por que não, Kit?

Ele se sentou na beira da cama e passou a palma da mão num dos joelhos de Percy.

— Nunca pareceu valer o risco.

Percy o encarou, apoiando-se no cotovelo.

— Deixe-me entender. Você, que cometia roubos frequentes e outros crimes com tanta desenvoltura, você, que é praticamente um nome célebre, hesitava diante de um pouco de sodomia?

— Bom, parece bobo quando você fala assim.

— Acho que precisamos admitir que suas prioridades precisam ser revistas.

Kit sorriu, mas ele sabia que Percy tinha razão. Talvez Kit não pensasse que o próprio prazer importasse. Talvez tivesse apenas achado que não havia problema em arriscar o pescoço quando era pelo bem de outra pessoa — ou para punir outra pessoa. Mas, quando tocava em Percy, a ideia de que estava arriscando a vida o deixava tão furioso quanto ele ficava ao pensar que lugares como Cheveril existiam enquanto pessoas comuns passavam fome. Qualquer lei contra isso era o tipo de regra que Kit, por princípios, queria destruir. O que quer que houvesse entre eles, apesar de toda a confusão, era bom, e era deles, e ambos deveriam aproveitar. Foda-se quem dissesse o contrário.

Percy lambeu os lábios e puxou Kit para perto.

— Você acha que estar comigo vale o risco?

Kit percebeu a incerteza na voz dele e sentiu o coração se partir.

— Você vale qualquer preço que eu possa pagar — respondeu ele, então o beijou.

Normalmente Percy beijava como se fosse uma luta, como se planejasse beijar até ser o último homem em pé. Mas naquele momento estava dócil, sua boca suave sob a dele. Kit tirou a fita de couro que prendia o cabelo de Percy e desfez a trança, deixando os fios dourados caírem sobre o travesseiro.

Percy derramou um pouco de óleo nos dedos e os besuntou, deslizou sobre as bolas e então pela dobra da bunda. Kit se sentou, observando com atenção enquanto dois dedos de Percy desapareciam dentro dele. Kit colocou uma das mãos na lateral do joelho de Percy, abrindo mais as pernas dele para que pudesse observar melhor. Percy ergueu o quadril, obediente, e Kit perdeu o fôlego como se tivesse levado um soco.

Quando ergueu o olhar, viu que os olhos de Percy estavam nele, observando-o observar. Kit sentiu o rosto corar e viu um rubor no pescoço de Percy que descia por seu peito pálido.

— Olhe só para você — murmurou Kit, e teve a satisfação de ver Percy se ruborizar até a ponta das orelhas.

Kit se abaixou e o beijou. Então desceu a mão pelo peito de Percy, circulando um mamilo e depois sua ereção, até fechar o punho. Kit o beijou mais um pouco, roçando o pau duro no quadril dele, sentindo sua avidez crescer.

— Por favor, Kit — murmurou ele.

Kit se ajoelhou entre as pernas de Percy e simplesmente o olhou por um momento: os braços e as pernas pálidos sobre a seda azul e o cabelo claro espalhado pelo travesseiro. A expressão em seu rosto era tão cândida e franca que Kit teve que desviar os olhos.

Ele se posicionou e parou, permitindo-se um instante para desfrutar da sensação de quase penetrar Percy e prolongando-a até que o desejo se sobrepusesse a todas as outras sensações. Então forçou um pouco mais a entrada e soltou um palavrão ao sentir o calor o envolver, observando-se entrar centímetro por centímetro.

Percy começou a lhe dar ordens, claro. "Espere, sim. Continue. Bem aí. Faça isso de novo." Kit obedeceu e afundou o rosto no ombro de Percy, meio rindo e meio dominado pelo prazer e pela alegria de estar fazendo aquilo pela primeira vez com Percy. Diminuiu o ritmo das estocadas e o beijou, lenta e languidamente.

Kit pegou a perna de Percy que não estava machucada e a colocou sobre o ombro.

— Está bom assim? — perguntou ele, virando a cabeça para beijar o tornozelo de Percy.

— Não — retrucou Percy, as palavras contraditas pelo modo como se contorcia sob o toque de Kit. — Você está fazendo tudo errado.

Kit ficou imóvel.

— Ah, é?

— Era para você estar fazendo isso de um jeito sujo. Eu queria… nossa, sim, faça isso de novo… profanar este lugar. E, em vez disso, você está sendo um amor.

Kit baixou os olhos para ele.

— Se faz você se sentir melhor, os lençóis vão ficar destruídos.

Percy riu.

— Viu, é disso que estou falando. Não era para eu estar rindo. Você é péssimo nisso, é uma grande… — Ele perdeu a voz quando Kit ergueu o quadril em um ângulo diferente, e as palavras se transformaram num gemido gutural. — Uma grande decepção.

Kit continuou o decepcionando até Percy baixar a mão e se masturbar até gozar, sussurrando o nome de Kit, cravando as unhas em seus ombros. Kit chegou ao ápice logo depois.

Então os dois ficaram deitados lado a lado, recuperando o fôlego.

— Se acha que qualquer coisa que façamos possa profanar algo, você é um idiota — disse Kit, ao sair da cama, e vestiu sua calça de camurça. — E não acho que queira profanar este lugar, nem suas memórias dele. Você o ama. É sua casa, por mais que eu gostaria de vê-la apodrecer. Mas não vai me usar e fingir que o que estamos fazendo, o que somos um para o outro, é algo vil.

Kit vasculhou a bolsa até encontrar um pano para entregar a Percy, depois virou as costas enquanto o parceiro se vestia.

— Eu quis dizer — Percy se aproximou por trás dele — que isso não é algo que eu poderia ter se eu fosse quem pensei ser. O duque de Clare não pode ter seu... amante, digamos, em seus aposentos. — Ele colocou uma mão hesitante no ombro de Kit. — Como um igual. Eu queria fazer algo que ele não poderia fazer. E estava sendo sincero quando disse que você foi um amor. Você sempre é.

Kit se virou. O cabelo de Percy estava solto ao redor dos ombros, emaranhado pelas mãos de Kit. Seus lábios estavam inchados de tanto beijar, sua camisa, amassada, e seu pescoço, vermelho e empolado por causa da barba de Kit.

— Eu sei. — Ele ajeitou um fio de cabelo atrás da orelha de Percy. — Eu sei disso. Vamos indo.

Percy saiu agradecendo os criados e distribuindo moedas generosamente, depois montou no cavalo reclamando porque nunca havia aprendido a planejar os dias em torno de uma boa sodomia.

— Conseguimos chegar a Londres nestes cavalos antes do anoitecer?

— Você, sim — disse Kit, olhando para o céu, e depois para os cavalos. — Vou pegar a diligência de Tetsworth e providenciar para que esta égua seja levada de volta à proprietária.

— Posso esperar por você — ofereceu Percy, e ele mentia tão bem que Kit pensou que ele poderia estar sendo sincero.

— Não, não pode. Você precisa voltar à cidade o quanto antes, e seu cavalo, por mais alvoroço que ele possa fazer, vai levar você mais rápido do que a diligência.

Percy afagou a crina do cavalo.

— O pedigree de Balius é refinado e suas sensibilidades são delicadas demais para levar este tipo de vida comum — concluiu Percy, aparentemente para agradar o cavalo. — Ele foi criado no luxo equino e já está perdido sem suas maçãs e os outros petiscos. Eu sei, meu querido — disse ele ao cavalo. — Sinto o mesmo.

Enquanto desciam pela entrada, Kit apontou para a grande extensão de área verde.

— Lembra daquela vila de que falei? Cheveril? Você sabe o que aconteceu? — Quando Percy balançou a cabeça, Kit continuou. — Seu pai demoliu tudo para dar uma vista melhor do castelo.

— Eu me lembro dela — comentou Percy, com os olhos fixos na extensão de grama vazia onde antes ficava Cheveril. — Fico envergonhado por assumir que nunca parei para pensar no que aconteceu com as pessoas que moravam lá.

— A hospedaria de meu pai foi demolida. Ele tentou abrir outro negócio a duas vilas daqui, mas já havia uma taberna. Ele e minha mãe adoeceram e faleceram na primavera de 1741.

— 1741 — disse Percy devagar. Kit quase conseguia vê-lo fazer as contas. — Foi o mesmo ano em que sua filha morreu. Você perdeu todos de uma vez, então?

— Foi um inverno rigoroso. — Kit só soube anos depois que aquele inverno tinha sido rigoroso em todo o país e até fora dele, e não uma tormenta que tinha caído apenas sobre ele. — Nem preciso dizer que seu pai não levantou um dedo para ajudar.

— Em vez disso, ele mandou deportar uma garota por caça clandestina. Uma mãe.

— Eu e Rob não conseguíamos passar nem mais um minuto nesta parte do país, e, bom, àquela altura nenhum de nós tinha muito interesse em ganhar a vida honestamente.

— Não, imagino que não. — Percy engoliu em seco. — Eu sabia que meu pai era um mau senhorio, mas não sabia quanto.

Kit balançou a cabeça e voltou o olhar para a extensão vazia em que Cheveril costumava ficar.

— Você podia até não saber sobre Cheveril nem sobre minha família. Mas sabe que a fortuna de sua família foi construída com base nas perdas de outros. Sabe que seu pai tem propriedades nas Índias Ocidentais. Não tem como pensar que algo erigido com esse dinheiro seja bom. Sem dúvida, sabe o custo de tudo isso. — Kit apontou para o castelo, os jardins, o terreno. — Você não deveria precisar ouvir sobre a destruição de uma vila a poucos passos de casa, a história de um homem com quem foi para a cama, uma bebê cuja cova você viu. Não me importo com sua escadaria e seus jardins. São bonitos, mas não valem o preço, e não quero conhecer ninguém que ache que vale.

Ele não tinha olhado para Percy enquanto falava. Em parte, porque não queria ver nenhum sinal de ceticismo e, em parte, porque precisava fazer aquele discurso com o mínimo possível de concessões aos sentimentos de Percy e tinha medo de que permitir que ele visse seu rosto suavizasse o golpe.

— Agora vamos — concluiu Kit, e seguiu na frente o caminho através do portão.

Capítulo 47

Quando Percy se aproximou da Casa Clare, já era quase meia-noite. Ao deixar Balius, furioso, com os cavalariços, não percebeu qualquer sinal de que o observavam como se desconfiassem de algo. Ao menos isso era um bom sinal. No entanto, sussurraram entre si, baixo demais para Percy ouvir. A notícia de sua chegada deve ter se espalhado depressa, porque Collins o encontrou à porta.

— Milorde — cumprimentou Collins. Percy nunca o tinha visto tão esgotado e despenteado. — Fiquei à espera do senhor ontem de manhã.

— Conhaque demais — disse Percy, mas logo se arrependeu. Baixou a voz. — Desculpa se lhe dei motivo para preocupação.

— Seu pai, milorde. Infelizmente, ele foi ferido na estrada para Cheveril. Sua Graça disse que ele levou um tiro enquanto a defendia de um salteador. Mas, infelizmente…

Collins hesitou.

O coração de Percy batia tão forte que ele ficou com medo de que o homem conseguisse ver através do colete.

— Desembuche, Collins.

— Ele está vivo, mas não deve continuar assim por muito tempo.

— Entendi. Onde está Marian?

— Ela desapareceu logo depois que trouxe o duque para casa.

— Desapareceu?

— Em meio à confusão de trazerem o duque para casa e chamarem o médico, ela simplesmente... desapareceu. Não pediu a carruagem nem mandou nenhum criado chamar um cavalo de aluguel. Só me resta imaginar que foi a pé, embora deva ter trocado de roupa em algum momento, porque ela estava — Collins pigarreou — bastante coberta de sangue ao chegar.

Percy estremeceu. Não conseguia imaginar por que Marian teria saído ou aonde teria ido. Nenhuma parte do plano deles envolvia a ausência dela... muito pelo contrário.

— O encontro dela com os salteadores deve tê-la deixado exaltada — comentou Percy com convicção. — O que o cocheiro e a escolta disseram sobre esse ataque? — Ele tentou não demonstrar que estava prendendo a respiração.

— Todos disseram o mesmo. A carruagem do duque foi assaltada perto de Tetsworth. Dois tiros de pistola foram ouvidos, e, então, a duquesa gritou para que o coche continuasse em frente porque o duque tinha sido ferido.

Essa parte era positiva. Percy se permitiu sentir algum alívio, porque ao menos ninguém associara o assalto a ele nem a Kit. Todavia, havia outra questão que precisava discutir com seu valete. Levou Collins para uma sala vazia e fechou a porta.

— Você se lembra de ouvir dizer que, quando eu era bebê, meu pai colocou a amante dele na ala norte do castelo Cheveril?

— Receio que tenha sido um assunto que perdurou por alguns anos, milorde.

— Alguém mencionou como ela era?

Collins franziu a testa.

— Cabelo ruivo, seios fartos.

O coração de Percy bateu forte, porque a descrição batia com a aparência de Elsie Terry.

— Por que ela foi embora?

Collins surpreendeu Percy ao soltar uma risada.

— O duque a trouxe para irritar sua mãe, mas sua mãe estragou os planos dele ao fazer amizade com a mulher. Elas se tornaram amigas em menos de um ano e, quando o duque notou, ele a obrigou a ir embora. Pelo que os criados mais antigos falam, quando sua mãe se afastou da moça, ela estava ao lado de sua mãe tanto quanto eu ou você.

— Bom, como diabos nunca veio à tona que Elsie Terry tinha se casado com meu pai?

Collins arregalou os olhos.

— Ela o *quê*?

— Meu bom Deus, finalmente consegui chocar você? Sim, eles se casaram um ano e meio antes de o duque pedir a mão da minha mãe; eu e Marian estamos sendo chantageados por ela, ou alguém que a conhece bem o bastante para saber esse segredo.

— Mas ao que parece ela gostava de sua mãe.

— Bom, ela esperou minha mãe morrer. E é a legítima duquesa de Clare.

— Minha nossa — disse Collins, ficando pálido.

— Eu sei que deveria ter lhe revelado essa informação com mais cuidado. Venha — disse Percy, levando Collins para uma poltrona. — Sente-se e vou mandar trazerem um pouco de conhaque. — Ele deu um tapinha no ombro do valete e puxou a corda para convocar um criado. — Preciso ver meu pai — avisou ele, e saiu.

A única luz nos aposentos do duque vinha de um castiçal à beira da cama. O médico saiu depois de fazer uma reverência a Percy e dar informações que indicavam a morte iminente do duque.

Percy parou na cabeceira da cama.

— Não sei se consegue me ouvir — começou ele, tirando o livro do bolso. — Mas desconfio que tenha me deixado o suficiente para destruir o nome Talbot por gerações. Bom, para ser justo, você o destruiu com um casamento clandestino e uma vida de bigamia, mas não vamos nos ater aos detalhes. — Percy abriu a Bíblia na lista de nomes na guarda, depois folheou as páginas de palavras circuladas e grifadas aparentemente ao acaso. — O que tenho aqui é uma lista de partidários jacobitas. Desconfio que o resto do livro contenha os pormenores, como valores financeiros, promessas feitas e assim por diante. Isso está em total acordo com as prioridades de minha mãe, e imagino que a única questão é se as evidências neste livro envolvem uma traição passada ou um plano futuro. Mas o que o senhor poderia estar tramando? Duvido que tenha se tornado um jacobita. Só me resta supor que estivesse usando este livro para subornar as pessoas listadas na primeira página ou para que cedessem à sua vontade.

Percy não sabia se era sua imaginação, mas pensou ver os olhos do pai tremularem.

— A dúvida é: o que devo fazer com isso? Imagino eu que poderia continuar subornando as pessoas e usar o dinheiro para pagar meu chantagista e, assim, teríamos toda uma economia baseada em chantagem. Devo confessar que a ideia não me agrada nem um pouco. Por outro lado, posso dar este livro à Sua Majestade e ver o que a gratidão da Coroa faria por mim. Se eu também entregar a chave deste código… e, pai, eu sei onde ela está… aposto que eu poderia conseguir um título só para mim. Não um ducado, mas algo que meus descendentes poderiam transformar em um legado bem impressionante.

A boca do duque se abriu e se fechou, e Percy pensou que ele estivesse tentando falar, mas então percebeu que não se importava. Não tinha interesse nas últimas palavras do pai. Na lista de tudo que era importante para ele, essa estava muito abaixo do paradeiro de Marian e da questão do que fazer com o livro. Talvez ainda mais abaixo da possibilidade de precisar trocar as ferraduras de Balius.

— Ou eu poderia jogar o livro no rio. Viver minha própria vida, uma que nenhum de meus pais desejou para mim. Você me deu um tiro. E não fiquei surpreso. Eu o roubei à mão armada e nunca tive qualquer escrúpulo de extorqui-lo. Não quero ser essa pessoa.

Enquanto falava, Percy percebeu que não queria ser a pessoa que sua mãe havia moldado nem a que seu pai gostaria que ele fosse. Não queria atender as expectativas de nenhum dos dois.

Percy sentiu os olhos arderem e então se praguejou. Mas não estava sofrendo pela morte iminente do pai. Estava triste porque não sofreria com isso.

Na manhã seguinte, acordou com a notícia de que o duque havia morrido.

Capítulo 48

Kit voltou ao café, que continuava em seu ritmo normal, tão inalterado que chegava a ser frustrante. As cadeiras estavam ocupadas pelos fregueses de sempre, que pediam as bebidas de sempre e tinham as conversas de sempre. O clima úmido e cheio de névoa continuava a abrir espaço para o frio desolador do inverno. Sua perna estava cooperando pouco, como sempre. Betty estava normal, embora lançasse olhares de esguelha para Kit que ele mal notava.

Ao longo do dia, toda vez que um homem de peruca e casaco elegante entrava, Kit sentia o coração dar um salto, embora soubesse que Percy estaria ocupado fazendo sabe-se lá o que um homem fazia quando sua amiga atirava no pai dele em um assalto malsucedido. Kit não conseguia imaginar em que isso implicaria, mas queria que Percy chegasse logo e contasse. Queria ter certeza de que Percy voltaria e de que continuaria voltando. Parecia um pedido tão pequeno, uma dose quase ridiculamente modesta de segurança.

Eles tinham se separado nos portões do castelo Cheveril em termos não exatamente ideais. Durante a interminável viagem de volta a Londres, Kit desejou que suas palavras de despedida tivessem sido um voto sobre como valia a pena manter o que existia entre os dois, e não um sermão sobre os males da classe latifundiária.

Mas a verdade era que não valeria a pena manter o que existia entre eles se Percy não entendesse o que Kit valorizava — as coisas cuja perda foram uma terrível calamidade, tanto para Kit como para todos que viviam sob o domínio de pessoas como o pai de Percy. Se Percy não entendesse isso, talvez fosse melhor que não voltasse.

Quando Kit olhou ao redor do café, o estabelecimento lhe pareceu vazio e sem graça. Ele tentou lembrar que o lugar de Percy nunca tinha sido ali nem em qualquer outro perto de Kit. Sabia disso desde o começo, mesmo que tivesse perdido a noção desse fato em algum ponto do caminho.

Ele se esforçou para não pensar em como tinha se esquecido disso. Esforçou-se ainda mais para não pensar em como Percy parecia também ter se esquecido.

Esforçou-se para não se lembrar das duas noites que passaram no chão de terra de um celeiro, nem do tempo que desfrutaram sobre lençóis de seda naquele palácio maldito.

Com mais frequência do que gostaria, relembrava aquela tarde no castelo Cheveril e se perguntava se talvez, desde o começo, Percy apenas o desejasse como um bruto, um criminoso de aluguel. Imaginou Percy em meio a todos os seus luxos, esparramado confortavelmente naquela seda azul, como algo que Kit nunca havia desejado querer. Kit era grosseiro e rústico, e era fácil demais acreditar que Percy tenha desejado que Kit profanasse o local.

Mas ele não conseguia se convencer a acreditar em nada disso. Sempre que tentava, lembrava-se de algo simples e mundano: Percy dividindo o bolo em dois pedaços e dando metade para Kit, com os lábios roçando os nós de seus dedos. Ele sabia o que Percy sentia. Não conseguia nem se convencer de que era ilusão ou ingenuidade — ele sabia o que Percy sentia com uma certeza profunda, uma segurança que era quase como a fé.

Mas isso não significava que Percy voltaria. O mundo era cheio de pessoas que sentiam todo tipo de coisas e não conseguiam moldar esses sentimentos em algo que durasse. Mas Kit sabia que queria aquilo, que estava disposto a qualquer coisa para tornar aquilo realidade.

Talvez passar tempo com Percy tivesse libertado algo dentro dele, como se estar com Percy tivesse feito com que considerasse o que ele precisava para ser feliz. Semanas antes, Betty o provocara sobre ter saudade de uma vida de crime, mas a sensação de que ele realmente havia sentido falta era a de acertar. Em um mundo cheio de injustiças, Kit queria fazer uma contribuição para a balança da justiça, ou talvez quisesse derrubar as balanças todas.

De preferência, faria isso tudo com Percy, se não ao lado dele, ao menos perto.

— Os rapazes da mesa cinco começaram um bolão para apostar quando Rob vai voltar e quão ruim vai ser a desculpa dele por desaparecer desta vez — comentou Betty enquanto fechavam as portas.

Kit riu. Ninguém vira nem vestígio de Rob desde o dia do roubo. Tudo o que Kit conseguiu pensar foi que talvez o amigo tivesse tomado gosto por desaparecer sem deixar rastro. Talvez essa passasse a ser uma ocorrência regular, sumir por um ano e depois voltar sem aviso.

— Acho que é melhor eu visitar a mãe dele — disse Kit, resignado. — Quem sabe, desta vez, ele a tenha avisado.

Depois de levar Betty para a casa dela, Kit caminhou devagar para a sua. Não havia por que se apressar, e ele tinha tomado a decisão de não abusar da perna. Mas, quando se aproximou do café fechado, viu um vulto recostado na porta, oculto pelas sombras.

Kit apertou a bengala com um pouco mais de firmeza, mas não diminuiu o passo. O vulto era magro e vestia roupas comuns;

estava de cabeça baixa de modo a esconder o rosto, embora a rua estivesse escura. Uma mecha clara de cabelo escapava debaixo da aba do chapéu, refletindo o luar.

— Vadiagem — repreendeu Kit, ao chegar ao café.

— Prefiro pensar nisso como uma espreita. Talvez até uma emboscada.

— Vai ter que aprimorar a técnica. — Kit abriu a porta e a segurou para Percy entrar antes dele. Percy se sentou no lugar de sempre à mesa longa. — Não sabia se veria você de novo.

— Não faz nem um dia que nos vimos — disse Percy; o maldito nem se esforçou em esconder como a situação o divertia.

— Mais de um dia e meio — resmungou Kit.

E então Percy abriu um sorriso irônico, o que foi demais para Kit, que puxou Percy pela gola e o beijou com força.

— Foi só nisso que pensei — disse Percy, as palavras pouco mais do que um murmúrio na bochecha de Kit. — Bom, nos intervalos entre as maquinações e os planos para falir e defraudar o próximo duque de Clare de seu espólio.

O coração de Kit bateu mais desenfreado conforme ele processava o que Percy estava dizendo. Ele recuou e o encarou.

— Você andou ocupado.

— Bastante. — Percy tirou do ombro a alça do estojo em que carregava as espadas. — Trouxe algo para você. Não é muita coisa, mas, como realmente não lucrou nada com nosso serviço…

— Não preciso de pagamento por aquilo.

— Não, não, eu sei. Não deveria ter me expressado dessa forma. Na verdade, é algo que comprei para mim enquanto estava no exterior, mas nunca usei e não pretendo usar. De todo modo, pensei que você pudesse gostar.

Ele estendeu uma bengala.

Kit a pegou. Era um pouco mais pesada do que a que ele usava, e confeccionada com uma madeira suave e quente ao toque. O cabo era esculpido de modo a dar a impressão de ter sido moldado para se encaixar na palma da mão. Bastava olhar para saber que era uma peça muito bem-feita e devia ter custado muito dinheiro, mas não era nenhuma extravagância. Não era algo que Kit se sentiria um tolo ao usar. Para falar a verdade, ele ficou surpreso por Percy ter escolhido algo tão discreto para si mesmo.

— Obrigado. É muito bonita...

— Sim, sim — disse Percy, impaciente. — É tudo isso e mais. Mas você não viu o que ela pode fazer. — Ele estendeu a mão e fez algo com a empunhadura de modo que o cabo da bengala se soltou, revelando uma lâmina comprida e fina. — É uma bengala de lâmina. Como você sempre está com sua bengala além de várias armas, pensei que pudesse ser conveniente.

— Não sei usar espada.

— Bom, tem a sorte de conhecer alguém que sabe e adoraria ensinar a você. — Percy ficou mexendo no cabo da bengala de lâmina, os dedos roçando nos de Kit. — Se quiser.

Meia hora depois, Percy exclamou:

— Era para você ser pior do que isso! — Eles tinham ficado apenas com roupas leves, e a única luz no quartinho dos fundos vinha dos dois lampiões que Kit tinha pendurado nos ganchos. Silhuetas de braços, pernas e espadas dançavam pelas paredes. — Ajuste a pegada para seu punho não fazer todo o trabalho.

— Não sei como eu poderia ser pior — arfou Kit.

Para tornar o embate mais justo, Percy usava uma espada de treino cega na mão esquerda e obviamente não estava pondo em jogo nem um quarto de sua habilidade para aparar os ataques de Kit, que se atrapalhava todo.

— Não, não, já vi dezenas de novatos fazerem papel de paspalho. Você sabe lutar pelo menos. Sim, veja, é bem isso — acrescentou Percy quando Kit bloqueou uma de suas investidas. — Você está usando a força do abdome em vez de deixar que os braços façam o trabalho. E não tem medo de me machucar.

— Tenho pavor de machucar você — protestou Kit.

— Como vai sobreviver quando eu estiver lutando por dinheiro?

— Mal, imagino.

— Bom, creio que temos mais algumas semanas até precisarmos nos preocupar com isso. Vou ficar bem ocupado arruinando o espólio e tudo o mais. Por falar nisso, já vou avisar. Durante a próxima quinzena, você vai ouvir as pessoas se referirem a mim pelo título de meu pai. Não, não baixe a espada, Kit, pelo amor de Deus. O chantagista disse que nos daria até 1º de janeiro, e pretendo usar todo esse tempo para... bom, você vai ver. Não adianta entediar você com detalhes administrativos. O que importa é que, em 31 de dezembro, vou tornar pública a informação sobre o casamento de meu pai. Juro por tudo que é mais sagrado, Christopher, se não parar de balançar esta coisa como se fosse uma fita acrobática, vou lhe arrancar essa espada e passá-la para alguém que a mereça. Não me provoque.

— Por que se preocupar? Com seu pai morto e a propriedade em suas mãos, você pode se dar ao luxo de pagar o chantagista pelo tempo que quiser.

— Pagar chantagistas não me agrada — falou Percy, empertigado. — Sei disso desde o começo. Mas a verdade é que ser o duque de Clare também não me agrada.

— É mesmo?

— Há escolhas que só um plebeu pode fazer — disse Percy, olhando no fundo dos olhos de Kit.

— Fato.

Então a bengala de lâmina fez sentido. Uma lâmina afiada não era apenas a ideia de um presente carinhoso, mas um objeto que os deixava em pé de igualdade. Kit sempre tinha gostado do efeito democratizante de uma arma em mãos, embora costumasse ser em um contexto bastante diferente.

— Ah, você aprova, então?

A tentativa de sarcasmo acabou por se aproximar mais de um entusiasmo bobo. Ele baixou a guarda no lado direito, apenas um pouco. Se Kit não tivesse passado um mês treinando com ele, talvez não tivesse notado, mas foi o bastante para Kit avançar em sua direção.

— Sim, aprovo. E você está contente por isso — disse Kit, indo para cima dele.

— Infelizmente, sim.

Percy suspirou e deu um passo para trás, depois outro. Kit avançou mais uma vez, depois soltou a espada, concluindo que não gostava muito da ideia de uma lâmina afiada perto demais de Percy. Ela caiu no chão com um tilintar.

— Agora vou ter que afiá-la — resmungou Percy quando suas costas tocaram na parede.

Kit pegou o punho da espada de Percy e o virou, apertando o gume cego no pescoço do outro.

— Você só queria que eu te jogasse contra a parede. Não deveria me deixar vencer — grunhiu ele.

— Não se pode culpar um homem por tentar — disse Percy, soando satisfeito consigo mesmo.

Ele estava sem ar, e Kit sabia que não era de exaustão.

— O que será que faço com você? — perguntou Kit, jogando a espada de Percy no chão e encurralando-o.

Quando seus peitorais estavam encostados um no outro, Kit levou a mão ao queixo de Percy e o ergueu para um beijo. Não se apressou, encaixando uma perna entre as de Percy, depois ajeitando um fio de cabelo atrás da orelha dele, antes de se aproximar mais e beijá-lo. Percy estava dócil e afável, como raramente ficava. Ele abriu a boca na de Kit como se tivesse passado o dia todo esperando por aquele beijo.

Kit não saberia dizer quanto tempo ficaram assim, trocando beijos que eram longos, lentos e apenas um pouco acalorados.

— Quando você precisa ir? — perguntou Kit, por fim.

— Não preciso, na verdade — respondeu Percy, soando um pouco tímido. — Pedi para meu valete não me esperar acordado.

— Fique.

Capítulo 49

Percy não conseguia não se sentir um pouco orgulhoso por finalmente ver o quarto de Kit, depois de passar horas no andar de baixo por um mês e até visitar o escritório algumas vezes. Pelo acanhamento de Kit, dava para perceber que ele quase nunca, ou nunca, deixava alguém entrar. Apontava com nervosismo para coisas como o jarro e a janela, como se Percy não estivesse acostumado com jarros e janelas. Por fim, Percy tinha ficado com pena e o puxado para a cama, tirando as roupas dele devagar e demonstrando como estava contente por estar lá.

— Então — disse Kit depois, acariciando o cabelo de Percy. — Quais são os grandes planos para defraudar o espólio?

Mal cabiam duas pessoas na cama de Kit, mas isso não importava porque eles estavam enroscados um no outro, a cabeça de Percy no braço de Kit e o joelho de Percy sobre a perna dele, com uma manta quente em cima dos dois.

— Você vai ver — respondeu Percy.

Não queria contar para Kit ainda, porque não desejava dar a impressão de que estava pedindo reconhecimento por suas boas intenções. Queria que Kit soubesse apenas se suas tramas fossem bem-sucedidas.

— O que Marian pensa disso?

— Bem que eu queria saber. Não a vejo desde o roubo. Nem ela nem o irmão dela. Estou um pouco preocupado.

Na verdade, ele estava mais do que um pouco preocupado. Em circunstâncias normais, já teria começado uma busca, mas as circunstâncias estavam longe de ser normais, e havia uma boa chance de Marian ter motivos para se esconder. Ele não gostava muito de pensar em quais poderiam ser esses motivos.

— Não tive notícias de Rob também — disse Kit, a mão hesitando no cabelo de Percy.

Isso não ajudou muito Percy a ficar mais calmo, e, pelo modo como o corpo de Kit ficou tenso, ele pensou que Kit poderia estar alimentando suspeitas parecidas. Ele se apoiou no cotovelo e lhe dirigiu o olhar.

— Você comentou que cresceram juntos em Oxfordshire. A mãe de Rob é de lá?

— Scarlett? Não. Ela estava com problemas, então mandou Rob para ser criado no interior. Acho que ela só voltou a vê-lo quando viemos para Londres, dez anos atrás, e, àquela altura, ele estava crescido.

— Quem era o pai dele?

Kit ergueu as sobrancelhas.

— Um cliente, imagino.

— Mas não seria necessário muito dinheiro para mandar uma criança para ser criada por outros por tanto tempo?

— Acho que os pais de Rob, os que o criaram, pensavam nele como um filho adotado.

— Você por acaso não sabe o nome verdadeiro de Scarlett, sabe?

— Percy, por que todo esse interrogatório? — perguntou Kit.

Ele não sabia como contar a Kit. Restava-lhe apenas torcer para que ele não o levasse a mal.

— Posso estar enganado… Céus, tomara que eu esteja. Mas acho que sua amiga Scarlett é a legítima esposa de meu pai. A filha dela tem uma Bíblia idêntica à de minha mãe. Deus sabe que eu não estava prestando atenção quando ela a mostrou para mim, mas aposto que é até encadernada com o mesmo couro verde.

Percy se obrigou a parar de falar e se preparou para o argumento inevitável de Kit de que ele estava tirando conclusóes precipitadas, que náo tinha provas etc.

Mas Kit continuou em silêncio, com a mão traçando um círculo distraído na lateral do joelho de Percy.

— Faz sentido — disse ele, por fim.

— Faz sentido por quê?

— Bom, eu ficava me perguntando como Scarlett conhecia os pais de criaçáo de Rob. Mas náo é o tipo de coisa que se pode perguntar, e eles náo contaram por vontade própria. Mas faz sentido. Também se encaixa com o desaparecimento de Rob. Ele estava furioso com a máe e me disse que eu náo gostaria de saber a verdade. Tive a impressáo de que a máe dele tinha dado uma má notícia para ele. Rob mencionou que demorou meses para decidir o que fazer depois.

— É óbvio que o que ele decidiu fazer foi uma chantagem.

Percy tinha repassado a possibilidade um milháo de vezes na cabeça. No começo, pensara que a própria Scarlett o estivesse chantageando, mas náo conseguia entender por que ela faria isso ao mesmo tempo que lhe mostrava a Bíblia de propósito. Agora ele tinha quase certeza de que ela e Flora vinham tentando sutilmente vender a ele o livro, que poderia conter a chave para o código que sua máe havia usado no próprio exemplar. Ou talvez fosse o contrário, e Scarlett quisesse a Bíblia dele; pelo que Percy entendeu, ela era uma mulher que saberia fazer uso de um livro de segredos.

— O nome de batismo de Scarlett é Elsie Terry — disse Kit.

— E em que ano Rob nasceu? — perguntou Percy, com a voz fraca.

— Ele acabou de fazer 25, entáo 1726.

— Bom, entáo é ele.

Percy pensou que deveria sentir algo, qualquer coisa, diante da confirmação de seus piores medos: Cheveril iria não apenas para um plebeu, mas para um plebeu muito, bom, *plebeu*.

— Sabe, bem que você poderia pagá-lo — disse Kit, depois de um longo tempo. — Ele pode ser um canalha e continuar pedindo mais dinheiro, mas não quer ser duque.

Percy olhou para Kit e sentiu uma onda de afeto intenso. Kit não precisava dizer aquilo, não precisava facilitar para Percy voltar à vida que Kit odiava. Era tentador, claro. Ele poderia retornar ao mundo de que tinha vindo como se os últimos meses nunca tivessem acontecido. Percy poderia fazer mais bem como um homem rico e nobre do que como um plebeu desonrado. Poderia ser um duque de princípios, com ideais elevadíssimos. Poderia realizar todos os seus planos e muito mais.

Ou poderia tomar um rumo diferente. Ser dono de si e fazer a coisa certa a seu modo.

— Acho que não quero mais isso — disse Percy. Não era de todo verdade e, pelo olhar que Kit lhe lançou, ele também sabia. — O que quero dizer é que fiz minha escolha.

— Por quê?

Percy desviou o olhar e mexeu na barra do lençol.

— Tenho mesmo que soletrar para você?

— Se for por causa de… — Kit apontou para seus corpos, como se relutasse a dizer o que os dois eram um para o outro — vai acabar se ressentindo de mim.

— Não é. O fato é que você me fez perder todo o gosto por uma vida de ócio, Kit Webb. Como posso voltar a tudo aquilo se o homem de mais princípios que conheço a considera maléfica?

Kit o encarou.

— Você ficou maluco.

— Eu te amo.

— Viu? Foi o que eu disse.

Percy o beijou, porque não havia razão para discutir com um homem tão teimoso.

— Você está bem? — perguntou Kit, depois de um tempo.

— Muito bem — replicou Percy, e era quase verdade. — E você? Devo dizer que parece despreocupado com tudo o que acabei de contar.

— Estou preocupado, sim. Coitado do Rob.

— Coitado do Rob? — balbuciou Percy, beliscando o ombro de Kit. — Ele me chantageou!

— É claro que sim. — Kit segurou a mão de Percy. — Ele não quer ser duque. Mas lá está ele, com a chance de fazer aristocratas sofrerem ao mesmo tempo que enche os bolsos. É óbvio que ele chantageou você. Eu ficaria chocado se ele tivesse feito algo diferente.

— Sabe, isso é exatamente o que ele disse numa das cartas a Marian.

Kit se sentou.

— *Uma* das cartas? Quantas cartas ele mandou? E que tipo de chantagista explica suas motivações?

— Um que não seja tão bom. Ele não tiraria um centavo de nós. E houve um período em que Marian não se opôs a matá-lo. Chantagem não faz muito bem para a saúde.

Kit suspirou.

— Não quero que pense que gosto da ideia de ele chantagear você, ou qualquer outra pessoa. — Kit apertou o joelho de Percy. — Mas muito menos você.

— Eu sei.

— Você não acha que Marian poderia tê-lo matado? Não gosto nada que os dois estejam desaparecidos.

— Eu também não. — Percy não gostava nem um pouco das implicações. — Mas não acho que ela o teria matado. Não temos como saber se ele contou para mais alguém. Ela é inteligente demais para considerar algo tão imediatista, por mais que a ideia de vingança lhe agrade. — Percy queria muito poder ter defendido melhor a amiga. — Além disso, era com meu pai que ela estava mais brava, não com o chantagista.

Kit olhou para ele, que sabia que os dois estavam pensando no que Marian tinha, no fim, feito com o pai de Percy. Além do mais, ela provara que estava, sim, disposta a matar.

— Vou espalhar por aí que estou à procura dele. Não sei de que vai adiantar, mas vou tentar — afirmou Kit e voltou a se afundar nos travesseiros, trazendo Percy para mais perto. — Nossos amigos ainda vão nos dar um ataque cardíaco.

Percy se sentiu quase zonzo com o *nossos* — a implicação de que os dois passaram a ter coisas em comum.

— Imagino que seja assim que Betty se sinta o tempo todo. — Ele se espreguiçou, sentindo o corpo comprido e quente de Kit a seu lado. — Você se importa se eu acender o fogo?

— Está com frio?

— Quero queimar aquele livro.

Como uma espécie de confirmação, ele tinha apalpado o livro em seu bolso pelo menos umas dez vezes naquele dia. Em todas, fora assaltado pela lembrança incômoda do pai fazendo o mesmo gesto. Percy tinha dormido com o exemplar embaixo do travesseiro na noite anterior, como se alguém fosse entrar e roubá-lo. Considerando a movimentação que as janelas de seu quarto tinham visto ao longo do último mês e as atitudes que seu pai tomara para proteger o livro, Percy não conseguia achar que ele fora excessivo em seus receios.

— Tem um acendedor na lareira. Mas podemos usar a lareira lá embaixo. Seria bom jantar.

Enquanto Percy vestia a calça, pensou que era óbvio que Kit conseguiria falar sobre queimar evidências do que poderia ser um crime de traição e jantar ao mesmo tempo, e no mesmo tom calmo. As duas coisas simplesmente precisavam ser feitas. Kit fora assim desde o começo; de seu ponto de vista, jantar, cometer crimes e tentar desarticular o poder ancestral eram acontecimentos igualmente prováveis. Tudo parecia fazer sentido para Percy.

Então, os dois se sentaram diante do fogo no café, comendo pão com queijo. Percy virou o livro nas mãos. Uma última vez, ele olhou para a letra da mãe. O que estava prestes a realizar decepcionaria tanto seu pai quanto sua mãe, e muito provavelmente Marian, mas ele sentia que era a coisa certa. O livro era uma arma. Se fosse para empunhar uma arma, ele queria que fosse uma sobre a qual tivesse total controle, não um livro no bolso como uma bomba prestes a detonar, ameaçando prejudicar pessoas que não tinham feito nada para merecer isso.

Percy passara a vida pensando sobre seu papel no legado Talbot, sempre com a suposição tácita de que caberia a ele acumular e consolidar poder, como seus antepassados fizeram. Mas tanto poder nas mãos de uma família era uma praga. Livrar-se daquele livro era um bom começo para garantir que o lugar dos Talbot na história não fosse tão ruim.

Com a mão de Kit em seu ombro, ele atirou o livro no fogo e observou até que o objeto fosse reduzido a cinzas.

Capítulo 50

Nos dias subsequentes, ocorreram dois acontecimentos peculiares.

O primeiro foi que os jornais começaram a divulgar notícias sobre as últimas ações do novo duque de Clare: os aluguéis dos inquilinos foram alterados; vários terrenos desapropriados; cartas de alforria enviadas a Barbados; obras de arte valiosas e dezenas de cavalos submetidos a leilão; e fundos levantados para a construção de escolas e abrigos, bem como uma reserva para que continuassem funcionando por uma geração. A opinião pública ficou em dúvida se Percy fizera tudo aquilo por raiva do finado pai ou porque tinha simplesmente enlouquecido.

O segundo acontecimento peculiar era que Kit havia encontrado um bilhete sobre o travesseiro depois de levar Betty para casa.

"Pare de se preocupar. Não morri. Diga a seu cavalheiro que lady M também não morreu, já que ela não parece disposta a isso. E, pelo amor de Deus, desista da busca. Muito amor, R", dizia o bilhete com a letra de Rob.

Naquela noite, Kit o mostrou a Percy, que o examinou por algum tempo.

— Não tenho certeza, mas acho que é a mesma letra das cartas de suborno. A forma como a tinta se acumula na cauda do R e do M é característica. Gostaria de uma garantia um pouco mais entusiasmada do que "não morreu", mas foi gentil de seu amigo me tranquilizar.

Ele falou *gentil* como se fosse uma palavra estrangeira, como se sua língua e seus lábios não quisessem pronunciá-la, e Kit sabia que Percy estava tentando dizer que pretendia ser civilizado a respeito de Rob.

— Vi que está vendendo alguns cavalos — comentou Kit.

Percy franziu a testa.

— Como os jornais descobriram tudo isso tão depressa? Sim, estou vendendo tudo que não esteja fixado. Incluindo Balius, e só me resta torcer para que ele seja tão maldoso e mal-humorado com o novo dono como foi comigo. Já vai tarde.

Kit tinha visto Percy mimar e afagar aquele garanhão e duvidava muito que Percy estivesse encarando a perda com tranquilidade. Ele estava com marcas ao redor dos olhos que indicavam que despojar metade do espólio Clare não estava sendo fácil.

— Vamos dar uma volta. Pago uma cerveja para você — sugeriu Kit.

Enquanto vestiam os mantos, Betty se aproximou e tocou o ombro de Percy.

— Por favor, volte e acabe com o sofrimento dele. Faça isso por mim? Você deveria ver como ele está sofrendo. Está afugentando os fregueses.

— Deus do céu, Betty, vá embora — retrucou Kit, as bochechas corando.

— Desde quando você gosta de mim? — perguntou Percy.

— Quem disse que gosto? — respondeu Betty, mandando um beijo para ele.

Estava frio, a primeira noite do ano que tornava impossível fingir que o inverno não estava chegando. A respiração deles se condensava no ar, misturando-se à fumaça e à névoa que flutuava. Era uma noite horrível, mas Kit estava com um entusiasmo esperançoso que não sentia desde a primavera verdejante em que cortejara Jenny. Ele era um pouco mais do que um garoto à época, e não fazia ideia de como aquele tipo de sentimento era raro e precioso. Depois de tantos anos, estava tão calejado que sabia que a maioria das pessoas não tinha a menor noção de como era andar ao lado de quem mais gostava no mundo.

— Você se importa se pararmos aqui? — perguntou Kit, quando passaram pelo estábulo de Bridget.

Estava um pouco mais quente lá dentro, graças ao braseiro que os dois cavalariços usavam para aquecer as mãos. Os meninos ergueram os olhos, reconheceram Kit e fizeram um sinal em silêncio para ele entrar.

— O nome dela é Bridget — explicou Kit, quando chegaram à baia certa. — Não consigo cavalgá-la tanto quanto ela gostaria, mas ela me atura mesmo assim. Você pode ficar à vontade para usá-la sempre que quiser.

— Obrigado. Isso é...

— Ela é minha égua, aliás. Não é um presente.

— Não achei que era. — Percy riu.

— Escutou, Bridget? — disse Kit, erguendo a mão para ela cheirar. — Você ainda é minha. Pode ser tão rude quanto quiser com Percy que ele vai achar que é um sinal de boa criação.

Percy se aproximou um pouco, ombro a ombro, apenas o bastante para Kit conseguir sentir seu calor e uma pressão reconfortante.

Na taberna, esconderam-se num canto escuro e aconchegante. Kit esperou Percy terminar a segunda cerveja, notando quando os braços e as pernas dele começaram a relaxar e as rugas de preocupação a desaparecer de seu rosto.

— Então, o que vai acontecer em 1º de janeiro? — perguntou Kit.

Não tinha tomado mais do que um quarto da cerveja e segurava o caneco entre as mãos, o estanho se aquecendo sob seu toque.

— Mostro as evidências de minha ilegitimidade para meu advogado e torço para que ele consiga dar um jeito de eu deixar de ser o duque de Clare. Não faço ideia do que isso acarreta, mas o importante é que tomei várias decisões que não acho que possam ser desfeitas com facilidade.

— Não acho que Rob desejaria.

— Justo. Mas digamos que os tribunais decidam que ele não é filho legítimo de meu pai e que, em vez dele, o título e o espólio vão para algum primo tóri horrendo. Tentei armar para que nada que fiz pudesse ser revertido facilmente. Você não acreditaria em como meus advogados e agentes estão bravos. Tantas lamúrias. Tantas lamentações.

— Eles que se fodam — disse Kit.

— Sim, eles que se fodam.

Percy ergueu sua cerveja em um brinde.

— Mas não é isso que quero saber. O que acontecerá com você em 1º de janeiro? Não pretende continuar na Casa Clare, não é?

— Por Deus, não. Eu, bom... — Percy traçou um dedo pela borda do copo. — Tenho algo para perguntar a você, e espero que não me leve a mal. E que se lembre que há outras opções, é claro.

— Desembuche, Percy.

Kit temia ouvir que Percy decidira morar no exterior ou viver como um recluso no campo, ambas escolhas muito sensatas.

— Você se importaria se eu alugasse a casa vizinha? Você deve pensar que, dadas as minhas circunstâncias, eu deveria me contentar com um apartamento, mas Collins insiste que minha irmã deve ser criada como uma dama, o que significa uma casa decente, e receio que me coloquei numa posição em que devo tantos favores a Collins que simplesmente preciso fazer o que ele diz.

Kit o encarou.

— Você quer se mudar para a casa vizinha?

— Como eu disse, há outras casas adequadas, se acha que seria, ah, demais que eu fique na casa ao lado. É uma casa decente com cômodos grandes e muita luz. E consigo alugá-la por um contrato longo. Esta região tem muitas vantagens, como estou certo de que você sabe; por exemplo, proximidade às lutas de esgrima e, sem querer ser muito direto, de você. Mas, como eu disse, posso alugar outra casa com todas essas características, exceto a última, que, claro, não seria uma vantagem se você me preferisse em outro lugar…

— Eu não preferiria. Nem um pouco.

Kit não tinha se dado conta disso, mas vinha esperando por algo assim, um sinal de que Percy o estava escolhendo, estava escolhendo a relação deles. Amor, embora fosse algo bom, talvez fosse pouco mais do que um acidente. Era o que vinha depois que importava.

— Sério? — Assim como Kit, Percy parecia não saber ao certo o que fazer com a abundância de esperança. — Bom, é óbvio. Quem não gostaria de um vizinho como eu? Exceto, sabe, um bom número de pessoas, pelo visto, se você andou lendo os jornais.

Kit deslizou a mão sobre a mesa para seu polegar roçar na parte interna do punho de Percy.

— Sim, bom, tinha que ser feito — disse Percy, embora Kit não tivesse falado nada.

Percy ainda se parecia tanto com o velho duque de Clare quanto no dia em que se conheceram, e Kit pensou que nunca deixaria de notar a semelhança nem esquecer a relação familiar. Mas aquilo era prova de que o próprio Kit havia mudado; era prova de que reaprendera a ter esperança.

Capítulo 51

Quando voltaram ao café, o lugar estava escuro e vazio. Percy já tinha dormido duas noites seguidas na cama de Kit, e estava considerando se seria imprudente tentar uma terceira, quando se distraiu ao notar um pacote encostado na parede. Era grande e achatado, e estava embrulhado em papel pardo.

— Não estava aqui quando saímos — disse Percy, observando-o com desconfiança.

— Não mesmo — confirmou Kit, aproximando-se para examiná-lo. — Não tem nada escrito. Nem endereço, nem nome.

— Melhor abrir, então.

Percy não sabia dizer quando entendeu o que era aquilo. Teria sido quando Kit fez o primeiro rasgo no papel, e ele avistou uma tinta azul? Ou depois do segundo rasgo e Percy conseguiu entrever o telhado de Cheveril? Em todo o caso, Percy arrancou o papel restante e encarou o retrato em tamanho real dele e de Marian posados diante da fachada oriental do castelo Cheveril.

O retratista tinha capturado Percy de perfil, ou voltando a cabeça para Marian ou para o outro lado, e prestes a rir. Marian segurava a bebê — que felizmente se parecia com uma bebê humana e não com um pequeno duende — junto ao peito, e estava com uma expressão que era algo entre serena e perspicaz. Quanto a Cheveril, só restaria a Percy especular quem havia instruído o retratista a pintar a casa em vez do duque.

— Tem um pedaço de papel colado no verso — disse Kit.

Percy foi para trás da tela e se ajoelhou para ler o bilhete.

— "Dê um beijo em Eliza por mim" — leu em voz alta. — O que isso quer dizer? — perguntou, entrando em pânico. — Como assim? Quer dizer que ela não vai voltar?

Kit pegou Percy pelos ombros.

— Deve significar que ela precisa de tempo.

— Certo. Certo. Faz sentido.

— Quem escolheu o artista?

Percy ergueu as sobrancelhas. Ele não imaginava que Kit se interessasse por arte ou por artistas.

— Eu. Visitei o ateliê do *signore* Bramante em Veneza e gostei do trabalho dele.

— Por quê? Quer dizer, até que o retrato é semelhante, e não é uma pintura feia, mas deve haver uma dezena de artistas que conseguem fazer o mesmo sem precisar ser trazidos de Veneza.

Percy se lembrou do que parecia ser uma outra vida, mas era apenas o começo daquele ano.

— Os retratados pareciam gostar um do outro.

Havia outros motivos, os quais tinham a ver com luz, composição e certo otimismo equivocado de levar Bramante para a cama. Mas a verdade era que, quando ele decobrira que seu pai havia se casado com Marian, teve esperança de que fosse uma união por amor. Por isso contratara Bramante, como se gastar uma quantia absurda num retrato pudesse tornar aquilo verdade.

A resposta pareceu satisfazer Kit, por mais que não satisfizesse Percy.

— Vocês parecem uma família. Você, Marian e a criança.

Percy, que havia mais ou menos mantido a calma durante a última semana abominável, durante os últimos meses desgraçados, sentiu lágrimas arderem nos olhos.

— Ai, que inferno, Kit Webb. Preciso ir — disse ele, enquanto Kit o puxava para perto. — Tenho mais trabalho para dar aos advogados. E você pode não saber disso, mas pode parecer suspeito se eu desabar e começar a chorar em seu ombro. Plebeus devem ser discretos.

Ele sabia que estava soando absurdo; o café estava praticamente vazio, os dois estavam seguros e sozinhos. Mas não conseguia nem se lembrar da última vez que havia chorado. Apesar disso, dava uma sensação boa, num sentido autocomplacente e histriônico, deixar-se entregar um pouco, e saber que Kit gostava dele mesmo assim.

— Mas há outras coisas que plebeus podem fazer — disse Kit, recuando e olhando nos olhos de Percy, que soube que ele estava se referindo ao que Percy havia dito em Cheveril, sobre como poderia ficar com Kit de uma forma como o duque de Clare jamais poderia.

Percy corou.

— Espero que sim.

Ele tinha começado a imaginar como seria sua vida a partir daquele momento, e como poderia compartilhá-la. Imaginava duas casas tão próximas uma da outra que o movimento pelo beco que ficava atrás não chamaria tanta atenção, independentemente do horário. Imaginava compartilhar refeições, tempo e xícaras de café indo de uma casa à outra.

Antes, Percy pensava nas mudanças de circunstâncias como uma perda, mas o que tinha ganhado era precioso.

— Descobri que não tenho que obedecer a ninguém além de mim mesmo. Não tenho ninguém para agradar além de mim mesmo. Mas quero agradar você. De todas as escolhas que eu jamais pensei que poderia fazer, essa é a que mais quero, Kit. Se você me aceitar.

— Eu também te amo — disse Kit, e o abraçou.

Epílogo

Um mês depois

Era uma manhã, na metade de janeiro, tão cedo que o sol de inverno mal havia nascido. Kit acabara de acender o fogo quando soou uma batida na porta.

— Algumas pessoas não sabem consultar o relógio — anunciou Percy enquanto entrava no café, a cara amassada de sono e segurando uma bebê furiosa.

— Estou vendo. — Kit os guiou para perto da lareira. — Vai fazer esta criança arrotar ou não?

— Como é que é? Os Talbot não arrotam.

— Me dê ela aqui. — Kit riu, estendendo os braços. — Pronto — disse, dando tapinhas firmes nas costas da criança.

— Tentei dar tapinhas nas costas dela. Não sou tão incompetente assim... Ah, que repugnante. Eliza, estou horrorizado. Precisamos falar sobre modos.

Kit riu enquanto a bebê lançava para ele um olhar indignado que lembrava muito o de Percy.

— Algum de vocês conseguiu dormir?

— Bom, não recentemente. Acho que tem um dente novo nascendo, e ela acha que a culpa é minha.

— É, eles costumam achar — disse Kit, e viu uma expressão de surpresa perpassar o rosto de Percy. Pelo jeito, tinha se lembrado de que Kit entendia de bebês. — Esta, porém, vem de uma longa linhagem de resmungões, então ouso dizer que pensa isso com sinceridade.

A bebê estava chegando à idade em que estava um pouco pesada e agitada demais para ficar num braço só, então Kit se sentou diante do fogo e deixou que ela mordesse a gola do casaco dele.

— Ponha a chaleira no fogo, por favor — pediu Kit, depois observou enquanto Percy olhava ao redor, como se não soubesse bem o que era uma chaleira ou aonde deveria ir. — No gancho sobre o fogo. Depois venha aqui.

Percy foi se sentar no braço da poltrona dele. Quando Kit ergueu a cabeça e arqueou as sobrancelhas, Percy se abaixou para um beijo. Ele sentiu o gosto de pasta de dente em pó e o aroma de sabão de barbear. O coração de Kit palpitou pela normalidade de tudo aquilo.

— Você poderia vir jantar — disse Percy em um tom suave. — Collins contratou uma cozinheira porque, pelo jeito, é fino demais para a comida de tabernas e restaurantes.

Kit se impressionava ao pensar em como Collins havia conduzido Percy a viver de um modo que Percy e, presumivelmente, Collins achassem aceitável.

— A bebê vai precisar de alimentos nutritivos com todos esses dentes que você fica induzindo a crescer. Collins vai ficar, então?

Percy fungou.

— Ele está sendo bem irracional. Falei para ele ir trabalhar para Marcus, porque Marcus não tem valete e, vou lhe dizer, Kit, dá para notar.

Enquanto falava, Percy tirou a fita de couro do rabo de cavalo de Kit e começou a trançar o cabelo do companheiro na altura da nuca.

— Gostaria de ouvir algo engraçado? — perguntou Percy. — Não parei de ser convidado para os eventos. Na verdade, estou recebendo mais convites do que nunca, provavelmente de pessoas que gostam de escândalo e desordem. Imagino que eu seja a atração central, mas enfim.

Kit se lembrou de algo que vinha lhe passando pela cabeça havia um mês.

— Queria saber se gostaria de me ajudar com um projeto.

— Claro, no que você quiser.

— Não sei se foi Rob que me influenciou, ou Betty, ou se simplesmente parei de tentar me convencer do contrário. Mas adorei planejar aquele assalto, Percy. E não apenas porque seu pai foi o alvo, embora isso tenha contribuído. Deus me perdoe, porque sei que deve ser orgulhoso de minha parte em milhares de sentidos, mas acho que consigo corrigir os erros. Com algumas informações de Scarlett, um invasor decente, um corredor e uma receptora, eu teria o suficiente para continuar. Mas o que eu preciso de fato é de alguém que tenha acesso à casa dos alvos, alguém para abrir uma janela, deixar uma porta destrancada ou traçar a planta da casa.

— Seria um prazer me tornar um traidor de minha classe. Para ser sincero, estava me perguntando quando você perguntaria.

—⚜—

Percy sabia que tinha prometido um jantar a Kit, mas, quando Kit chegou naquela noite, encontrou-o sentado no chão da sala de estar vazia, cercado por metros de seda azul-celeste e encarando um retrato emoldurado.

— Você fez isso? — perguntou Percy, sabendo que era óbvio que havia chorado, mas nem se importou.

Kit se ajoelhou a seu lado.

— Pensei que fosse gostar, mas vou levar tudo embora se não tiver gostado.

— Como conseguiu?

— Expliquei muito educadamente que você gostaria de seus dosséis e o retrato de sua mãe, e a governanta os embrulhou.

Percy riu, emocionado.

— Só isso?

— Imaginei que você esperaria uma invasão ousada, mas bastou supor que os criados ou gostavam de você ou... gostavam menos de seu pai, e deu certo.

Percy sabia o que Cheveril representava para Kit. Mal conseguiu acreditar que ele tinha voltado lá por livre e espontânea vontade. Ele pegou a mão de Kit e a beijou. Sentia-se sentimental. Frágil. E adorava a liberdade de ser assim.

— Não preparei o jantar para você. Porque mandei todos saírem. Exceto Eliza, e ela está dormindo no berço e não deve nos denunciar. E você pode visitá-la *depois*, Kit. Agora você tem outras questões a tratar.

— É mesmo? — perguntou Kit, já empurrando Percy de volta à seda azul.

— Vou lutar amanhã. Quer assistir? — comentou Percy, enquanto beijava o queixo de Kit.

Kit o beijou intensamente, como se quisesse demonstrar como queria assistir.

Era uma sensação inesperadamente íntima aquela — a de estarem juntos na casinha que era de Percy de um modo que nenhum outro lugar nunca fora, um lugar que ele escolhera porque havia escolhido Kit. Ele se sentiu exposto, como se todas as partes mais fracas dele fossem visíveis aos olhos de Kit. Mas também era reconfortante saber que Kit protegeria suas fraquezas com tanto ardor quanto Percy, em vez de explorá-las. Percy sabia que faria o mesmo por Kit. Era o que ele queria — a chance de ser conhecido em seu pior e ser abraçado com carinho mesmo assim, a capacidade de confiar numa pessoa como mais do que um aliado.

— Ei, está aí? — perguntou Kit, olhando-o com uma expressão tão perdidamente apaixonada que Percy teve que se obrigar a não fechar os olhos.

— Estou bem aqui — disse Percy, e se ergueu para um beijo.

Agradecimentos

Como sempre, sou grata à minha editora, Elle Keck, e à minha parceira crítica, Margrethe Martin. Também à minha agente, Deidre Knight, que me apoiou não apenas neste projeto, mas ao longo dos últimos cinco anos. Sou muito grata pelo entusiasmo de todos da equipe da Avon, que ajudou a produzir este livro e a colocá-lo no mundo.

Ele foi escrito em meio a turbulências globais e pessoais, e nunca teria sido finalizado sem que minha família fizesse de tudo para que eu tivesse o espaço — ao mesmo tempo físico e mental — para escrever, e sou imensamente grata por isso. Escrevi metade no quarto de minha filha e metade no quarto de hóspedes de meus pais, e todos foram muito compreensivos ao me deixar espalhar xícaras de café e Post-Its em meio a seus pertences. Meus dois filhos foram fundamentais para que eu criasse formas inventivas de liquidar os vilões, e peço desculpas a eles por não ter a liberdade para escrever sobre ovelhas canibais.

Este livro foi impresso em 2024, pela Vozes, para a Harlequin.
O papel do miolo é avena 70g/m² e o da capa é cartão 250g/m².